U0102454

闯关东人

曹保明◎著

中国文史出版社
CHINA CULTURAL AND HISTORICAL PRESS

图书在版编目（CIP）数据

闯关东人／曹保明著． -- 北京：中国文史出版社，
2020. 10

ISBN 978 - 7 - 5205 - 2318 - 9

Ⅰ．①闯… Ⅱ．①曹… Ⅲ．①纪实文学 - 中国 - 当代
Ⅳ．①I25

中国版本图书馆 CIP 数据核字（2020）第 183263 号

责任编辑：金硕

出版发行：**中国文史出版社**

社　　址：北京市海淀区西八里庄路 69 号院　　　邮编：100142

电　　话：010 - 81136606　81136602　81136603　81136605（发行部）

传　　真：010 - 81136655

印　　装：北京温林源印刷有限公司

经　　销：全国新华书店

开　　本：660 × 950　1/16

印　　张：16.25

字　　数：202 千字

版　　次：2021 年 1 月北京第 1 版

印　　次：2021 年 1 月第 1 次印刷

定　　价：56.00 元

心怀东北大地的文化人

——曹保明全集序

二十余年来，在投入民间文化抢救的仁人志士中，有一位与我的关系特殊，他便是曹保明先生。这里所谓的特殊，源自他身上具有我们共同的文学写作的气质。最早，我就是从保明大量的相关东北民间充满传奇色彩的写作中，认识了他。我惊讶于他对东北那片辽阔的土地的熟稔。他笔下，无论是渔猎部落、木帮、马贼或妓院史，还是土匪、淘金汉、猎手、马帮、盐帮、粉匠、皮匠、挖参人等等，全都神采十足地跃然笔下；各种行规、行话、黑话、隐语，也鲜活地出没在他的字里行间。东北大地独特的乡土风习，他无所不知，而且凿凿可信。由此可知他学识功底的深厚。然而，他与其他文化学者明显之所不同，不急于著书立说，而是致力于对地域文化原生态的保存。保存原生态就是保存住历史的真实。他正是从这一宗旨出发确定了自己十分独特的治学方式和写作方式。

首先，他更像一位人类学家，把田野工作放在第一位。多年里，我与他用手机通话时，他不是在长白山里、松花江畔，就是在某一个荒山野岭冰封雪裹的小山村里。这常常使我感动。可是民间文化就在民间。文化需要你到文化里边去感受和体验，而不是游客一般看一眼就走，然后跑回书斋里隔空议论，指手画脚。所以，他的田野工作，从来不是把民间百姓当作索取资料的对象，而是视作朋友亲人。他喜欢与老乡一同喝着大酒、促膝闲话，用心学习，刨根问底，这是他的工作方式乃至于生活方式。正为此，装在他心里的民间文化，全是饱满而真切的血肉，还有要紧的细节、精髓与神韵。在我写这篇文章时，忽然想起一件事要向他求证，一打电话，他人正在遥远的延边。他前不久摔伤了腰，卧床许久，才刚恢复，此时天已寒凉，依旧跑出去了。如今，保明已过七十岁。他的一生在田野的时间更多，还是在城中的时间更多？有谁还比保明如此看重田野、热衷田野、融入田野？心不在田野，谈何民间文化？

更重要的是他的写作方式。

他采用近于人类学访谈的方式，他以尊重生活和忠于生活的写作原则，确保笔下每一个独特的风俗细节或每一句方言俚语的准确性。这种准确性保证了他写作文本的历史价值与文化价值。至于他书中那些神乎其神的人物与故事，并非他的杜撰；全是口述实录的民间传奇。

由于他天性具有文学气质，倾心于历史情景的再现和事物的形象描述，可是他的描述绝不是他想当然的创作，而全部来自口述者亲口的叙述。这种写法便与一般人类学访谈截然不同。他的写作富于一种感性的魅力。为此，他的作品拥有大量的读者。

作家与纯粹的学者不同，作家更感性，更关注民间的情感；人的情感与生活的情感。这种情感对于拥有作家气质的曹保明来说，像一种磁场，具有强劲的文化吸引力与写作的驱动力。因使他数十年如一日，始终奔走于田野和山川大地之间，始终笔耕不辍，从不停歇地要把这些热平平感动着他的民间的生灵万物记录于纸，永存于世。

二十年前，当我们举行历史上空前的地毯式的民间文化遗产抢救时，我有幸结识到他。应该说，他所从事的工作，他所热衷的田野调查，他极具个人特点的写作方式，本来就具有抢救的意义，现在又适逢其时。当时，曹保明任职中国民协的副主席，东北地区的抢救工程的重任就落在他的肩上。由于有这样一位有情有义、真干实干、敢挑重担的学者，使我们对东北地区的工作感到了心里踏实和分外放心。东北众多民间文化遗产也因保明及诸位仁人志士的共同努力，得到了抢救和保护。此乃幸事！

如今，他个人一生的作品也以全集的形式出版，居然洋洋百册。花开之日好，竟是百花鲜。由此使我们见识到这位卓然不群的学者一生的努力和努力的一生。在这浩繁的著作中，还叫我看到一个真正的文化人一生深深而清晰的足迹，坚守的理想，以及高尚的情怀。一个当之无愧的东北文化的守护者与传承者，一个心怀东北大地的文化人！

当保明全集出版之日，谨以此文，表示祝贺，表达敬意，且为序焉。

冯骥才

2020. 10. 20

天津

目录 Contents

第一章
寻找闯关东的足迹

人的一生都是在寻找，寻找幸福，寻找记忆……

孙成田老人却是寻找着一个独特的记忆。那是一种什么记忆呢？

据说他的族人于嘉庆十年（1806）由山东莱州府昌邑县孙家庄逃难闯关东来东北，从此在东北这块土地上一住就是近二百年。可是这二百年间，闯关东先祖哥儿六个当时就"走丢"了一股，这五股后又分家各奔东西，近二百年间，老人的族人已不知确切去向，于是近十多年来，老人手拄木棍奔走在东北和中原大地上，为的是寻找他的族人和后人，续写家谱。

有时走累了，就坐在地头或屯子草垛旁歇歇脚；有时走到没人家的地方，实在走不动了，就躺在柴火垛旁睡一觉。

农村各处的柴火垛，是他的最好的宿处。

别人家的院墙外，也是他寻找闯关东记忆的住处。

有一年，有一次，他到黑龙江的拜泉寻祖先足迹，下了车才知道，往乡下去不通车，可也不能等啊，于是，只好赶路。

走着走着，天黑下来，四野茫茫无人。这时，他已大半天没吃没喝了，饿得累得实在走不动，就坐在大野地里起不来了。这时，就听远处传来"突突突"的小四轮（东北一种乡下机动车）的响声，他使足力气大喊："停一停……"

一个年轻人开着小四轮，就问："你是谁？"

"俺是续谱的。"

"续什么谱？少来这套'谱'！"

年轻人根本不懂什么叫"谱"。现在的年轻人以为"谱"就是"装模作样""摆谱"。于是，根本没理他，开起车走了。后来，又遇上一个捡粪的老头，一听他说续关里家（山东）来东北闯关东人的族谱，这才把他领回村屯……

还有一回，他为了寻找祖上"走丢"的那一股的后人，只身来到张广才岭的一座老山里。

那时，天下着大雪，他"麻达"山啦。

麻达，就是走迷了路。眼看天渐渐地黑了下来，又是大风大雪，他想，我这回可能冻死荒山了。从前，闯关东的祖先走丢了一股，俺这不也是"走丢了"吗？

就在他昏迷时，突然听到了狗叫，他眨眼一看，一个放牛的老头领着狗和牛往山下走。他即刻喊道："救命啊！救命啊！救命啊！"

放牛的老头站下了，问："你是人还是鬼？"

孙成田："是人啊！"

"咋走这儿来了？"

"找沙河子老孙家……"

"哎呀！这离沙河子远呢。你是干啥的？"

"我是来找闯关东亲戚的。"

"闯关东?"

"对呀!"

"那不是从前的事吗?"

"是从前的事。我是他们的后人!现在来找走丢的那一股,为了续谱……"

于是,放牛的老人被感动了。"快!跟俺回家!"后来,这个老头把他背回了村子。

像这样的事,孙成田已记不清有多少回了。如今,他多年来寻找和"续"回的谱书内容,已经越来越丰富了,他的侄儿孙立波如今正在将孙家二百多年闯关东的家谱出版,以纪念自己的家族那不屈又传奇的历史。这件事,也深深地感动了我。

这几年,我也在搜集中原人来东北闯关东的历史。这几十年,我所搜集的许多人物、故事,都和闯关东有关。

不要忘记闯关东这段历史。

老人的这句话,深深地打动了我。

是啊,回想起来,我也是闯关东的汉族人后代,现在的东北人,一见面往往互相询问或听口音不像东北人就问老家哪儿的?山东?关里什么州?什么府?什么庄?于是一问一盘,往往不是本家就是庄人。因而一种"情"便在心底升起。这就好像在古老的山陕内蒙古黄河口一带的人,见面往往这样打听:"张老三,我问你,你的家乡在哪里?"

"我的家在山西,过河还有二百里。"在陕西一带谋生,乡亲们见面时的一种自然问候,这也是人们心底一首难忘的歌。

第二章 关东与复杂的土地制度

一、何谓关东

闯关东是我国历史上一次重要的移民现象，这是由一种重要的历史原因和自然原因形成的。历史上，在清朝的顺治年间（1644），清王朝入主中原，百万满人有90万"从龙入关"，那时的东北"沃野千里，有土无人"，而中原地区由于战事多，人口急剧减少，气候寒冷的东北对关内农户并没有多大的吸引力。但清王朝把东北作为自己祖先的发祥地，要守卫这块"龙兴之地"，就必须驻军，而驻军就必须有粮草，无奈之下，顺治九年（1652）清廷发布了《辽东招民开垦条例》，以大量的优惠政策吸引中原人到东北开垦种植。这是闯关东的重要原因。当然，此前东北历史上就有大批的流人和朝廷罪犯被流放，已同这里的土著民族生活、融合在一起了。顺治年制定的《辽东招民开垦条例》经过大约十几年的实施，东北军等的粮草已得到解决，而这时，清政府又怕中原汉民来东北多了，侵扰了自己的祖宗发祥地，于是，于康熙七年（1668）宣布《辽东招民开垦条例》作废，从此汉人移民关外就成了非法。

可是，人口流动应该是一种自然的生存现象。从顺治年到康熙年，中原的实际情况发生了很大变化，随着战争的平息，中原人口不断增加。而土地没有变化，加上一年接一年的连年的自然灾害，使许多破产农人流离失所，这使得许多家庭只好四处谋生，这期间很重要的一条谋生之路就是奔往北方，奔往大清闲置的黑土地、自然的山林和大清的草场。

"关东"这个词，是来自"关"，"东"是指方位，今天"关东"这个词已泛指东北了，也是指东北这个地域，这就像以河南为中心的"中州"，以山东为中心的"齐鲁"，以四川为中心的巴蜀，以两湖为中心的荆楚，以福建为中心的吴越，以山西为中心的秦晋等等，是一种大致的地域概念。所以"关东"是指山海关以东的地域。

而关东这个地域，是和古老的长城有关。长城，中华民族在它的周边不知演出过多少生动的历史活剧，比如走西口，也是指山西人越过长城上的"雁门关"和"杀虎口"到内蒙古草原去谋生。早在战国时期，地处北方的燕国为防御"东胡"内侵始筑长城，这段长城，约自今张家口，东北经内蒙古多伦、独石等境，东经河北围场县，自赤峰，进入今辽宁省境，历建平、北票、阜新、彰武、法库、开原，跨越辽河，再折而东南，经新宾、宽甸，向东直达鸭绿江畔。

对东北区域的界定，最有影响的就是修建山海关城。北齐将长城修至渤海，在此基础上，明洪武十四年（1381），朱元璋命魏国公徐达在此创建关城，设立山海卫，驻重兵守御。其关城与万里长城连接，浑然一体，背山临海，虎踞龙盘，所谓"襟连沧海枕青山"，山海关之名，即源出此意。山海关的位置，恰好处于辽西走廊西端的咽喉之地。从辽宁锦州直抵山海关下，长约 400 里，背靠医巫闾山，前临渤海湾，于山海之间仅一线之通。这一狭长地带，位辽河以西，故称为河西走廊。山海关像一把大锁，牢牢地锁住了从东北进入华北的陆上通道。在军事与交通技术不发达的古代，它的确是一座无法逾越的雄关。后来的事实完全证明了这一点。像努尔哈赤、皇太极那样雄才大略，武力那样强大，其生前都无法打破这座雄关，只能望关兴叹，驻足却步，无功而返。难怪古人称颂它："两京锁钥无双地，万里长城第一关。"明朝视山海关如命运攸关，正如明人所说：山海关"内供神京，外捍夷虏，最吃紧处"。山海关城的修建，第一次把华北与东北截然分开，自此便成为两大区域的天然分界。迄今，辽宁与河北两省大体仍按关城及其连接的一段长城为分界，河北省界至山海关，至多不过外延数十里而已。"关东"之名，亦自山海关建成后，才逐渐叫开。开始，明人把山海关以东叫"关外"，关以西叫"关内"，或称"畿东""京东"，都是指今辽宁乃至整个东北地区。这些叫法，在明清官书如《明实录》《明史》等书中已成为通行的习惯称呼。有时也称为"关之东"，也表示"关东"之意。

当时，还习惯称"辽东"，此为历史沿革下来的传统名称，又独称之为"辽左"，盖指辽地居京师之左侧，视同人之左臂，不可或缺，足见辽地在明统治集团心目中的重要地位。如前述，元朝时，东北与内地本无关隘之限，则称东北为"天东"。入清后，清代不修长城，但它保留山海关，一则稽查商旅，二则更主要的是严禁内地人进入东北，以保护其"龙兴之地"免遭破坏。山海关成了内外之分的严格界限。大约自此时起，"关东"始成通行称呼，不只民间如是称，就是在官方文件、史书或时人笔记及其他著述中，都使用"关东"的名称。如《清实录》记载乾隆三十九年（1774），江苏太仓县一艘商船前往"关东载豆"。四十九年、五十年，多处记关东事，皆以关东名之。《清史列传·李金镛传》中，把身任吉林省长春厅通判的李金镛誉为"关东循吏"。官至黑龙江省都督的宋小濂，在其《北徼纪游》中，亦使用"关东"的名称。是时，已至清末，还称东北为"东省""东三省"，如同今天泛称东北。

事实表明，"关东"这个区域概念发源于明初建山海关之后，而盛行于有清一代。标志着"关东"作为区域概念不仅正式形成，而且已通行于官方，已在正式文件中予以使用。自清末至民国时期，随着山东、河南、山西、河北等省的大批移民进入东北，其"关东"之称被更广泛地注入民间交往中。

从顺治年（1644）发布《辽东招民开垦条例》到1944年的三百年间，大约有三千万中原流人来到东北闯关东，三百年，三千万人的生存和命运的文化，已经形成中国乃至世界珍贵的文化遗产类别。

二、复杂的土地制度

在清代，东北土地所有制形式可分为官地、旗地和民地这样几种主要形式。

东北的土地是清王朝赖以生存的重大的物质基础。所谓的官庄，是朝廷设官的一些为朝廷进行农业生产的组织。这些组织，以一庄为一个生产单位。

每庄设有庄头一人，种地的劳力六人，称为壮丁；分配土地120垧，牛六头，共有土地720垧。每个壮丁规定每年征粮30石，共1800石。

据《吉林通志》卷三十载：康熙五十二年（1713）前，清政府在伯都讷（今松原地区）的逊扎堡（五家站）地方设立伯都讷官庄三处，第二年又在伯都讷境内增设了三处官庄。所以，官庄，就是清廷在东北的平原上建立的以农耕为主的生产单位，后来演变成了村庄。至今在东北的许多地方还有"官庄屯""官庄窝棚"等屯名。

官庄前期来的人一般是满族的旗人，接着，也有朝廷放来的"朝臣"和一些他们的族人，因此，朝廷对这些人的条件很苛刻。官庄除壮丁耕种土地外，还有招佃地，官庄的庄头是土地的经营人，由他直接管理招佃。庄头除直接管理壮丁外，还支持着佃户。

官庄的佃户，有永佃户和现佃户之分。永佃户又称老佃户或世袭佃户。

永佃户一般是官庄设立初期就参加了开垦和垦种的农民，他们取得了土地的长期使用权，不必按年签契约。

现佃户是以口头约定耕种官庄土地的这部分佃户，一般是承种庄头所管的土地或壮丁分耕的庄租地，租期往往为一年。地租往往是采取先交租钱后种地的方式成交，年末预交第二年的租钱或租粮。

乾隆年间，清王朝为了稳住官庄壮丁，曾下旨禁止虐待壮丁，壮丁有婚姻的自由，减少劳役负担，并允许官庄壮丁由好籍转为民籍。那时，由于官庄的制度太苛刻，致使许多官庄的壮丁逃亡、耕牛倒毙事件时有发生，由于壮丁负担沉重，每年应交粮食均达不到规定的额数，官庄也面对中原来的流人实行招丁耕种。官庄开辟了早期将东北土地对外招佃的先例。到清后期的宣统三年（1911），这种带有浓厚的家长奴隶制色彩的官庄基本解体，土地已经转籍到老佃户或现佃户的手中了。

旗地制度是满族八旗制度的经济基础，土地归国家所有，实质是最高的领土所有制。旗地是指清代旗人所属的土地，包括以下方面：

一是清廷拨给八旗官兵的随缺地（也叫职田）。随缺，就是自己解决"吃喝"的所用土地，已种收已用。这中间也包括驿站的站丁地和下层旗人的份地，是属于作为旗人兵丁为朝廷效力的一种报酬，代替薪饷之用。当时朝廷对这些土地的作用这样规定："凡赡养家口以及行军之需，皆从此出"。

二是功臣地。许多地块，是属于朝廷拨给那些为朝廷建立了功劳的旗臣人丁所有。旗地由国家拨给，是"厚功臣"的。这是对旗人优待的一种手法和制度。但是旗官、兵、丁对旗地只有使用权，而没有支配权。也就是只允许旗之间的置换、转让，但不允许买卖；允许向民人租佃，但禁止向民人典卖、转让。

松原境内的旗地，实指扶余县原伯都讷厅所辖土地。据《吉林省志·土地志》载，"康熙中叶以后，伯都讷（扶余）、三姓（依兰）、阿勒楚喀（阿城）等地也陆续驻防八旗。随着八旗驻防而增设了旗地"。

清朝初期，满族人大批进关，致使京师旗人数额迅速膨胀，八旗的生计问题，就成了清统一全国后面临的一个重大的社会问题。当时，京城内外究竟驻守多少旗兵，文献无确载。但据历史学家迟茗先生统计，乾隆时的沈起元说过："世祖时定甲八万……圣祖时乃增为十二万甲。"这里，要弄清"八万""十二万甲"究竟是指京旗还是包括京旗在内的全国范围的八旗兵总数。莫东寅在《八旗制度》一文中，对满洲八旗兵数做了详细的考证，他认为，"入关前后满洲八旗的正规兵数，十万左右是不成问题的"。《圣武记》中说，全国的八旗兵"已不下二十万人"，显然，这是合满蒙汉而言的。若莫东寅的考证是正确的，沈起元所说的"八万""二十万甲"无疑是指在京的八旗兵说的。还有一个佐证，即乾隆二年舒赫德在《八旗开垦边地疏》中写道："八旗之额兵，将及十万，复有成丁闲散数万，老稚者不在内。若令分居三处（盛，吉，黑——作者注），不唯京城劲旅原无单弱之虞，而根本重地更添强健之卒，事后两便。"据上下文意可知，令其分居三处的，当是聚于一方的10万额兵和数万闲散成丁，也就是在京的额兵和成丁，不包括京师以外的驻防旗兵。故沈起元所说的"八万"甲，乃指入关时聚集京师一处的满洲八旗额兵。如果以每户五口计之，屯集京城内外的旗人当有40万众。

为解决在京旗人的生计问题，清统治者受东北汉民垦田的启发，决定陆续迁移京师旗丁到东北屯田，以让他们安心生产，解决朝廷生计之难，这就是所谓的京旗还屯。

据李鹏飞先生在《吉林将军富俊与东北的开发》一文中记载，关于京旗还屯的做法多次提过，如乾隆二十一年（1756）就提出过，但那时的旗丁"还屯"（归老家）都要由驻京旗厂都雇用流民来耕作，自己却不从事生产，久而久之，田地都归流民所有了，最后，终于失败了。可是，八旗的生计问题不解决，整个大清朝又无法振兴，于是到了嘉庆年间，时任吉林将军的富俊又提出了京旗还屯的问题，并得到了朝廷的同意。

清嘉庆九年（1804）的四月，富俊往东北的拉林河、夹信子一带视察，发现拉林西北80里的双城一带，"沃野平畴，男耕女织，渔猎生息，颇有井田遗风"，而且此处地气充沛，非常适宜开垦，于是立即派500名旗丁上山砍木，运回窝棚搭铺盖舍，并派员采买耕牛和农具，1816年春，又分拨500名旗丁、凑员1000名屯丁，改双城子为双城堡，设协领1人、佐领2人，分左右翼统辖各旗，每旗设立5屯，一起开垦屯种。

1817 年 2 月，富俊再调盛京，仍不忘屯田。他上书朝廷，说双城堡剩余荒田还有很多，应当再次拨发盛京、吉林旗丁各千人，继续开赴双城堡垦种。1818 年 9 月，富俊调回吉林后，把在盛京、吉林的各旗丁拨到双城堡。不久，他视察双城堡时，见到这里的麦苗长势喜人，旗丁安居乐业，感到非常欣慰，他在奏折中把所见所闻描绘给嘉庆皇帝，嘉庆也因满人故里有如此景象而大悦……

可是，八旗人丁的精神里已渗透进了一种长时期的沉沦形态，不久，或因灾年，或因一时的困苦，许多旗丁又不去认真地劳作，使得旗屯的房舍倒塌、田野荒芜。有一些人还把田转给后来的中原农民租种，自己放手干等，不去劳作了。就这样，所谓的京旗还屯流于失败了。

京旗还屯，不单单在双城和拉林河一带，在伯都讷（今松原）和吉林、永吉、磐石、驿马一带，也有许多这样的"旗屯"。

可是后来，这些地方也虚有有名，而无其实了。

八旗，那曾经的勇猛善战之师，现在消失殆尽，更可怕的是，把一种奇怪而复杂的土地制度留给了东北，留给了历史，由闯关东来的人去承担这种历史留下的后遗症了。

清朝入主中原，为了感激蒙古族贵族协助他们征战，把大片肥沃土地划为蒙垦，称为蒙民户地，并由他们分别管辖，这种土地属于蒙户自己的土地。那时旗民自由利用土地，他们过着以游牧为主的生活。但后来，随着农耕的不断变化和发展，自由利用的放牧地大大减少。一方面，蒙古至今利用蒙地保护法来限制汉族人或其他民族进入蒙地已难以实施（他们自己已开始出卖或租用土地）；另一方面，大部分的土地被本旗有耕种能力的蒙民作为"老地"（就是耕种多年的土地），成为他们经营多年的熟地，因而已享有耕种权，每年支付给王府的地租已越来越少，土地所有权还归王爷所有。这样，一部分牧民在牧场缩小、牧业凋敝的形势下，逐渐转向了半牧半农或弃牧从农，并请求王府对剩余的非开放蒙地进行分割。

当时，东北的土地使用和分配情况大致是这样，如宣统三年（1911）前郭尔罗斯王爷府的随从和王府屯民要求王府把留界地（即王府直接经营的土地的一部分）作为户地（分给蒙民每户耕种的土地，亦叫生计地）分给王府屯民。从王府南马老窝堡到小榆树屯一带，约7500公顷，分给250户屯民，每户30公顷。

宣统三年（1911），王府把与其邻接的西北地带，原扎萨克私有牧场15350公顷，作为户地分给307户王府屯民，每户50公顷。中华民国六年（1917），各努图克（行政区）的旗代表亲诣王府，上奏"应把普通的本旗蒙民也当作王府的屯民，分给户地"，以资补助生计。于是，王府把旗内未利用的土地283000公顷全部分给旗内蒙古民壮丁（18岁以上的男子）2830人，每人100公顷。

至此，旗内可以利用的土地大部分被本地蒙民作为"老地"或"户地"占有，土地实际上已从蒙地转化为蒙民户地。旗境内出卖劳动力的汉民及其他民族，只能作为佃户或长工在春耕时入境从事农耕，秋收后出境。

王府规定，这部分人不享受土地分割、开垦和占有权，没有王府许可不得携带家眷留居本地，本地蒙民无权把土地卖给他们。

蒙地这个词，在东北时有提起。

所说的蒙地，是指官地的一种。它的起因是明末清初，清廷的统治者为了感谢蒙古族贵族帮助他们建立大清而分封给蒙古贵族的土地。

在考察东北汉民族闯关东历史形态的实践中，常常可以听到"跑马占荒"这句话，其实这句话只可以出在东北。荒，是指不曾被开垦过的荒原或荒地。

在过去的东北，中原人把每一寸都精心开垦过的黑土地，从眼前一直延伸到天的尽头、山的尽头。

荒地，又称为大荒。那往往是开满野花的草原，因此也叫草荒。当"荒地"太多时，人们无法去丈量它的多少，于是，就产生了一种奇特的"丈量"方式——跑马占荒。

跑马占荒，其实，又叫跑马丈荒，是说人骑着马，用马的迅速和耐力来计算土地的长度，这种"丈量"土地的方式真是人间的一种奇妙发明。

跑马丈荒的方式往往是这样：

参加"丈荒"的马由"地东"（土地所有者）来圈养，有"地户"（租用土地者）来"使荒"（使用土地）时，就由地东把马牵出，让地户骑上去，然后地东在马的屁股后面狠狠地抽上一鞭，马便放蹄奔去。

在茫茫的荒野上，这马一直奔跑不息，直到马儿实在跑不动了，停下来了，那么，这种"丈量"也就结束。从马开始跑到停下的地方，就等于这段距离的"草原荒野""划"给了地户，称其为跑马占荒。

据史料记载，东北的这种马是有名的"鞑子"马，这种马个头不高，但擅跑耐跑，往往一鞭子下去一口气跑个三五十里不成问题。

马贩子称它们为"跑马"。

跑马区别于走马。走马是那种个头高大的伊犁马，又称洋马，它们擅长拉车驮重，真正的跑马就是东北平原的这种"鞑子"马。

闯关东人来到东北，面对东北复杂的土地情况，不断地和朝廷、和蒙古族"租子柜"，甚至和前期来的闯关东的汉人之间，发生种种纠纷，当年清廷的地方衙门处理汉人和蒙古人之间、汉人和汉人之间、汉人和旗人之间的土地纠纷的官司是最多的，为此朝廷不得不增加人员或建立机构。

就以长春为例。

长春在清嘉庆五年（1800）建制，就是为解决日益增多的中原闯关东来的垦民同蒙古族旗人"租子柜"之间日益增多的矛盾。此前，长春属于蒙地之内，由于垦荒税案增多，吉林将军秀林恳请朝廷允许在蒙地"借地建制"，得准，于是，决定在"长春堡"（今新立城小城子一带）建"长春厅"。

此厅的建设，恰恰说明了东北当时蒙古族贵族开始大量出让土地，足见土地情况的复杂和关于土地税租收缴问题经常出现无法解决的问题和矛盾。

除跑马占荒外，还有燃香占荒。所谓燃香占荒，是指地东当着地户的面把两根香点着，一根插在地上，这时让地户拿着一根往前走，等什么时候香燃完了，地户走过这段路程的地就归地户所有了。

一根普通的香从点燃至燃完，大致的时间为15分钟至半个小时左右，依一般人的脚力可走出二里至五里甚至更多。

这里又有说道。比如，手拿香的姿势，是迎风拿还是顺风拿，是快走还是慢走。顺风拿，香燃烧得就慢，顶风就燃得快。而且，香的质料也讲究。

　　如果是年息香或草原上的一种植物"年息革"制的香，燃烧得都慢，如果是一般的土纸、老纸制的土香，就燃得快。所以，地户在燃香占荒前往往都问卖香人，是不是"老香"（指马粪香和年息香），卖香的人也往往说："办道场还是占地?"

　　"占地。"

　　"那你放心拿着。这是老纸匠的手艺!"

　　在东北，香是由东北民间老纸坛的纸匠来制作。那些制香的老手艺人往往实在厚道，不会糊弄别人，所以被人信得着。

　　燃香占荒的香往往多出于地东（也就是东家），这时，地户往往问："哪上的香?"

　　地东往往说："本地纸坛，错不了。"

　　燃香占荒的地东往往是小一点的人家，比起跑马占荒，那是不能比。

第三章
我的胶东之行

　　孙成田告诉我，他老家在山东莱州府昌邑县孙家庄，这儿的人从前一庄子一庄子地离开本土闯关东，于是，我决定去山东，寻找莱州府昌邑县的孙家庄，拾起闯关东的记忆。

　　莱州是山东腹地，即今胶东潍坊，而老人的祖籍是潍坊市昌邑区夏店大河北村。

　　2007 年的夏天，我只身来到这片闯关东后人祖先的村庄。看着这么好的良田，这么平坦的土地，怎么也想不通当年这一带的人为什么背井离乡去闯关东。

　　齐鲁故地潍坊有 7000 多年的文化史，公元前 21 世纪，夏朝就在潍城的周围建立了斟寻、斟灌、寒、三寿四国，这儿遍布古文化遗址、古建筑、古石刻和各类古人类遗像。潍坊地区文化名人辈出，最早有神话传说时代的舜和以治水而流芳千古的禹及造字的仓颉。在这儿，又有人间的奇人、懂鸟语的公冶长的故居和他讲学的地方。齐国名相晏婴，汉代经学大师郑玄，"建安七子"中的孔融、徐幹，文学家苏轼、李清照、郑板桥，农学家贾思勰及清代名医黄元御……

今天潍坊以寿光、昌邑和昌乐县为重要的文化辅助区域，其中昌邑的寒亭、奎文都是重要的古文化和民间文化的遗存，在昌邑的寒亭区，至今还保留着活态的民间风筝作坊和民间木版年画作坊，这儿的杨家埠木版年画是中国三大民间木版年画（天津杨柳青）基地之一，其中的著名木版年画作坊老艺术家杨洛春，已被联合国教科文组织授予国际级民间艺术大师称号。

探索闯关东文化要从"根"上开始。这也是我这些年来寻找这种"人物"和故事乃至传奇历程的一部分。

从潍坊上夏店要从昌邑倒车。一个外地人在山东人中间一站便会被人家辨认出，但一听我是东北人又不觉得陌生。一小伙人围上来，这个说到过东北，那个告诉我现在还有亲戚在关东，我问，从前你们的祖先都闯关东吗？

一个坐在摊子后面卖手纸杂货的老汉，从嘴拢出烟袋说："没闯过关东的山东人少呢。俺们庄，一家子一家子都闯过！"

一位修自行车的师傅说："我们家也走过！"

一位上了年纪的妇女正卖水果，这时也走过来问我："是吉林的人？俺爷爷至今埋在那边，是敦化。有这个地场吧……"

这时，一个小三轮车拉脚的师傅走过来，说："你上大河北村，我拉你到夏店。少算钱！"

我感受到一股浓浓的乡情气息扑面而来，但一个人出门在外又怕遭算计。对方可能看出了我的心思，于是说，就冲你来访闯关东的人，俺也不会骗你的，上车吧。价钱你看着给。

我看看通往夏店的车一时半会儿不来，而且有许多去夏店的人在等车，就是来一辆车也会拥挤，于是，就跳上了这位热情师傅的车。

这是一种小三轮车改装的拉客车，如今在全国各地的县城和乡下都有，车子上罩一个塑料布棚，后边开两扇门，前方一个半尺见方的小窗口，正对着开车人的后背，开起车来，可以随时和司机聊天。

小车子在胶东平原农村的乡道上飞驰着，我们的话题也便从闯关东开始了。开车拉着我下乡的山东师傅又自然地成了我的向导。

每经过有"闯关东"事情的地方，他便指点给我。在往大河北去的岔道口上有大河南村，司机师傅立刻踩刹车，跳下车，走到路口的村志碑前说："看看吧，这上面就刻记了闯关东的事！"

我走过去，见村志碑上的刻记已斑驳得不能辨认，又走上几个村人和那位师傅大家一起识辨上面的字：

大河南村，古称南刘，距夏店 2.5 公里，宋代刘姓立村，古名南刘，据《刘氏祖谱》载，（此字不清）放之士著于此久矣，村西有神井古迹，相传，宋太祖落拓时过此，插（ ）枣（ ）而泉涌，植重条而成荫，吾祖则�踽踽冢冢几十世而矣……

后面什么字，已被风雪剥蚀得怎么也看不清，我问哪里写闯关东，开车师傅和一个本村叫孙相禹的村民说，记得很细，有全村人走了多少家上东北，"文化大革命"期间被人毁掉了，此碑后修刻，字迹质量不行，并告诉我此村人孙家有已完成的闯关东家谱。

为了找孙成田的老宅，我决定先上大河北村，于是，我又跳上了我租坐的那辆三轮。

从夏店大河南村到大河北村已很近，乡道上不时有人推着农土特产过去，也不断地和司机打招呼："来啦？"

"送客。"

"上哪家？"

"老孙家的客。"

"老孙家？济南来的？"

"不是。是从东北来！"我说。

"一准是做生意。什么买卖？"

乡亲们围在小车子的前前后后，甚至跑着和小车子同速，仿佛要听我说些什么。司机师傅使劲按着喇叭，让他们闪道，并回头对我说："这些人哪，没见过大世面的。你说什么他们也听不懂。"说着话，司机师傅告诉我，大河北村到了。

我跳下车放眼一望，一下子惊呆了。

这哪里是"村子"，分明是一处城镇。

满街人在熙熙攘攘地走着，土道两旁摆着各类摊床，一些新鲜的猪肉、鱼虾、干菜、粉条堆在上面，还有各式大人小孩的服装鞋帽，也像城里人一样地挂在架上、摆在路旁，甚至也有一些石膏模特也像大城市的一样立在那里，货主都在起劲地叫卖。

摆不开土产的人就把货摊在地上。

甚至还有刚刚上市的当地西瓜。

我给瓜农照了一张相，他说，要给钱的呀！我说，我给你照了一张相，还没要钱。他笑了，我也笑了，算是互相介绍。他说，串门去，买个瓜吧。上谁家？

这时，我才从司机嘴里知道，今天是大河北村集市。我也算有福，一、三、五日的集，赶得正是时候。听说要到孙成的叔叔孙文俊家，许多同村老人买卖也不做了，告诉我，就在后条街的第三栋房院。我怀着兴奋的心情走往后街，在众人的指点下，敲开了一户院门，一位山东老人迎了出来，他正是我要找的孙文俊。

孙文俊今年已快70岁了，他是闯关东二十一世传人孙成田的叔叔，也是当年孙家闯关东的六个先人中的老大这股的后人。

提起当年为什么闯关东，孙文俊把我领进屋，沏上家乡的老茶，然后一点一点地告诉我。原来孙家祖上在老老爷子时，大概是清乾隆年间，孙家是弟兄六个，家里养了13匹骡子，4辆车跑外，往北京一带拉脚，送货。那一年，大概是嘉庆十年（1805），老弟兄五个去拉货，是给泉城府（今济南一带）的一个染布作坊往北京一家绸缎庄送布。四车布装满了，晚上在一个山脚住店遇上一伙土匪劫道，抢去了布还抢走了马和车。哥儿几个一看什么也没有了，于是就下了关东，从此一去无声，连封信都没有。

货没了，染坊就把孙家告了。

当时老大在家，于是，就把老大抓起来了。家人于是把房子卖了，地也卖了。为了赎人，13匹骡子的大户人家，从此就啥也没有了。

我问他，你祖上闯关东是为着躲债？

他说，不躲不行啊！不走家破人亡，走也家破人亡……

像你家这样闯关东的多吗？

不少。过日子，谁家没事？一摊上点事，解决不了，走吧，就上关东闯去吧。

于是，孙成田的叔叔打开了话匣子。

一、发大水俺们也去闯关东

我们正说着话，孙文俊的邻居孙其君大爷走进来，他说他的祖上也是闯关东的。在他爷爷那辈闯过关东，后来，又回到了大河北村。而且，他家至今还保存着当年闯关东的族谱和祖宗"影"（就是家谱的另一种形式，民间又称老影）。

于是，我又去了孙其君家。

在孙其君家，我见到了他家的家谱和"老影"。

孙其君家祖上闯关东时间晚，大约是在光绪二十年（1894）。当时，潍坊一带经常发生涝灾，大水一起，白亮亮一片，庄稼全淹了，没有活路，于是只好闯出去。

闯就是上关东，上东北，一路要饭离开家。

我问他，你祖上当时几个人。

他说，一帮子人，亲戚朋友一块走的，路上有个照应……

说着，他搬出一对老木椅。

他告诉我，这对老木椅就是祖上闯关东回来挣了钱找人置办的，一直留到现在，少说也有 200 年了。

作为孙其君家闯关东的历史遗存物真不少，除了这对老椅，还有他家当年从东北带回的"草筐子"，那是北方人用草苇编织成的一种生活用的"草盒"，但很精致。

更让人惊奇的是，孙其君保留下了祖上闯关东人的"影"像。

他家祖上闯关东的老影放在一个木制的小匣里，小匣上下有套，里面又有盖，平时不套。一到年节，才能拢下套，然后，揭开紧紧的匣盖，才能抽出一个木框。

那木框里镶着老影，这是我从未见到过的一种珍贵的"家谱"文化，很有地域和民族特色。

孙其君家的闯关东祖宗老影一共是五组，一组为一辈，到他这是第六辈。这说明这组老影中的四组为闯关东的先人。

老影中的人物既是他的先人，又是八仙。那种人物的画法和造型与当地的民间手艺——潍坊木版年画何其相似，又有皮影制作的工艺在内。我问他，八仙怎么又是你的祖上人呢？

他说，当地人都这个供法。

中间的，是他的祖上人；旁边的四组人物，是八仙。

我一细看，真是这种排列。

为什么把八仙与闯关东的人放在一起供奉？他说八仙就是游走四方，闯关东也是走动、奔波，从这一点上说，祖先的"闯"和"走"都是有来历的。

孙其君说，我的祖上是家乡发大水走的。

孙文俊说，我的祖上是为逃债走的。

杨洛春说，我的祖上是为着养老娘走的。

二、当年，孙家就是从这里走出去的

我们走出孙文俊家，又去找孙成田家老屋。

孙家老屋坐落在大河北村的村西南角，现已易主。就在当年祖上哥儿五个闯关东之后，大哥不得不将此屋卖掉以还欠债，这座老屋历经几个朝代，屈指算来，已有 200 年的历史了。

孙成田家老屋的土墙虽然经过历代主人的修缮，但是，墙上的土砖和泥坯有的已经脱落，木门和门槛都显出它历史的沧桑……

老屋在默默地讲述着孙成田家二十一世闯关东的别离经历，那种沉默，其实是一种真实的生动。

老屋的房后，是一条土道。

黄土乡路，干净肃静，显得很幽雅。

孙文俊告诉我，祖上走后，这一带的人也有走的，不断有人离家闯关东。

那时，山东人去往东北，就成了谋生的一条出路，所以，当年的大河北村有"车神庙""鞋神庙"。

他说，车神，就是出门远行，得靠木车子，拉东西，推爹娘。大车或小独轮子车，是主要的交通工具，而鞋神，出门要穿鞋走路。鞋神是孙膑，在大河北村有孙膑庙。车神庙已毁，鞋神庙，也只剩下一块空场了。

闯关东的文化记忆在今天生活气息的冲击下，许多已经荡然无存，这个遗址也许以后会被村民们盖起新的房舍，而历史的记忆便会消失得没有一点踪影了。

但是，在古老的中原大地，像大河北村、大河南村这样的老村，只要一提起当年闯关东的事情，老人们都会打个唉声，然后，滔滔不绝地给你讲上一段。

很早的时候，我就听东北人常说的一套嗑：

过大海，闯关东，

长白府里来安生。

跑马占山开荒地，

一个穗子打一升。

吃饼子，就大葱，

咬一口，辣烘烘，

干活全靠老山东！

这首歌谣的口述者是长白县的卢月松，他本人也是闯关东来的中原人后代；搜集整理者张平是著名的黑土地民俗专家，他把目光投向了东北汉民族的生活形态。在这里，既把东北山林土地自然资源的丰厚记载描写得十分完好，又真实地记载了东北人对山东人的印象，特别是山东人的能力，那是一种顽强的生存能力。

从前的开荒完全靠开荒人手中的一把镐头，人面对的是生长千百年的荒山野林，一镐一镐下去，刨出树根和石头，使土地能种上庄稼，这是一种能把人累得吐血的活计……

从前，人和自然的比拼，完全是人的血肉之躯对付冷酷的自然，靠人的生命的植入。开荒的人，腰一旦弯下，就很难再直起。

许多在东北的山东人，到老时，腰猫猫着弯了，那是种地开荒的历史留给他们的一种真实的纪念。

山东人给东北人最深的印象是能干。

他们无论走到哪里，手中总是挂着一根棒子，因此，很多人叫他们"山东棒子"。

有一段时间，人们以为"山东棒子"这个词是贬山东人，叫他们山东棒子是"搡人"。连他们自己一听别人这么叫他们，也很生气，甚至和叫他们的人动手。当然，也有一些人用这句话来发泄对山东人的不满，但人们又不懂为什么"山东棒子"就是骂人。可是，当我们一旦认真地寻找这句话的出处，才发现它是历史对山东人闯关东形象的一种记录。

据《鸡林旧闻录》和《吉林乡土志》载，自明清以来，关内大批移民入东北，民间称为闯关东。内文中说："他们皆勤建业，不携家室。大半至冬季便携一年织货而归。"又说："山东人最伙，直隶永平等地人次之。"（《鸡林旧闻录》之一）又载："吉林省之土著，除八旗外，大抵山东人居多……其来时，肩负行囊，手持一棒，用以过岭作林，且资捍卫，故称之为'山东棒子'。"

棒（bàng）子，就是木棍。

因为东北的山林处处是木材树棍，他们拾起来拄着，很容易。文字资料中也记载得很明白，他们行走时手里往往拿着一根棒子，以防狗咬，另外，关外山多冈频，坡坎连绵，带一根棒子也好当拐棍使。

再说，山里人进山，都是离不开棒子的。

如挖参人，他们必须每人手里一根棒子，这个棒子还有名，叫"索宝棍"或"索拨棍"。索，就是索要，向大地大自然去索取；拨，就是用来拨拉草，以便"打草惊蛇"，保护自己的安全……

东北入山者，手里都拄着木棍。

所以，称山东闯关东的来者为"山东棒子"并不是贬称，而是一种对他们生活习俗的翔实的了解的记叙，也是对山东人闯关东的"光辉"历史的真实记录。

东北历史上的早期先民，由于熟悉地理环境、生存环境，在高山密林里生存十分自如，可是千里迢迢的闯关东来东北的山东人、中原人则不然，他们开始来东北，当然对这里的一切都十分的陌生，但他们不畏艰苦，不怕危险，不惧怕关东的严寒，毅然地"闯"了进来。为防恶狗和恶人，也为了爬高山上高岭，于是顺手"携棒而行"，这还是山东和中原人勇于创业，不辞艰辛，能吃大苦耐大劳的一种能力的真实写照，是山东人创业"闯关东"的英雄历程的记录。这些闯关东者，老家久违了的老屋，使我产生了诸多的联想。

三、亲兄弟棉花街分手

不是一个物件，而是一股人，竟然消失在茫茫的东北原野上。他们走到哪里去了呢？

孙成田告诉我，就是寻到死，也要寻。一代寻不着，还有下一代，子子孙孙地找下去。

因为，闯关东的故事不能断啊！那是教育后代要自强独立的最好的材料。

在孙成田的叔叔孙文俊那里，我也才断断续续地听到了孙家走丢一股的来龙去脉。

原来，就在那次孙家给人家大户人家送货半路上遇上了土匪，家里就没了安宁了。先是大哥被对方所告，被抓进了莱州府衙。怎么办？先赎人吧。本来当年孙家在莱州一带不是大户也不是太穷的人家，有10多挂的马车呀。可是，自从摊上了官司，他们卖掉了大车，也没把大哥赎出来。而对方还说孙家是勾结土匪，故意把"货"弄丢了。于是又一份状纸，要把孙家的哥儿几个都抓起来抵账。

这天夜里，孙家老爷子把几个儿子叫到炕前，老爷子说："孩子们，爹对不住你们啊！好好的日子，现在摊上了官司。爹没有办法，我一条老命豁出去了，我在家守着。可你们一家一口的，不能等死呀！"

哥儿几个说："不，我们不离开家和你。"

老爹说："孩子们啊，你们净说胡话。官司这玩意儿，不讲情面。我一条老命，对付他们也就行了！你们，得保住孙家的血脉。现在，只有一条路，出山海关，去东北。"

儿子们一下子给爹跪下了。

爹回身翻开大柜，拿出一个"本"。

这种本，就像"谱书"，上面工工整整地记着孙家几个孩子都叫什么名，犯什么字。

老爹含泪说："前几天，我已让村里的识字先生给你们每人抄了一份，一股一份。拿着！"

儿子们含泪接了谱书。

爹爹说："现在，已经是二月二了。快往北边走吧。等到了谷雨，兴许能赶上种大田……"

庄稼人，三句话不离本行。

爹爹说："我们家这些人要一齐走，太招眼。你们分开行。两股一伙！先出村子。等到了西北壕沟的道口，再会齐……"

孩子们还想说什么，老爹却说："别啰唆，快走！快行！"

于是，几个儿子领着家口，没家口的带上细软，当天夜里，就出村奔向了北方。

那时，闯关东的人，什么样的都有，像孙家哥儿几个，不能大张旗鼓地结伴而行，怕被人家夏家认出来，就走不成了。于是他们白天分开走，夜里聚在一块住，一直走了两个多月，终于出了山海关。

这天，大约已到了阴历五月初了。

五月的时日，在中原那正是庄稼生长的旺季，天气和阳光也好。可是东北，还是寒风刺骨。

这日，孙家族人来到一个叫棉花街的地方。就见前边一块地上围着一大堆的人，大伙不知在吵吵什么。哥儿几个走上去一看，原来是几个"揽头"正在招垦户。

原来在当年，随着东北不断地开发，加上中原闯关东的人越来越多，一些拥有土地的人或早期来东北的人已经有了一些"荒地"，知道一些闯关东的人源源不断地来，都等着找活儿干，于是，这些拥有土地和荒的人就到村屯和道口上，专门招雇闯关东的人，有的是直接有地，有的是别人派来招工的，而这些人，就叫"揽头"。

现在，遇上招垦分荒的了，哥儿几个想，到哪也就是这样，咱们就"分招"吧。分招，就是在几个"揽头"那里找谁给的租子多，就报名。为了哥儿几个不至于太分散，他们就和几个"揽头"商量，能否让哥儿几个在一块。可是，人家"揽头"不管这些，而且有的招三名，有的招五户的，于是，孙家领着哥儿几个除来闯关东的三哥之外把大伙分成三帮，老二领着一家人去黑龙江的海伦沙河子垦屯；老三和老六奔宽城子卧龙泉垦屯；老四和老五奔双城的响马屯垦屯。当天，亲哥儿几个就要各奔西东时，老二备了一桌薄酒，把兄弟们找来了。

老二说："兄弟们，明儿个咱们就要分手了，有一句话，我要说。"

弟弟们都说："听二哥的。"

老二说："一是，咱们都是老孙家人，到啥时候别忘了家和姓啊！"

"是，二哥。"

"这二嘛，就是我们不能忘了哥哥还在大牢里。我们要挣钱，回关里家把哥哥赎出来。因此，我们哥儿几个每半年在宽城子见一次面，凑钱回关里家，一是看爹娘，二是赎大哥！"

大伙齐声说："就按二哥说的办。"

于是，哥儿几个抱头痛哭，就在棉花街分手各自谋生去了。

第四章 闯关东其人其事

一、三十八岁累死关东

这个人叫孙景儒，是道光年由山东老家闯关东来东北的人。他来的时候，正是清朝政府加紧封禁边卡，不许中原人闯入东北，可是，他家摊上了一个官司，被债主追逼，于是，他来了东北。

刚到东北时他 29 岁，和其他闯关东的人一样，先找"大户"或"地户"投靠人家先住下。正好九台庆阳的卧龙屯老郭家是当地的大户，有一片"新荒"要开，缺人手，孙景儒就入了郭家当长工。

当时，孙景儒所在的卧龙屯往北二里就是"边"，这个屯子属于"边"的靠边处，在招孙景儒时东家就说了，这一拨闯关东的人主要的活计是"抢荒"。

抢荒，就是深入"边外"去开荒。

那时，所说的边外是蒙古贵族的地方，是早期清政府为了感激蒙古贵族帮助他们攻明时拨给他们的封地，但这一带离蒙古族中心远，蒙古族"租子柜"（一种管理土地的蒙古族贵族机构）时来时走。汉族的一些当地地户和早期闯关东来的一些人就在边里和边外混着开垦，抓住了就交租上税，抓不住就算白捡，这称为"抢荒"。因此，孙景儒一来到东北，落脚在大地户家，人家当家的就发话了，"你能不能吃这碗饭？"

孙景儒说："东家，不就是开荒种地吗？"

"是，可又不是。"

"此话怎么讲？"

"通常说起来，是开犁，下种子。可得先'抢荒'，把荒占到手。你们每个人一天得开出五亩'荒'来。"

"行。"

"第二，你骨头硬不？"

"硬。"

"硬就当打头的。来我这'吃饭'的人，都得先当打头的……"

就这样，孙景儒就留下了。

闯关东来东北开荒种地是一种要人命的活。从前，山东人在关东种地哪见过这种地呀，那叫"荒"。荒，就是荒草、荒原。抢荒的人半夜公鸡没叫就得爬起来，吃完饭扛起镐头奔边外走到"荒"上天还没亮。但是，看不见地啥色也得开刨。

开荒前是割草薅草。东北那荒片上的老草，千百年就生在那里，没人动过。

用镰刀割都割不动，时常"打刀"（就是野草和蒿秆把刀掰断了刃），所以要先"燎荒"，就是烧荒。

开荒的人先点着荒原大火，荒在火光中变成一片灰烬，这时，再踩着火星子抢镐……

开荒时，那些荒地无有尽头，每一垄都是长有五里地。干一天下来，往回走的力气都没有了。进了院子，连端碗吃饭的劲儿都没有了，吃完饭，累得竟然上不去炕啊！

头一天下地，孙景儒就累吐了血。

古语说，人就是干活、活动的人，人能闲死不能累死，这不过是在鼓励人而已。其实，生活中要累死一个人，太容易啦。闯关东种地的山东人，有许多人就是一点点累垮的。

何况，这些给人家大户、地户"抢荒"、开荒的人不但要起早贪黑，还得每天必须开出一定数量的荒来。更要命的是，还得防着蒙古人租子柜的"追剿"。有时孙景儒他们正开着地，突然远处传来了马蹄声，又见火把四起。于是，大伙就喊："快跑！租子柜来啦！"

大伙扛起铁镐就跑。

等马群没了，火把不见了，他们回到原地一看，人家租子柜已派人来管这片荒了，他们白干了。于是，还得再另外选荒，开地。

这种累死人的种地活，渐渐损坏了孙景儒的身体。他一举镐，就腰上没劲，接着一口口地吐血，民间这叫"伤痨"。

伤痨是一种累出来的硬伤。五年下来，孙景儒开始咳嗽。而且，口口带血。人有多少血能架得住这样往外咳呢？

夏天铲地，孙景儒当打头的，郭家的西长垄一根六里地长，一天每人必须铲六根。六六三十六里地，啥也不干光走道也走不下来呀！可是，地主叼着烟袋骑着马跟着干活的，铲地的人不能停下。最后，孙景儒他们累得在地上爬着铲地。

秋天，那是要命的季节。

古语说，三春没有一秋忙。一到秋分，头一场霜一下来，闯关东给人家扛活的人就别想进院子上炕啦。每天放下镰刀就是鞭子，庄稼是割了运，运了割。

接着，就是打场。

从下霜开始秋收，一直干到整个正月，人整天跟在牲口屁股后边看碌子打场。脚冻得像猫咬的疼。靰鞡坏了，只好把脚插进牛粪里焐焐。新粮打下来，要立刻往烧锅送去。可是，送粮的路上，还要提防胡子（土匪）抢马。

从前，东北遍地是胡子……

关于胡子，还有许多的说道，他们是不抢穷人，只抢"大户"。可是给大户干活的长工们得吃不了兜着走啊！有一年送粮去南烧锅，孙景儒他们的粮东被胡子"北边好"盯上了，硬是抢去了三匹马。为了这，东家扣下了他三年的工钱啊！

闯关东给人扛活的山东人，每年不能停下手里的活。一年只有三十晚上才给大伙放闲，让大伙祭祭祖，拜拜年。这才算闯关东的人过年了。

就这样，38 岁那年，身强体壮的孙景儒正在铲地，铲着铲着，只觉胸口一热，一大口鲜血直喷出来，死了。

他，是活活累死在关东的土地上的。

他到死也没能实现自己的愿望，回一趟关里家。于是，后代就把他埋在关东的黑土地上了。

这就是闯关东人的坟头，也是一座闯关东纪念碑。今天，这座坟就立在吉林省九台市庆阳乡龙村卧龙泉屯西北的一个高岗上，那儿，正是从前靠"柳条边"的地方。

二、闯关东成了山里"野人"

在东北，在长白山里，有许多老人被别人称为"老冬狗子"，或叫"毛人"，又叫"野人"。其实，他们中间的许多人往往是闯关东来的山东人。

在历史上和生活之中，关于山里的"野人"事情的记载非常之多。

清安图知县刘建封著《长白山江岗志略》记载："大苗沟，在通化南，长九十里。土人云，沟内多毛人。光绪三十二年七月间，有一农户姓郭，夏日农忙时，家中留一童，年十二，一女，年九岁，看守门户。日夕时，忽有一物，遍体皆毛，开门入室。见锅台有一猪油罐，启盖食之。童情急，用棒击之。物用一爪执菜刀，一爪抓童发，将项后连推数下，血涌出而踣。女哭寻家人。（郭）某老幼奔回，遥见物从容出，四体着地。一农夫用石抛出。物起狂奔，如人行状。追之不及。后童伤就痊。人呼物为'毛人'，或曰'猩猩'。未知孰是。"

又记：土人云，康熙朝，湖边渔户，夏日见一白人自水中出。赤身，无衣缕，毛发皆白，食鱼虾，不食菽谷，操鸟音，人不能辨，杂渔户居月余，稍通华语，自称"世居南洋"。

又记：老旱河，在白山北偏西麓。顺平安岭西岸，陡辟一涧，有石无水，深十余丈，阔十余丈，长约五十里。人迹罕至，下游出水为松香河。

相传，山中魑魅魍魉，多聚于此。十数年前，吉林宋十八采香至河，有二童嬉戏，以手招宋。知为怪，置不顾。忽闻一童哭，一童骂。宋怒，以石击之。伤一童头颅，一童狂奔而逃。少时见一巨人狰狞而来，宋趋避之。巨人追之里余，将宋捉获。手撮宋发，步快如风，山林沟渠，跳跃而过……

这是《长白山史话》（尹郁山、郑光浩著）和《鸭绿江三百年》（陶勉著）书中的详细记写古人云"野人"之事项，还有诸多条，更为生动。"松香河"就是今天的松江河，那儿产一种古香，据民俗学专家富育光先生介绍，此香为"大字香"，民间采此香为"贡香"，并有"南檀北松"之说，十分珍贵。

史书资料中最有趣的是《桦甸县志》，称野人为"老冬狗子"。

老冬狗子是何许人也？此志载"老冬狗子是久住山里，放山狩猎，采参挖金拣蘑菇的以山为主生活者，穴居野处，久以山洞为家，寒尽不知年，自忘年岁"。

而在东北民间，人们又把这类人称为"老洞狗子"，冬、洞相通，指不怕寒冷，住在岩石山洞里的老人；狗子，往往指他们耐寒，抗活而不死，皮实（顽强之意）。

他们常年在深山老林里，一遇外人便问："秦始皇万里长城修到哪儿啦？"

或者："张大帅近来身子可好？"

常常引得人目瞪口呆。

这些人，都是一些长寿的奇怪之人，因此，人们把他们称为"山人""山狗子"。

随着时光的推移，人类已进入现代社会，长白山里还有这种野人吗？

可是，不久前，有山里的朋友告知，长白山里发现了"野人"，并让我赶快去；冬季的一日，我们一行四人，冒着大雪进山了。

我们要去的地方属于露水河林业局的新兴林场老伐区，就在北纬43°，东经183°的位置上，靠近了头道溜河（松花江南源上源）和二道溜河（又叫二道碴子河）的一处深山里。那儿的地名都叫"张炮手沟""李炮手窝棚"什么的，都是从前的进山人根据自己的经历起的名字。

这一年雪极大，人走一会儿便要在林子里坐上一会儿，喘息一会儿。

我们边走边议论这个"野人"的情况。

据向导春生（他是家在老新兴林场的一个工人，父亲常年在山里开拖拉机集材，发现的这个线索）介绍，这个野人是典型的"老冬狗子"，他常年不下山。有时一两年下山一次到镇子上买点油或盐，然后又回山消失得无影无踪了，大伙不知他姓什么，叫什么，只是喊他"大老黑"。

在这茫茫老林深处，他是怎么活的呢？

大山静静的，人们把车丢弃在蛤蟆房子（一伙养蛤蟆人的住处），然后徒步爬山。

雪在脚下嘎吱吱地响，没有道，我们就在老林子里深一脚浅一脚地跋涉，完全凭着感觉……

冬季长白山雪林是那么美，空气清新极了。呼一口，凉凉地进入肚里。只是四周静得让人恐惧，生怕突然从林子里蹿出一只斑斓猛虎，我们几个人便会落得个可想而知的下场……

老林的雪道伸向远方，弯弯曲曲没有边。

这儿的山，被人称为"鸡爪子沟"，就是一坡一沟紧接着，极其相似；如果没有向导，还得是好向导，千万不可冒险。

探险是人生的乐趣，但必须有充分准备。

我们带足了面包和矿泉水，又给野人"大老黑"带去 10 斤酒，走走停停，不时休息。

深山老林里到处是被狂风刮倒的大树，树根披着厚厚的白雪倒在林中，远远看上去，好似一座座巨大的楼房披着白雪坐落在老林子里。走了将近一头晌，当我们赶到向导说的野人窝棚时，我们失望了：只见一处破旧的窝棚孤零零地坐落在山窝，不见有人。

特别是向导那句话，春生说，这不是大老黑的住地，他究竟在哪条沟，我也是记不清了。

这时，大家顿觉浑身一点力气也没有了，一个个泄气地坐在、躺在雪地上，真想就此睡上一觉。

怎么办呢？连野人的影儿都没发现。

突然，向导春生有了主意，他说，咱们一起喊，喊声在冬季静静的老林里会传得很远；他有狗，咱们一喊，狗会先听到，它一叫，咱们不是就知道他的窝棚了吗？

这，真是一个天大的好主意，于是我们又来了精神。大家准备好，在向导的指挥下，一个个把手围在嘴边，然后，一齐喊："哎——！"

远山久久地传播着我们的呼唤。可是，当回声渐渐消失后，四周仍是一片寂静。

只有刚才人们的喊声震落的片片雪花，薄薄地从高树上轻轻飘荡，在林子里飞动。

大家又灰心啦。向导说，可能离得太远，狗也听不到。这回咱们这样，每隔 10 分钟一喊，以便给狗通信。

我们于是又上路了，奔山林深处走。

边走边喊，以求奇迹发生。

走啊喊啊，也不知走了多远，喊了多少遍了，就在大约下晌两点一刻时，大家喊声刚住，突然，隐隐约约地，大家听到了远山后面似有狗的叫声。

向导让大家一动不动去听。

许久许久，果然，在那遥远的山背后仿佛有狗在狂吠……

向导春生兴奋地肯定，是狗叫，而且是大老黑的狗叫。因为在这样的深山老林子里，没有别人，只有他。

大家几乎立刻忘掉了劳累，一齐朝狗叫的方向跋涉，不一会儿，身上的棉衣就被热汗湿透了。看看离狗叫的山坡越来越近了，向导春生立刻提醒大家："把手中的木棍都扔了。"

我们都不解：这棍子，是我们上山拄着用的，而且，也可防狗啊……

春生见我们发愣，于是笑着解释道："其实你们错了！那狗你们拿棍子它是不怕的，它反而以为你们是要打它，它会死命地咬你。只有扔掉棍子，见到大老黑才安全！"

大家这才恍然大悟，赶快扔掉了手中的木棍。

与此同时，山坡上的密林里突然传出一声喝问："什么人？"

我们抬头向上一望，不见人影。

春生赶紧对着老林解释："俺是张司机的儿子，特来看你。还给你带来了酒！"

这时，雪影一闪，老林雪地上站起一个人，接着，两条大狗忽地蹿了上来，又被大老黑喝住。他对我们说："你们只管上山。但说话时，特别和我说话时不要扬胳膊，不然，狗以为你们打我，它会死命咬你们……"

我们于是就这样胆突突地跟在大老黑身后奔向他的住地。

大老黑的住地在山顶林间一块平地上，一间小窝棚，两间小仓子：一个是磨房，一个是杂仓；两条狗，一窝鸡，一囤苞米，还有他自制的各种生活用品。

这真是山里的孤独"山寨"。

那狗名叫"傻子"。它极凶，如果不是大老黑认识向导春生父亲，我们绝对不能靠前。

就在我们和大老黑谈话时，也得是他紧紧按着，不然傻子随时会"袭击"任何一个敢于说话时抬手的人。

谈话时我们才知道，大老黑13岁闯关东入山，从此再也没出山，也没下山；究竟他自己姓什么，多大年岁，他也不说，我们也就按规俗，不去问，只谈一些他的生活和趣事。

他让我们看了他的窝棚。

那是一座空荡荡的孤独的住处。

木柯楞窝棚里，抹着泥皮；墙上的一个木板上放着一个秋天摘下来的舍不得吃的倭瓜；一个枕头，一床旧被；一张炕桌；还有林业工人送他的一只破电筒和一些过时的电池……

山里没有照明，他自制蜡灯。

他极聪明，会做任何维持他生存的事情。

他自己有一盘小磨。那是几十年前他翻山越岭从一处叫黑瞎子沟的老林里背回来的。他就是靠这盘小磨，把他种的苞米粉碎，然后供自己生活。

自给自足的生活是他创造出来的。他给我们看他自己制造的犁杖，那是他自己播种的工具。

而且，他自己制造了"脱粒机"。

是一个木架，槽型。苞米放进去，人手持一木棒，一下下地敲打，便可脱粒，真是精彩极了。

他养了一些鸡。

那些鸡，其实都像野鸡。它们不是在树上，就是在房上，充满了"野性"。

特别是他的那两条狗，太厉害了，没有人敢靠近它们，更别想靠近它们的主人。

大老黑告诉我们，有一回，他的狗将一只野猪咬倒，在危难中救过他一命。

他自己甚至也不信，他的狗怎么这么厉害而凶猛。

我们想尝尝他的干粮。于是，他进窝棚取出他吃的"馍"。那是用新鲜的玉米面做成的，硬硬的，凉凉的。但吃上一口，甜丝丝的，可以说，是真正的不用化肥种植出的"绿色"食品。

但山上缺少的是油和青菜，酒当然也珍贵。

我们的交谈很愉快。他是个真正的长白山"冬狗子"，他知晓山里的各种各样稀奇古怪的事情；而且，他说话频率快，内容丰富。可能也是他长年不见外人的原因，现在见了我们，滔滔不绝地讲述着山里的事情……

有一年，他夜里出去，见地上有一堆木头，他一踢，木头动了。原来那不是木头，而是一条巨大的蟒蛇！

有一年，一夜大风，早上他出窝棚一看，不知从哪儿刮来一块炕面大的石头……

净是一些奇事、怪事。

我就记呀，记也记不完。

后来，我们和他的狗也多少有些熟了，在大老黑的吆喝下，他让我们每人摸他的狗头一下，只一下。

于是，大家轮流去拭摸那狗的毛茸茸的头顶，但眼神一定要善良，不要有一点恶意表示出来；不然，人稍微一不谨慎，那狗便会出其不意地放倒对手。

采访一直到下晌四点。我们走时，野人大老黑恋恋不舍地送出窝棚……

探查野人的经历那么难忘，使每个人在惊险的旅程中增加了无限的满足和巨大的收获。

三、闯关东沦为娼妓

民国二十五年（1936）夏天，河北南宫县一场大水，使刚刚盼得丰收的庄稼人的一切愿望都破灭了。日子怎么过呢？

当时，南宫县张各庄有一户人家，当家的叫张九江，老婆给他生下三个姑娘之后得大病死了，可是，临死借下买棺材的"印子钱"却还不上，这又遇上了大水，债主天天上门。这天，张九江从外面回来，拿出一包钱来。他对大姑娘、那年刚刚 19 岁的张玉珍说："玉珍，咱家有钱啦。这是爹给人家干劳工先付的定钱……"

女儿问："什么工？上什么地方？"

"修矿山。听说在关外！爹一走，这家里的二妹、小妹全靠你照看。一年半载的爹挣了钱就回来。"说完，爹就和招工头子走了。

可是，女儿玉珍还不知道，爹这一去就再也没有回头之日了。

再说，自从爹爹走后，玉珍从不少从东北回来的人那里得知，爹根本不是修什么矿山，而是被日本人带往长白山修"小丰满"水电站。

而且听说，一天三顿橡子面还吃不饱，爹的老腰疼病又犯了，躺在工棚子里没人管。

张玉珍惦记爹，正好听说屯里有几个妇女也想去东北寻亲，她于是把两个妹妹托付给她的二姨，自己和同乡于民国二十六年（1937）结伴去东北，闯关东找父亲去了。

那时闯关东，女人都得女扮男装，她们每人做了一身男装，又都戴上一顶狗皮帽子，就出了山海关。

这年的腊月，终于来到了一个叫范家屯的地方。

这天下晌，她们五六个女人正想过铁道进村子，突然来了一队日本骑兵，把她们冲得谁也找不见谁了。没办法，张玉珍一个人就住进了范家屯的一个路边小店。

夜里，突然有一伙人来查夜。

那地保警察40多岁，名叫姜德林，专挑年轻人查。一眼发现张玉珍根本不像男的，就把她带往自己的居所。逼张玉珍就范之后，就把她藏在自己居所后院的一间房子里。后来，他一边稳住张玉珍，一边找老鸨子，终于托人在当年长春的"新天地"老桃源路的窑子"玉顺堂"讲好了价，以20块大洋的身价把张玉珍卖了过去。要想跑是跑不掉了，玉珍想寻机找爹吧。

就这样，张玉珍寻父不成，落进了长春妓院老鸨子的手中。来到这里后，老鸨子陶沈氏给张玉珍起个"艺名"叫金香。当时，这玉顺堂一共十几个姑娘，金香和一个叫"美玉"的是刚来的，刚来不久，她就遇上一件事。

那时，每个妓女，都得有营业许可证。

这天，老鸨子陶沈氏把金香和美玉叫到跟前，说："拿出你们的营业证。"

她们刚拿出来时办的"营业证"，老鸨子一把就夺过去了。接着，"喳喳"撕下她俩的照片，又贴上"小红"和"大荷花"的照片，说："去，你俩上南满医院，找'王猴子'大夫，把这两个营业证盖上验讫无病的章子……"

在当年，南满医院里专门有个传染病检验科，包括性病在内的各种疾病都要通过这儿检验。这儿有个王大夫，一副猴相，人送外号"王猴子"。妓女规定定期要到这儿来"验证"，如果他腰上的那个合格的小章不给你卡上，你就别想安宁，特别是"欢乐地"的各个妓院的老鸨子，都得设法与他套近乎。其实，金香和美玉替小红和大荷花弄检验证一事，陶沈氏早已和王猴子通了气，而且已达成了某种默契。

而金香和美玉，当然蒙在鼓里。

金香和美玉来到南满医院。

王猴子一看是玉顺堂来的，就淫笑着说："等一会儿！"

金香和美玉坐在凳子上抽烟儿，这时，一个又粗又壮的脚夫，给王猴子拉来一推车煤，卸完了煤，进屋洗手，然后说："大夫，这三天的工钱，一共是……"

"不要说了，"王猴子打断他的话，指指坐在凳子上的金香和美玉，说，"领一个，到隔壁药库里去睡一会儿，嘻嘻！"

那脚夫瞅瞅这个，瞅瞅那个，不知选谁。

金香火了，一下子跳起来，指着王猴子的鼻子说："你休想拿俺们的身子当本钱！美玉，咱们走……"她拉起美玉，走到门口，美玉说："金香姐，可咱们的执照在人家手里，回去咋交代呀？"

金香一愣。她想冲上去，撕碎王猴子的笑脸，可她不由得想起临走时陶沈氏软硬兼施的话："执照一定要办回来，王大夫有什么要求，你们可要满足他……"美玉伏在金香的肩头上，默默地哭着，说："姐，答应了吧！谁让咱是妓女的命呢……"

王猴子得意地瞅着她俩，还歪头气人。

就这样，美玉不得不被这个男人拉走了。

就在王猴子插上门玩弄金香时，隔壁药房仓库里传来脚夫蹂躏美玉的声音。

三天，整整三天三夜。

金香和美玉被王猴子变着法地折磨了三天，她们才拖着散了架的身子回到了玉顺堂。一看金香和美玉带回了南满医院给盖了章的小红和大荷花的营业执照，老鸨子陶沈氏乐了，当着众妓女的面说："金香和美玉，今儿你们先回去歇着吧。"

这天夜里，金香睡着了，醒来，她看见门洞子的影壁前点着一盏小灯，夜风吹着小灯，忽闪忽闪地亮，影壁下，一个席筒子卷着卷儿。特别是金香看见陶沈氏正和老温头讲话，她知道，准是有事。

老温头原是马家油坊花子棚里的花子（乞丐），后来攒钱买了一辆牛车，专门在青楼拖运尸体。所以平时人们一见他，就知必有事……

金香心下一紧，急忙拉住旁边的姐妹问："谁老了（死了）？""小红。你们俩还不知道！她知道你们俩替她去南满医院遭罪，就找看门雕说理，又被陶沈氏给打了一顿，夜里她一股气用大烟拌饭，想一死了之。谁知没死，可看门雕也不给看。她知道小红就是死了，她还可以买个丫头，顶小红的名开业……"

"真狠毒啊！"美玉说，"怪不得她不让咱们见小红！"

金香再也忍不住了，扑上去哭叫着："小红——！我可怜的妹子！"

陶沈氏正和老温头讲价，冷不防金香和美玉扑过来，她猝不及防，忙喊："来人！来人！反了！反了！"

她这一喊，她男人陶一善领着几个窑友赶来，扯开了金香和美玉。老温头像抱一捆谷草，弯腰夹起炕席卷，顺手扔在牛车上。陶沈氏一挥手："快走！快走！""驾——！"老温头一挥牛鞭，车儿吱吱咔咔地响着，出了院，直奔东大桥头的乱尸岗子而去。

当年，东大桥头的伊通河岸边是一片乱尸岗子，到处是大小不等的坟头，春天老风一起，往往刮出一顶一顶的红棺材。有的棺木薄，里边的死尸和白骨都看得清清楚楚，就是大白天人们从这儿路过，也是胆突突的。每到春夏，野狗常来这儿吃死人，狗吃人肉都吃红了眼。坟前有后人的往往立个碑、砖或木板，那些连木板都没有的，就只有妓女和花子的坟。

当下，老温头摇着鞭杆，哼着一首古怪的小调走了。

一天，长春著名的粮行裕昌源的外柜刘向阳来到了玉顺堂，和老鸨子陶沈氏耳语一阵。当年，桃源路一带的妓馆也不能不依靠一些地方上的势力，像益发合、裕昌源、世一堂等等这些大买卖人家，有个大事小情的，多方面有人照应，也好处世。而裕昌源掌柜的王荆山，那可是个有头有脸的人物，得靠他。

一提出盘子，陶沈氏懂，但她心里明白是不是"花盘子"。

这"花盘子"，就是放妓女出去设圈套，坑人害命，弄不好妓女的命搭上不说，连老鸨子也要受牵连，还说不定弄到地方（法院）上去，到时候吃不了兜着走。当下，陶沈氏问来者："这事保靠吗？"

"绝对保靠。我把你的人安插在阿城戏班子里，世上以为是他们的人。不过，你可给我派有拿手好戏的聪明人！"

"二柜！"陶沈氏神气十足地说，"我手下的姑娘，个顶个保靠！"

"好！一言为定。"

当年，长春有个大粮市，这个粮市上有个出名的"爷台"（说一不二的人物）叫常老伍，控制着粮市，他的一个哥哥据说在溥仪手下当差，他一天挂个文明棍，在粮市上晃来晃去，什么闲事都管，又没人敢拦他。甚至谁买谁卖的粮食什么价，他都控制。这样一来，每天吞吐量巨大的裕昌源就不得不常常看他的脸色行事。于是，二柜刘向阳背着掌柜的王荆山，和玉顺堂定下了一个整治常老伍的圈套。

这天，在四通路口的"路探"捎信，说从小合隆进来五车大豆，按约定车马将宿在"义和"大车店，消息早已被刘向阳掌握，而且他知道，这样的事常老伍不能不知道，也不能不到。

当年，义和大车店坐落在东三道街伊通河北岸，是个能容下几十辆人车的挺像样子的关东车店，掌柜的姓何，山东人，精通车行买卖，为了稳住车伙子们，义和大车店每天都要请来几班野台子戏，一唱就是一宿。刘向阳听说常老伍就爱听荤戏，他立刻找到何老板让他跟荤戏班子领头的协调，到时好安插妓女。何掌柜的也不敢得罪裕昌源的二掌柜的，哪有不应之理？

这一次，来义和大车店唱戏的班子是舒兰亮甲山地方上的一个戏伙子，领头的叫"麻哥"，和何老板打过多年交道了，对何老板更是有求必应，当下二人达成了交易。

这时，金香已在一个窑友的陪同下，来到了义和大车店。

金香早就想好了，她要趁这个机会逃走，去小丰满找爹。

再说常老伍和小合隆车队掌包的讲完价，刚走到门口，车店掌柜的受人之托，就发话了：

"办完了，伍爷？"

"完了完了。"

"这就走？"

"走。"

"今晚可有'臊西厢'。"

"哪儿的班子？"

"舒兰亮甲山，地道个拿手！我准备倒间空房子，先给你来一段，伍爷对咱们车店也说得过去！"

"那好吧！"

这常老伍是有名的戏迷，特别是那些带荤腥味儿的民间戏曲，他一听就忘了姓啥。

义和大车店靠西大墙里边有一间库房，过去是放草料的地方，后来被掌柜的收拾出来，里边搭了一铺小炕，专门供来来往往的亲朋好友临时休歇。眼下，让故意装作戏子的金香在这儿待着。

何掌柜见过麻哥，不一会儿，那屋里就收拾得利利索索的。麻哥把常老伍引进料房，这时，屋里就金香一人。

麻哥也早已和金香对好了故事，一见金香，引见说："这是地面上的伍爷，今后我们在这儿赶行头，事事全靠老人家的关照……"

金香甜甜地说："伍爷里边坐！"

"不客气！不客气！"

常老伍迈着方步，踱了进来。

"听伍爷口气，您是辽北人……"金香顺口问。其实她早已打探好了常老伍的来龙去脉。接着套近乎地说："我虽属舒兰剧班子，但老家也是辽北。"

常伍爷说："我祖上是芝麻城子。"

金香说："俺祖上是狐狸号。"

"啊呀！两屯前后不差 30 里地……"二人几乎异口同声地说，"这真是人不亲水亲土亲哪！"

麻哥一听，他的"任务"完成了。于是起身告辞了。

这时，金香突然给常老伍跪下，掉下泪来，说："大叔，我实话跟你说，我根本不是什么戏子，我是一个流落东北的闯关东之女呀！"

"为啥装作戏子?"常老伍吓了一跳。

"我也不能害你！就实话实说吧。"

于是，金香就把事情的经过一五一十地说了一遍。又加了一句，"这次，他们是让我害你，我不能这么做，但你得答应我一个条件……"

"什么条件?"

"事情过后,你把俺救出妓院。我得去找爹呀……"

"这……好吧!"

常老伍终于被这好心的姑娘打动了。

于是,常老伍突然推说自己老病复发,不能与金香"办事",金香也出面证明,一场阴谋就这样结束了。

可是,金香也太天真了。这之后,常伍爷再也没露面,金香也没法走出玉顺堂,只好苦度时光,寻机逃出去找爹。可是,她不知道,横祸还没完。

这天,夏日的傍晚,晚霞收尽了东西圈楼头上的最后一抹夕阳,地面上渐渐暗淡下来了,小胡同里路灯暗暗地闪着。各个妓馆的妓女们统统集中到院口、楼口来等人拉客了。站着站着,大家自然而然地又唠上了嗑。

这时,进来一个五大三粗的中年汉子,此人剃着平头,满脸的黑胡茬子,两只绿豆小眼长在脸上,鼻孔朝天,大热的天,他却穿着一件黑皮袄,敞着怀,胸脯上长着一撮黑毛。这种穿戴打扮不伦不类的人也来过妓院,但今天这人一进门就神气大爷的样子,其实是叫人又怕又烦。

陶沈氏赔着笑脸说:"大爷,挑中了哪位姑娘……"

这家伙瞪了陶沈氏一眼,说:"别瞎吵吵,让我好好挑挑!"

今天,金香的身子有些不利索,早上和"妈妈"请假,陶沈氏说:"'事'都过了两天了,利不利索也得接!"没办法,金香只好上阵,但她打心眼里烦这个家伙,于是忍不住往后边躲。其实,她是不知道,这个人有重要的使命,就是"冲"她来的。

那人左看右看，抬起右胳膊一指金香说："我就要往后边溜的那个！"

打下手的刘妈踮起小脚看了看，高声喊："金香——！接客啦！"

金香跟在这位大爷和刘妈后边，走向自己的房间。进了屋，刘妈麻利地布置桌面，一碟水果糖，一碟瓜子，一碟油炸花生米和一碟散乱的烟卷。刘妈早已被陶沈氏吩咐过，提来一壶茶水和两个花杯子，客气地倒上茶，说："大爷，姑娘还是孩子，有伺候不周之处，还望多多担待。"

那人连声都没吱，只是一扬手，刘妈只好灰溜溜地走掉。

刘妈出去了，屋里只剩下金香和嫖客。

通常，有些嫖客等干杂活的老妈子一走立刻便动手动脚，可今天，这人却坐在那里不动声色地盯着金香。

好半天，对方问："你叫什么？"

"金香。"

"多大了？"

"二十。"

"姑娘二十正是好时光，来陪大爷消遣消遣……"那人说着，把瓜子盘子向前推了一下，金香知道，他这是要吃"花瓜子"。

嗑花瓜子，这是有名妓馆每个妓女的必备功夫，就是要求妓女和嫖客面对面地坐下，妓女嗑完一个瓜子，轻轻一吹，瓜子仁就会飞进对方的嘴里，不差分毫，而瓜子皮则飞落在妓女的两边。如果这个功夫欠佳，那妓女只能越来越离嫖客的嘴近，免不了得到对方下流的抚弄。

这时，这家伙已双目微闭，头靠在太师椅上，张开嘴，等待着对方那香香的、微带口红香气的瓜子仁飞进嘴里。

被逼无奈，金香只好听从。

她一个接一个地嗑着，果然个个落在对方的口中。那人也真会享受，大约有了十几个，这才自在地嚼吃起来……

突然，那人又说："喂！来段窑调！"

"来哪段？"身为妓女，就得听人摆布，金香无奈，强作笑脸地问。

"来段《进了高粱地》！"

这"窑调"，也是妓院里要求妓女的服务项目，嫖客点啥要唱啥，不会就会惹怒人家，人家砸窑子大闹，而妓院还说不出理去。

没办法，金香喝了一口茶，轻声唱道：

> 小奴家今年正十八，
>
> 一出门当兵的把俺拉；
>
> 左手也是推，右手也是推，
>
> 一下子推进了高粱地……

唱到这儿，金香再也唱不下去了。那家伙却哈哈地笑起来，连连说："好！唱得挺地道！"

金香以为这回他该满足了吧，谁知他又来了新花样儿，说："小宝贝，来，给我点支烟……"

金香知道，在妓院里，嫖客让妓女点烟都是点"花烟"。这花烟要妓女先叼在嘴上，点着，抽一口，然后，向外轻轻一吐，让烟在空中打三个个儿，然后，要稳稳当当地落在嫖客的嘴里才行。这一招稍有不慎，燃着的那头就会落在嫖客嘴里，或有火星落在人家脸上，都要砸锅。可金香，凭着她的高超技艺，点上烟，只轻轻一吹，就正好落在对方的嘴里了。谁知，那人却"噗"地一口吐掉这支"花烟"说："我要的是'喜鹊送食儿'。"

"不会!"

"顶梁烟呢?"

"没见过!"

金香越听越来气，可那人仍不依不饶。

"好! 来，我教你……"

那人拿烟卷做示范，金香实在没法儿了，只好忍气吞声，坐到这家伙的怀里，来了个"喜鹊送食儿"。金香那粉嫩的脸蛋一接触上那家伙硬碴碴的连鬓胡子，不但扎得难受，那人嘴里不时喷出一股股恶臭的油垢味儿，熏得金香直恶心……

突然，那人对着金香张开的红红的小嘴，猛地吐进一口又黄又臭的浓痰，金香再也忍不住，"哇"的一声，晚上吃的一肚子稀饭都喷在那人的大襟上。

"小兔羔子! 反了!"

那家伙突然跳起来，操起茶瓶里的鸡毛掸子，追着金香打起来。

金香心中突然意识到，今儿个这事有点说道，花瓜子也嗑了，花烟也抽了，他为啥往自己嘴里吐痰，这不明明是没事找事吗? 看来他今儿个是来找碴的。

刚想到这里，那人的鸡毛掸子杆已抽到了她的头上，她脚下一滑，摔倒在炕上，那人也跳上炕，边抽边打骂;金香嗷嗷叫着，嘴角流出了血……

这边"砸窑子"的响声一起，整个玉顺堂可就乱了套了，各个屋的妓女、嫖客，披睡衣的、穿裤衩的，都挤出门来看热闹。刘妈听到动静，赶紧领着陶沈氏赶来了。

对于有客人砸窑子，这在妓院也是常有的事，往往是在客人面前打骂一顿妓女，或少收点钱，或另换妓女赔赔周到，也就了事啦，所以陶沈氏在众人惊慌的喊叫声中，反而显得沉稳和有计谋的样子。谁知来到金香的门前，一推，门在里边反插着。里边不时传出嫖客抽打金香和金香的呻吟声。这下，陶沈氏也抓瞎了，急得直在门口喊。

这时，美玉、小萍几名妓女一见门久叫不开，就召来几名窑友，大伙站在门口一使劲，门"哗"的一声被挤开了。大伙也跟着走进来。

一看，金香满脸是血，躺在炕上，衣服和裤子都被撕坏了；那人手握鸡毛掸子，浑身上下净是吐的饭食。

陶沈氏吃了一惊，说："这……"

"这就是你调教出的妓女？瞧瞧，吐了大爷我一身。这，叫我怎么出门？"

陶沈氏在这种时候她肯定是要站在嫖客一方的，这种事说不清，只有屈待"自己"的妓女，了结这种事情才好。于是，又一掐腰说："你还不给大爷赔不是，给大爷擦身上！"

"擦不行！"那人说，"我让她给我舔干净……"

陶沈氏一愣，说："对，让她舔！"

金香抬起泪眼，可是，看热闹的人都被刘妈撵回屋去了，眼前只有嫖客、老鸨子和她三人。陶沈氏又讨好嫖客地说："大爷，这么的吧！姑娘头一回，又是初犯，让她舔一下得了……"

那人可能因为方才毒打了一顿人，也是累了，坐在炕上喘着粗气，听了老鸨子的话勉强同意地哼了一声。

于是，陶沈氏厉声说："舔！快点！"

刘妈在一旁也劝："快！舔一下得了！金香！"

那人恶狠狠地说："快舔！"

眼泪模糊了金香的秀目，她看不见天和地的颜色，看不见周围的一切，她耳旁听着玉顺堂各个房间里的笑声，于是，俯下身去，像狗一样爬过去，去舔嫖客身上的脏食……

闯关东女人的命运，连狗都不如啊！

金香从这天就一病不起了，一连三天，饭水不打口。

这天，金香刚刚好了些，刘妈便闯了进来说："金香呀！有喜事啦……听说头道沟新京乐园来了一批日本兵，那里的妓女不够，要从东西圈选一些，每个妓馆给了两个名额。咱们这儿，只有你和小萍够条件。"

"这算什么喜事？是丧信！"

刘妈故作神秘地拉紧门，说："这可是一本万利的买卖。出一回盘子，就够咱们在这儿接 10 个 20 个客！你可别不识时务！"其实，刘妈是受陶沈氏的委托，先来透底的。而金香，早看透了刘妈的来意，厉声说："你去告诉看门雕，不去就不去。我们是中国妓女，要接接中国人……"

这时，门突然被推开了，陶沈氏走了进来。

显然，她已在门口听了半天。陶沈氏说："金香，我告诉你，你身子在玉顺堂，就是我的人，就得由我说了算！你们妓女接客看的是钱，管他什么中国人外国人。"

不知什么时候，地段警察宋保长挂着文明棍跟进来，接过陶沈氏的话头说："是呀！金香，要说日本人可恨，这话不假，可你们是妓女呀！妓女不就是接客的吗？你们多接一个外国人，街里就少一个中国女人受害，社会就会稳定，这不也是爱国吗？这笔买卖如果做成了，玉顺堂得一笔大钱，国家也可以多收一些税，这不是一举多得吗？"

金香一听，心下更来气。说："宋保长，这样光荣、爱国的发财美事，你怎么不让你家的太太小姐去做呢？"

"你你……"宋保长气得直跺脚。

陶沈氏怒斥道："金香，闭上你的臭嘴，你想不接日本人，这办不到；现在我们这儿一些事，哪有日本人不插手管着的？我们盼这个机会都盼不着。这笔生意我定了你们就得去做！刘妈！去，把小萍喊来。让宋保长好好开导开导她们俩！"

这"开导"，就是毒打。结果，金香和小萍挨了一顿毒打。因为老鸨子陶沈氏已和日本人定好了日子和人员，但金香时时想着逃走找爹，于是，就和老鸨子谈条件，去新京会馆回来，允许她去"傻大爷"庙烧香。陶沈氏只好答应。

五天后的一个早上，日本妓馆新京乐园派人给玉顺堂送来了两件袒胸露乳的轻薄连衣裙，雪白雪白，格外金贵。金香和小萍二人穿上后，脸上头上再一装饰打扮，就像两只可爱的小天鹅，真是漂亮极了。

陶沈氏一看，乐坏了。午时二十分，一辆日本轿车停在了玉顺堂门口，是新京乐园派来接人的。车里只能坐四个人，为防意外，每次出盘子，陶沈氏都要派两个窑友监视妓女，这次也不例外。她又雇了一辆轿车，她和金香、小萍、宋保长坐头辆车，老头子陶一善和两名窑友坐另一辆跟在后面，直奔新京乐园开去。

这一晚，她们就宿在新京乐园。

这儿的规矩是晚饭后开始接客。由于日本军人太多，就规定每半小时换一个军人，为了掌握时间，新京乐园的老板德川家康命一个号手站在三楼一头，时间一到，他一挥手，那个号手吹了一声长长的号音，于是，五分钟后，这班人退出，那班人排队按号码进入各个房间……

三天下来，金香和小萍都被折磨垮了，特别是小萍，下身出血不止。一出新京乐园的门，玉顺堂的两个窑友立刻围上来，金香一摆手，来了两辆人力车，她和小萍、那两个窑友分别按先后坐了上去。车夫问："小姐到哪儿？"

"傻大爷庙！"

从新京乐园到傻大爷庙，一上坎就是。

当时，节气已过了六月十五，可傻大爷庙前还满是熙熙攘攘的行人。

拉着金香和小萍的人力车刚一进胡同口，就被一个卖肉的挡住了去路。

那人的肉案子几乎就摆在了路中间，可他毫不在乎，大声叫卖着。手中的那把刀插在案子上，胸前露着一绺黑毛。金香突然想起来了，这不就是在玉顺堂里逼她舔衣裳上吐食的嫖客吗？

立刻，她浑身发抖。

小萍说："姐姐，你怎么了？"

金香小声说："妹妹，我怕……"

这时，两个窑友一看挡道，就跳下车来走过去说："喂，卖肉的！把案子挪一挪！"

那人好像没听见一样。

两个窑友也急了，上去推肉案子。

这一下，卖肉的火了，"妈的，兔羔子，找死！"他说着，把尖刀往肉案上一掼，大喝一声，"给我动手！"

不知何时，人群里突然蹿出几条汉子，他们不由分说，上去扯住两个窑友就揍，窑友也不让劲儿，几个人滚打在一起。一时间，人群乱了，两辆人力车来不及回身，被人群挤了个底儿朝天。

"姐姐！快走！"

从地上爬起来，小萍拉住金香就往庙里人多的地方跑。就听身后喊："跑了！跑了！快追！"

她俩刚刚跑到庙门口，有两个大汉追过来，不由分说，一人拉住一个，分别拖走。金香和小萍大喊"救命"，可是，警察和巡卫也不露面。这时，金香只觉头上猛地遭了一击，她眼前一黑，就什么也不知道了。小萍呢，被那人拖着走了一段路，推进胡同口停着的一辆黑色轿车里。

也不知过了多长时间，金香慢慢地睁开眼睛，打量眼前的一切。这是什么地方她不清楚，一间破烂的屋子，黑黑的苇子房顶，窗户上糊着破窗纸，可自己的身子下边却是软乎乎、热乎乎的，自己好像从很远很远的地方走来，在这儿闲了很长时间，浑身轻松，人歇透了。

"她醒了！她醒了！"

一个老女人的声音。

金香再扭头一看，她旁边的炕上坐着一个老太太，正端着一碗稀饭喂她；另一边，站着一个男人，高高的个子，膀大腰圆，手里托着一条湿手巾。

"我这是在哪里……"

金香挣扎着要坐起来，却被那老太太按下了，说："你好好倒着，你已经三天没睁眼了！唉，苦命的孩子，多亏有人把你救出来……"

说完，她溜下炕，说："大老韩，她好了，你们唠，我该走了！"然后，金香听到屋门轻轻关上的声音。

屋里只剩下两人的时候，金香侧过头仔细地盯着那个男人，说："你是谁？为啥偏要救我？我这样的女人是不值得你救的……"

那叫大老韩的说："我们认识。"

"认识?"金香更糊涂了，又瞅他一眼，肯定地说，"不记得！"

那人又说："有一年春天，我背到玉顺堂一捆柴火，是你接待的我！"

啊，是他，那个老实巴交的男人！

金香一下子想起来了，同时不觉脸上一阵发烧，扭过脸去不瞅他。原来说起来也凑巧，那天大老韩在市里打短工，正碰上金香遭人绑架，大老韩趁着混乱在工友的帮助下救出了她，是人家工友的老妈帮他伺候了金香三天，又是大伙凑钱出盘缠，他俩日行夜宿，艰难地来到了桦甸金矿落了脚。

韩老二有了媳妇，家也就像个样啦。

可金香疼他是疼他，又觉得内疚，她不会干活，每天还不得不抽几口大烟；她在妓院被老鸨子逼着每天喝一碗生醋，憋回了月经，眼下已不能生育。

为此金香内疚地说："我自己倒是留了一点点小份子，可眼下偷偷埋在玉顺堂的影壁后了，不知何年何月能去挖出来给你娶个人！"

韩老二就说："我谁也不娶，就守着你过。"

金香说："我还有一个条件，去趟船场，把在那儿修水电站的爹接来，咱们一块儿过！"

韩老二答应了。

这年的秋天，韩老二陪着金香来到了吉林的小丰满，终于找到了一个和爹一块儿闯关东来东北修矿山的老乡，这才知道，爹已于两年前累死了。

"坟呢？"金香说，"给爹上上坟！"

老乡说："闯关东的人死了，没坟。矿工们就一个万人坑……"

于是，金香和韩老二来到了丰满万人坑。她对着无边的白骨坑，跪下哭喊着：

"爹呀——！女儿来看你啦——！"

那凄惨的呼声，传出老远，回荡在荒凉的关东山间。

这之后，金香又回到了桦甸，和韩老二过起日子来。她想把日子安顿下来，再回中原，把妹妹们也接来，一块儿生活。因为在闯关东的日子里，终于有了疼她的人啦。

夫妻二人恩恩爱爱。金香不会洗衣，不会做饭，都是韩老二动手。每天早上，韩老二爬起来把饭做好，然后，给金香卷好一支带烟膏的纸烟，让她抽着，止止肚子痛。

金香已坐下了病，小肚子隔三岔五的就疼，一疼就得用大烟来顶着。在山里边，大烟不太贵，也有人私种的，所以韩老二每次开了红饷，不吃不喝也得先给媳妇买上一包大烟土……

金香在丈夫的疼爱下，激起了做人的信心，她开始一点点学着干活，大饼子贴得虽然又厚又长，可是，大老韩吃起来直喊香。夜里，金香和丈夫合计着，一年攒下几两金子，几年后他们就养个孩子，这样就有了续香火的了。

这两人，把他们的前程设想得多么好，可是，他们不知道，等待着他们的将是一个完全相反的命运。

在当年，金矿上没有火药，矿工们取石全靠用松明子点着把岩石烤热，然后，猛泼凉水，冷热相遇，热胀冷缩，岩层发酥，再使人用撬杆往下别，然后，"矿驴子"（专门背矿石的工人）再一筐一筐地装上，嘴上叼着饭勺子做成的矿灯，把筐绳拴在腰上，一步一爬地拖出矿洞。

而坑洞的老板呢，只是坐在门口的高高的太师椅上，一手掐着算盘，出来一个矿驴子，他一挥手，两个小打把矿石筐往大秤上一放，称完分量给矿驴子一个小牌，就算完事。到一个月，矿驴子把一个月挣的小牌拿到柜上，换来"金沙"，那时，矿上流通的不是钱，是金沙，等到外面用时，得把金沙提炼成纯金才行。

这天早上，丈夫吃完饭，背着大筐要出门了，金香说："我去送你！"

妻送夫，一送送到借灯桥。

借灯桥是家属和工人分手的地界，再往里就是矿区，不许别人进了。

矿工们每天走到这儿，都撵家属回去。有的家属每天夕阳平西，也都到这儿来接自己的男人，这儿，仿佛是人生在世生死的界线；这儿，果真也成了韩老二和金香分别的生死线。走到这儿，金香站住了。

老韩也站住，说："香儿，回吧！"

韩老二自从娶了金香，黑了，瘦了，老了。金香突然觉得心一酸。她今天在阳光下这一打量，才发觉是自己拖累了丈夫，并且，她越发打心眼里怕失去这个老实人，说："你等一会儿……"

"有事吗？"

韩老二又走回来。

金香拉住丈夫的袄袖，摸摸他的脸，又把他头上的一根草棍拿下来。说："我盼你快回来！"

韩老二笑了，说着恩爱的话，撵妻子快回去，回去好好数数炕席底下的小牌，等一年到头，他们把积攒在小泥罐里的金沙换成钱……

这一天是阴历二十三，灶王爷上天。

韩老二进了洞，装满筐就往外背，一连背了三趟，快晌午了，他的灯油不多了。本来他该等大伙来了一块儿进，可又急着再干两趟好回家过小年，就反身又进了洞，装满筐从掌子面上一动身，灯油干了，他就摸着黑往外走。走着走着，又冷又累，看不清脚下的梯子磴，他一迈蹬了空，身子一歪，从掌子面30多米高的木梯上摔了下去，随着一声惨叫，韩老二成了一堆肉泥。

"不好了！有人摔死了！"

掌子面上的人一喊，把头领人举着火把冲进洞里，当时，把他抬上去了。

当年，每个淘金工人都和矿坑的木把掌柜的签了生死合同，在干活中死亡一律自己负责，把头命人用破席子把韩老二一卷，停在洞口，让人去找他的家属。

腊月二十三，金香特意剁肉准备包饺子，又买了两块灶糖，等丈夫回来过年。

有人来接她，金香看看来人的表情，突然想到了什么，说："老二他是不是出事了？"

金香手里的面盆突然掉在地上，摔得粉碎，"老二呀——"她大喊一声，疯了似的奔出屋去。

不用说，金香在丈夫的遗体前哭个死去活来，大伙把他生前挣的牌子换成金沙，又用金沙换了口棺材，还够买身衣裳的，金香又和工友们借了点钱，这才把韩老二埋了。往日欢乐的小屋里，剩下她一个人了。

转眼，冬过春来，山场上开始泥泞了。一伙伙淘金伙子们猫完冬，又从四面八方来到了夹皮沟。

这天，金香正在家中躺着，有人叫门。

是"下戏台"锦堂春的张妈。

金香立刻就明白了，这是下戏台妓馆"锦堂春"又打她的主意了。当初，金香一来到老牛沟，有人就指望她重操旧业，没承想，她稳住了，守着丈夫大老韩过上了。如今，丈夫死了，她没有了任何出路，金矿的旺季又到了，窑子里缺人，"锦堂春"里的掌班的就物色上了她。

就这样，金香开始重操旧业。38 岁的金香，虽然已当了十来年的妓女，但在夹皮沟下戏台妓院仍是上等"红姑娘"，老鸨子"黑虎神"拿她当个人物，单给她一个上等高间，专门接待那些矿把、掌柜和财大气粗的主儿，只是一到七月十五清明节，她都要到借灯桥去给韩老二上坟，因为只有韩老二是她真正的丈夫。

这样的岁月一晃过了三年，1946 年春上，金香的身子越来越不行了，她每天肚子疼，不得不靠吞大烟球子顶着。而且一疼就得吃，吃少了还不行。那时，大烟已涨价，一两大烟在矿上顶一两金沙，可她不吃又不行，一来二去，就欠了老鸨黑虎神一屁股饥荒。

当初来"锦堂春"说好是干"年期"，定的是三年期，一年和老鸨子"六四"分成，后来，她身子不济，渐渐连"三七"分成也挣不到了。一天夜里，金香刚刚睡下，就有人敲门："瑞芝！瑞芝！快开门。"

她自从来到锦堂春已改名为"瑞芝"。

金香听出是黑虎神的丈夫大老郭，不知他深夜敲门有何事，故意拖延不动。门外焦急地说："瑞芝，你开门，我的烟袋落在你屋里了……"

谁知她刚刚打开插关，大老郭就笑嘻嘻地挤了进来。金香推又推不动他，气得说："爹，你！我喊人了……"

"别！别！俺有话对你说……"

他是山东人，说话一口山东味儿：

"孩子，我想好了！今晚咱俩就成亲，然后我娶你，咱俩远走高飞，找个地方再开班子。不然，你欠我们的债一时半会儿还不清……"

说着，他猛地抱住了金香，一下子把她按倒在炕上，又麻利地扯坏了她的睡衣，捂住了她的嘴。金香挣扎几下，也动不了自己的身子，眼看就要被这个老家伙糟蹋了，金香突然心生一计，说："别忙！快去插上门！"

这老东西一看金香答应了他，乐得松开金香下了地，蹦跳着往门口去插门。

这空儿，金香爬起来，一把揪断了天棚上的电灯线，就在大老郭一愣的当儿，她已点上了一根蜡，一手端着蜡，一手掐着两根电线，说："你再往前走一步，我就立刻电死你……"

大老郭气得直跺脚，骂道："小畜生，你等着，早晚我收拾你！"说着往外就走。

一开门，黑虎神站在门外，见自己的丈夫这副损样，就什么都知道了，"啪"一个大嘴巴打在他的脸上，说："老不要脸的，给我滚！"

黑虎神气得在屋里坐下来，喘着粗气。想了一会儿，说："瑞芝，今儿个这事我是早已预料到了。这老东西有一就有二，有三就有四，这是早晚不等的事，所以，我打定了一个主意，放你走……"

金香从未想过这个问题，一时没了主意。

黑虎神说："过去的债，咱俩一笔勾销了。你在这儿，老死头子总不安心，勾得他总想算计你。我放你一条生路，也算我积了德了……"

其实，金香签的年期的时间也快到了，只是欠下锦堂春一笔债，这时候离开双方都不太破费，而黑虎神这边又少了一个和她竞争的对手。当下，黑虎神说："我已经给你备好了一份盘缠，有家呢你就投家，有友你就投友，反正从今你就别在我这儿混啦！"

黑虎神说着，把手伸进自己的大襟里，摸了半天，掏出几块光洋，递给金香说："给，路上足够你吃吃喝喝啦！"

原来，当天早上有两挂大车去山城镇打锹镐，她已暗暗嘱咐掌包的金顺给捎一个人。这时，天刚刚要亮，小北风嗖嗖地刮，黑虎神顺炕上扯下一条棉被，塞给金香说："抱上它，路上暖暖脚……"

跟着老鸨子出了屋，在去大车店的路上，金香几次停下步，往借灯桥头遥望，那里，黑黑的一片，听不到"借灯"的声音，只有北风凄厉地叫着。金香在心底里喊着："韩二哥！我，我走了！等以后，一定抽空来看你！你在阴间多多保重吧……"

就在这年春上，还是一个刮大风的日子，金香辗转回到了长春。

像她这样的女人，没处去，只好又来到"欢乐地"。玉顺堂还是老样子。

在春日的大风之中，写着"玉春楼里春常在，待月亭前月恒圆"的对联，被风掀掉了一半，门口的木桩也许是许久没刷油了，露一些白茬儿，但院里的哭声、叫骂声还是依然如故。她木呆呆地一步一步走进了自己熟悉的旧地。

进了院子，见一个陌生的小姑娘在影壁前劈柈子，她走上去问："小妹妹，你是谁?"

小女孩站起来瞧瞧金香，说："我叫秋菊，是刚来的。你是谁呢……"

金香说："拜托小妹，把小萍找来，我是她姐姐。"

"啊，小萍……"秋菊一惊，眼里闪露着恐惧的神情，金香忙追问："她怎么了?"

"啊，她……死了!"

金香一把抓住小女孩的脖领子问："她怎么死的?"

"她逃跑没成，抓回来挨了妈妈的打，于是就，就跳楼自杀了!"

"那么，美玉呢?"

秋菊一听，眼里又露出惊恐的神色，金香问："难道，难道她也不在了?"

小姑娘点点头，惊恐地四处瞅着。金香再也不敢问了，她推开小姑娘，绕过影壁，连声叫喊："美玉——美玉——小萍——小萍——我的好妹子!"这时，陶沈氏出来了，刘妈也出来了，还有早时的几个妓女姐妹和她熟悉的两个窑友。大伙一惊一愣说："这不是金香吗?"

金香见所有的人都在，就是不见了美玉和小萍，她又一次喊了一声她们的名字，眼前一黑，就栽倒在院子里……

老鸨子陶沈氏手一挥说："抬进去!"

从此，张玉珍又成了玉顺堂的"死期孩子"。

直到 1950 年，长春解放后进行"妓女改造"，取缔了妓院，把包括张玉珍在内的 300 多名妓女送到长春妇女新生习艺所为她们治病，让她们学手艺，学生存本领。就这样，留下了一个闯关东女人一生的痛苦与辛酸的记忆……

闯关东啊闯关东，有多少这样的事情呢？

让我们把这样痛苦的经历，永远留在逝去的历史岁月中吧。

四、闯关东被逼成匪

有一个女人，叫林桂兰，老家山东章丘。

清光绪三十二年（1906）和父亲、哥妹闯关东来到东北今延吉一带，因父亲得病而亡，哥哥被抓劳工，一走无信，她带妹妹美子嫁给也是早期闯关东来的章丘一个叫王金钟的老乡。

王金钟是个老实巴交的农民，但很有头脑，除了耕种祖上留下的这五亩黑土地外，他还和林桂兰开了一个"纸匠铺"，专门生产关东民间的老窗户纸，运到"船场"（吉林）和"延吉岗"（延吉）去卖。

再说，康大腊山下，住着一个姓崔的朝鲜族大户，老爷子叫崔万广，家财万贯，别人过好了日子他眼热。他有一个儿子，叫崔名贵，成天看牌要钱，是欺负老实人、挖祖坟、蹿寡妇门的货，左邻右舍都叫他"催命鬼"。他要想办的事，就追命似的要办成。

这年春天，王家的窗户纸作坊开业了。

这天，崔万广的儿子在外边要钱回来，路过王家，正赶上人家上锅蒸纸坨子，他也不知不觉地停下来看。这时，美子给乡亲们送水，一下子和这小子打了个照面。

　　崔名贵也要了一碗，美子递给了他。姑娘那俊俏的模样，简直叫崔名贵这小子看傻了眼。结果一碗茶水没等喝，都顺着袖子淌进裤兜子里去了，回家他就得了相思病。

　　崔万广得知儿子的心事，也犯了合计。从他家的门户来说，娶个林桂兰的妹子，那应该是王家的福分。可老头子又深知儿子的人品。再说前两年，崔万广就看好了王金钟那五亩祖坟地，曾经多方派人去说合，想买下来。一来这块地太好，二来他的地和王金钟的地挨着，他想把这儿的好地都归到自个儿的名下。因四周都是他的地，就中间王金钟那五亩给他隔开了。可是，王家不干，于是两家从不来往。

　　如今，儿子又看上了王金钟的小姨子，看来，还得觍着老脸去试一回了。可他能豁出老脸，王家却不买账。

　　崔万广被逼无奈，就把号称"算到家"的妻哥——一个算命瞎子请来出主意，瞎老舅眼皮往上翻了翻，还真想出了一条毒计。

　　林桂兰有个寡妇姨刘氏，住在离康大腊五里远的么带露河屯。

　　这年中秋节后，康大腊一带联村出钱到船场请来一伙野戏班子，在么带露河搭台唱戏，庆丰收。刘氏也想去凑个热闹，她要小解，就急忙来到房后茅房外的障子边上蹲了下去。

　　等她站起来，还没等提上裤子，一个人从后边搂住了她的腰。

　　"谁……"

　　她吓得连声儿都变味了。

　　"别喊，是我！大姐，我每天都想你想疯了！"

　　原来是村里的屠户胡麻子。这人虽是个光棍，可平时在道上走个对面他也不敢放肆失礼，今儿个是咋的了，竟敢偷偷藏在寡妇人家的茅房里？

刘氏一想不好。这时她猛一挣，那胡屠户哪舍得松手，只听"咔哧"一声，刘氏的内裤已被撕开。

胡麻子得寸进尺，一下把刘氏按在地上便要成其好事。

正在两人挣扎翻滚在一处时，土道上走来两个人，原来是崔名贵和他的瞎老舅也来看戏。瞎子别看是瞎，可喜欢用耳朵听。又因为刘氏的房后正是一条官道，所以不早不晚，叫两个人赶个正着。

刘氏一听来了人，就喊："救命啊！"

崔名贵松开瞎子就扑过去，和胡麻子打在一块。几个回合，那平时杀猪宰羊砍牛头都不怵手的屠户，竟然吓跑了。

那以后，刘氏把崔名贵看成了恩人。

一天，崔名贵又到么带露河耍钱，临走来到刘氏那儿。刘氏见到了恩人，少不了要问长问短。这一问，才知道崔名贵相中了外甥女美子。既然恩人有事相求，刘氏哪有不答应的道理？当下她就答应约美子来，让他们"谈谈"。

当美子来到姨家时，崔名贵正在么带露河一位赌友家里狂赌。美子放下包袱就干活，里里外外拆了一大堆棉衣，姨特意炒了几个菜，还烫了一壶白酒。

下晚，火炕上放了桌子，二人盛了菜，双双坐下了，刘氏说："美子，今天你累了，姨好好犒劳犒劳你！"美子一个劲推让，但也架不住姨的热忱劝说，就喝了起来，不一会儿，就把美子灌个烂醉。刘氏将美子扶到里间，放倒在铺好的被上。

这时崔名贵从赌友家过来了。

进屋之后，刘氏将房门紧闭，接着，给美子脱光了全部衣裳，那细嫩如玉的肌肤，因醉酒而泛起桃红的双颊，双眸紧闭，樱唇半咬，娇喘微微，似睡非睡，把个崔名贵馋得直咽口水……

第二天醒来，美子什么都明白了，她又羞又怒，忍不住抢起巴掌，照着死猪一样睡着的崔名贵"啪啪"就是两个嘴巴。

那崔名贵一下子从炕上起来，摸着红肿的脸，一看是这么回事，趁机溜走了。

美子哭着，解下自己的腿带子，一扔搭上梁柁，就要悬梁自尽。

这时，看见崔名贵跑出去，刘氏知道出了事，她急忙奔回屋里。一见美子要寻短见，她二话不说，上去将美子抱了下来，又是哭又是下跪地劝开了。

美子毕竟是孩子，也就把这件事压下了，可她总觉得对不起心上人亮子。

这天，崔万广捎来信，让王金钟到崔家来一趟，王金钟就去了。原来又是为了那五亩地和美子结亲的事，崔万广有了拿手，不仅说了么带露河屯发生的事，还拿出了证据。

王金钟只觉脑袋"轰"的一声，一转身出了崔家。

到了家，王金钟把崔万广找他的事说了一遍。林桂兰心中忽地起了疑惑，就找机会询问妹妹。

这一来，反而把美子提醒了。

姐姐已经知道发生的事。姐姐知道，姐夫也得知道。将来侄儿们也得知道（当时林桂兰已有了两个孩子），而且小亮子和纸坊的纸匠伙计们也得知道。

美子感到很可怕，她于是想到了死。

可是，死也不能白死。这天，趁晌午大家刚刚吃完饭在歇着，美子揣起一把刀子出了院子，来到崔家门前的一个小土房后，守着。

那天，崔名贵刚刚要完钱，在赌友家睡了一觉往家走。他唱唱咧咧地，半闭着眼睛哼着东北民歌《五更调》。

待崔名贵这小恶霸刚刚转过小土屋，美子掏出刀子就刺。可是，由于女子力气太小，只刺破点对方的皮肉。崔名贵连喊"救命"，一帮家奴跑出来，一看有人持刀行刺少爷，顿时围了上来。崔名贵明白是咋回事，他从家丁手中接过刀，照着已被按住的美子的肚子刺去，美子一声惨叫，倒在了血泊里。

崔名贵把美子捅死了，出了人命了。

打官司吧。

可是，崔家有钱有势，早已派人在县衙那儿送了厚礼。林桂兰告崔家杀人，崔家不承认，说是"自卫"；王家告崔家强奸民女，可妹子已死，没有留下证据。其实，就是有证据崔家也得抵赖是美子勾引他，王家多次去告，无奈县衙就是不管。

初冬，林桂兰安葬了屈死的妹子。

这天，崔名贵的瞎老舅又来到康大腊，一进门就说："趁热打铁！趁热打铁！"

崔万广说："什么'趁热打铁'？"

"唉，趁着现在，把他家的土地霸过来！"

"怎么个霸法？"

瞎老舅又一五一十地说出了他的鬼点子。

天亮了，崔家一直吵吵牛丢了。

王家纸坊照样开工生产，造纸。

可是，刚刚把牲口套在纸浆碾子上，几名县府的捕快就进了院子，不容分说就给王金钟脖子上套上了索绊。

一问，说是王金钟偷了牛。王金钟要证据，捕快把他拖出大院，门口真有血印，直通墙下。绕到房后，有一头被砍死的牛。这还有什么说的？王当家的就是浑身是嘴也说不清啊！当下就被捕快带走，投进了大狱。

又一天，崔万广来拜访。

那时，丈夫已在狱里押了半年了，林桂兰又是当家，又得照顾两岁、四岁的孩子，还得照顾纸坊生产，累得焦头烂额，负债累累。崔万广进了屋，开门见山地又提起了那片地。

林桂兰银牙一咬，操起棒子把崔万广赶了出去。跑到院子里，崔万广冷笑一声回头说："姓林的，咱们骑驴看唱本——走着瞧！"

日子越过越苦，孩子又小，林桂兰每次去大狱探望丈夫，都得典卖家物或借钱，一来二去，她就产生了卖地的想法。可就是卖无论如何也不能卖给崔家。

有一个城里人听说她要卖这五亩命根子地，就以高价买下了。可是，她万万没料到，这人和崔家是一股，这边从王家买下，那边又转手给了崔万广。崔万广拿着地契文书到王家让迁王家的祖坟，林桂兰才知道是咋回事，但已悔之晚矣。

一年后的一个春日，王金钟从大狱里出来了。他背着行李卷儿走到家乡的土道上，到了自家的地，得看看他不在家，屋里的把地侍弄得咋样。他走进地，一看石碑换成了崔万广的名，心里已明白了八九分。

进了家，一看老婆孩子已跟乞丐一样，穿得破衣大褂，瘦得皮包骨头，就知道这几年家里连连出事，打官司告状连上狱中送礼，已经把家给毁了。

妻子林桂兰扑在他怀里直哭。他知道妻子这几年的苦楚，再不能埋怨她了。可是，他心里有一口屈气，没法出，于是卧炕不起，当年秋天，王金钟就过世了。一个好好的家就这样家破人亡了。

这天，林桂兰对纸坊的伙计说："把院子里的鸡杀了，炖上……"

她又从箱子里翻出仅有的几块大洋，一人两块，分给了纸匠们，说："这是给你们大伙这几年的一点表示。"

纸匠们你瞅瞅我，我瞅瞅你，谁也不接。

对于主人家这几年的遭遇，六个纸匠都看在眼里，今天，他们看出主人林桂兰有点反常，于是，就给"于捞匠"使眼色。

于捞匠叫于洪仁，是纸铺行业的大技工，人厚道，但胆大心细，平时有什么事，伙计们都推举他出头。这时，他也明白了大伙的心意，于是拉住了林桂兰的胳膊，说："大姐，我们不要钱了。"

"嫌少？"

"不，不是。你家的事，我们几个天天看在眼里。你是不是想报仇？"

"一个孤女，两个孩子，咋办哪！"

大伙早明白了，于洪仁说："你要干，大伙帮你。"

林桂兰眼里闪出光来，她说："只要你们帮，好！"

当下，大伙就商量了办法。先把两个孩子安顿到于洪仁叔妈在桦甸的一个小手艺人家里，保管孩子冻不着饿不着，然后，大伙就详尽地安排了分工。

王家纸坊这日停了工。

林桂兰插死小仓子门，从门后把一块磨刀石找来，嚓嚓嚓嚓地磨起那把裁纸的钢刃子刀来，这刀是丈夫生前从宽城子关东老字号郑发铁匠炉买来的，已使用多年，只要一经水磨，立刻锋利无比。

小亮子、于洪仁等伙计也在马棚和牛圈里各自准备着夜晚的行动。

夜色渐渐深了，康大腊村子都沉静下来。

一行七人，手握刀刃，轻便地踩着春夜的草露悄悄地向崔家靠近。

当年，王金钟一死，王家的地也到了手，儿子的兽欲也得到了满足。崔万广根本就没把孤身生活的林桂兰放在眼里，所以自己又找了一个相好的小妾，两人在康大腊村边弄了一间房子，度上了新婚蜜月，而那耍钱手崔名贵是日夜狂赌在外不回家，家里只剩大老婆邱氏领着几个丫环仆人在那儿。

根据这个情况，林桂兰和大伙分工，她领着一个伙计去对付崔万广；于洪仁和亮子去赌家引出崔名贵处置掉，其余三人负责点着崔家的柴垛和房屋，然后，在江边的倭瓜架子渡口相聚，一齐出去谋生。

结果，几乎没费吹灰之力，他们几路人马便结果了这对作恶多端的父子，随后七人趁乱来到渡口过了松花江，逃到江西边的四方台。四方台，顾名思义，四周有一模一样的四座山冈，中间是一片方圆几百里的大盆地。

这儿林木稠密，草深叶厚，荒无人烟。

大伙累坏了，就躺在草丛里。

大伙又没睡意了，有的是干了一番大事业的劲头和喜悦。

于洪仁说："万事得有个名号。名不正，则言不顺。大姐是咱的'总瓢把子'了，也得给她起个号，叫什么呢？"

这时，一阵风刮来，有一群花蝴蝶在空中飞过。于洪仁突然大叫道："有了！我看咱们大姐就起名叫'花蝴蝶'！咱们就是她队伍里的兵……"

"中！中！"大伙一想，正是天时地利，对路子。林桂兰点点头说："既然大伙喜欢，咱们就这么叫。从今后真名全隐去，每个人都起个外号。但有一点，咱们打着吃，要着吃，不能伤老百姓，把咱们'花蝴蝶'的名字扬开！"

当下，于洪仁抓了一些草，大伙以草为香，插在地上盟誓。

就在这时，远处突然传来"当"的一声枪响，花蝴蝶林桂兰说："弟兄们，不好！一定有情况！"

大伙赶紧卧倒在地，只见不远处的草丛里刷刷地响，像有什么在急急走动。片刻，只见一个老汉领着三五个人，脸上、身上都带着血迹，匆匆忙忙地从他们身边的草里擦身而过，后面传来喊声："别让他们跑了！快追！"

说时迟，那时快，接着，有一帮人追了上来。林桂兰一看不好，说了声："咱们赶快疏散！"然后，她领着人也奔受伤的老汉那方向跑去。

原来，这四方台地方上驻着一个自卫队，头子叫刘万魁，号称"刘快腿"，自卫队有700多人，八个中队，经常进山剿匪。前不久，刘快腿的人听说四方台来了一伙匪，头子叫"快活爷"，50多人，20多支快枪，心里就打定了主意。这天，刘快腿带领百十多人，包围了"快活爷"的驻地，又把他们打散了，现正在追剿。他不知道，有一只"花蝴蝶"也罩在了他的网中。

跑着跑着，她和大伙跑散了。

只听四周枪声大作。花蝴蝶刚在一棵树后猫定，就听背后有人叫道："这儿又拾来一个！"土匪们管抓叫"拾"，说着，上去一把将她抱住了。

林桂兰刚想挣扎，又冲过来两个人，把她五花大绑，眼睛蒙上了黑布，嘴里塞上臭布押走了，也不知走了多长时间，终于把她押到了四方台自卫队队部。

松绑之后，林桂兰一看，这是间木头屋子，里面铺着干草，像猪窝一样，其他弟兄已不知下落。于是，她忍不住哭开了，并喊："快，给我一个枪子！"给饭也不吃，给水也不喝，就是哭。

警卫感到新鲜，就报告了刘快腿。

刘快腿一看，是个娘儿们，还挺年轻，不觉心念一动。

一问，林桂兰还是那句话。

"好！拿枪来！"

刘快腿伸出手，警卫从腰上拔下净面匣子，打开保险，递了过去。刘快腿把枪对准了她的额头。

林桂兰连眼毛都不眨，对着黑洞洞的枪口，等着。见对方不扣动扳机，又讽刺地说："咋的，扣不动啊？"

这时，一个警卫走过来，在刘快腿的耳边低声说："快活爷的人说根本不认识他们，另一伙计供出，她是康大腊老王家纸铺的当家人，杀了仇人，自立山门，报号'花蝴蝶'……"

林桂兰见对方停下，又问："怎么还不动手？"

"我想听听你为啥想死？"

"哼，当初上山，就为报仇，现在我仇已报，死也值得。"

刘万魁一听动心了。这人真挺刚强，也算得上个女中豪杰，留着日后有用啊！

于是说："看来你还有话没说完，等本司令审完了，再杀你也不迟。给我带下去。"

是夜，刘万魁叫人在伙房炒了几个菜，端到他屋里，又命人将林桂兰引来。

当警卫退出去后，刘快腿望着站在炕沿前发呆的林桂兰说："花蝴蝶掌柜的，还站着干吗？你我都饿了，咱们吃饭吧。"

林桂兰也饿极了。她想，要死也当个饱鬼，于是，就悄悄地走过去，坐在炕沿上，抓起一张饼，和刘快腿一起狼吞虎咽起来。

吃得差不多了，这时，刘万魁说："你把鞋给我，我出去解解手……"

她把鞋子递给他。

他正穿之际，花蝴蝶猛地把头向他的肚子撞去，企图撞倒他，然后，拔枪击毙他好逃走。她这一头，劲也真大，一下子把刘万魁撞了个四仰八叉地倒在炕上。花蝴蝶一见机会来了，顺手去拔枪。

可是，她拔枪的手被刘万魁按住了；她想抽身逃走，身子却被对方用有力的双腿死死地夹住，动弹不得。

花蝴蝶知道自己跑不了啦，就问："你想怎么样？"

刘万魁躺在炕上，还不愿起来呢。

他说："花蝴蝶大柜，好样的。来，先给本司令点上一支烟……"

他顺手掏出烟和火柴。

花蝴蝶瞪了他一眼，无奈，只得给他点上一支烟。

可是，刘万魁还是不放过她，躺在那里边抽边说："花蝴蝶大柜，我有一个要求，不知当说不当说！"

"有话你就快说！"

"我想留下你当我老婆……"

"你就死了这条心吧，我就是扔在大坑里，也轮不到你这个土匪的份儿！"

"唉，话可不能这么说。我是土匪，报号'刘快腿'，说我行军打仗走得快；你也是土匪，报号'花蝴蝶'，是说你长得漂亮，就像草原上的花蝴蝶。而咱们，也有一个共同点！"

"没有共同点！"

"怎么没有？你我都不打共产党和老百姓。你有家仇，我有国恨……"

"你还有恨？"

"唉，我五岁上死了爹娘，和叔叔闯关东来到东北，又赶上日俄战争，叔叔被俄国人抓去修铁路。我是被一个叫干佬的人领着在乞丐住的花子房里长大的。后来，叔叔被俄国人开枪打死了，俺杀了几个老毛子，这才领人开进了东山里。"

刘万魁说着，不知不觉地松开了花蝴蝶，爬上炕，靠着窗台吧嗒吧嗒地抽开了烟。

花蝴蝶听愣了，没想到，这个胡子拉碴的丑陋的老匪，倒有一肚子苦水。

加上刚才老匪这一通推心置腹的话，花蝴蝶也在暗想，难道他真是好人？自己报仇避灾，逃荒在外，不就是想找个能久待的地方吗？如果他真是个爷们儿，我花蝴蝶也好有个依靠了。

几天后，四方台刘快腿绺子，一块标语上写着：吉林民众自卫军。野宿营地上高高悬挂着一面一面的大旗，草地上坐着一群人。他们八个十个围在一起，每伙人面前都是一坛子老酒和几摞子油饼，还有拆骨肉和咸鸭蛋。

另一边是席棚子，长桌后面的凳子上坐着一个一个的大柜。刘万魁和花蝴蝶端端正正坐在中间。

不断有枪声从四面响起。每响过后，定有人马来到，往往是有人高喊：

"老二哥啦——！"

"平南洋啦——！"

"东北风啦——！"

"占中华啦——！"

这就是"典鞭"，东北土匪行中的规矩。土匪帮中每每遇到大事，就由主匪召集各绺子头人来"开会"，名曰"典鞭"。今天，就是刘万魁召集他管辖之下的各帮绺子研究下一步举事。眼瞅着各绺来齐，分大柜和兵士们坐好，刘万魁从桌子边站起来。

他摘掉洁白的手套，清了清嗓子，然后说："诸位大柜，各位弟兄们！先报告大家一个好消息，我有内人啦！也就是你们的嫂子，报号'花蝴蝶'。今后不许拿她另眼看待。"

大伙随声附和着，都哈哈笑起来。刘万魁也乐了，说："这是第一件事，现在开吃、开喝！算是庆祝我和你嫂子的婚礼。第二件，大伙可能听说了，日本人侵占了咱们东三省。抗联人少，有时不得不躲着日军的大部队。咱们这些人也是中国人，就该有点良心，不能让小鬼子在东三省站住脚！"

"大哥，你说咋办吧！"

"我把大伙叫来，就是想商量下一步攻打海伦的事。对，据'料水'（外哨）捎来的可靠情报，日本人在海伦驻扎一个营，领头的是田野少将，我干爸双城镇守使赵芷鑫已表示派人里应外合，咱们争取在腊月初十攻打海伦。冬天了，也好给弟兄们弄点棉裤穿！枪也该换换样了……"

各绺大柜们多数赞同，也有提出异议的，说："日本人有马队。咱们行动慢，一打响万一要撤，跑不快就玩儿完！"

"所以必须万无一失，"刘万魁在新婚的高兴头上，一边发布战斗命令，一边对花蝴蝶说，"夫人，你还站着干啥？快，给弟兄和各大柜们倒酒！"

这一夜，四方台匪绺们欢腾了一宿，又接着玩儿了三天，而花蝴蝶林桂兰经历了她人生的第二次婚姻，和第一个丈夫王金钟比起来，刘万魁可算是个人物啦。

严冬，队伍从四方台直奔海伦。

老风老雪整日地吹刮，天和地的界限已经看不见了。四野茫茫一片，灰蒙蒙，暗乎乎，冷嗖嗖。

厚厚的雪壳子上，正好走爬犁。

刘万魁和花蝴蝶坐在带暖棚的爬犁里，可刘万魁惦记弟兄们，他经常跳下暖爬犁，到外面的大风雪中去看看弟兄们，对这一点花蝴蝶打心眼里佩服。

天黑，队伍宿在离海伦20里的榆树台子大车店。

吃完饭，队伍在外面的席棚子宿下，大车店掌柜的（刘快腿的内线）走进屋子，说："大柜，料水的送过信来，海伦的日本人在增加兵力！"

"什么？不可能吧？"

刘万魁放下烟管笭，翻身从炕上坐起来，说："情报可靠吗？"

"绝对可靠，我内弟他二舅的姑妈在海伦，刚才送来的消息。"

花蝴蝶说："万魁，队伍里有没有可疑的迹象……"

"你是说，有人放风？"

"要不然日本人怎么突然增兵？"

"这，不可能！不可能。"

刘万魁对大车店掌柜的说："继续和内线联系，要连夜送情报！"

大车店掌柜的出去后，花蝴蝶说："眼下十万火急，如果情况属实，我看咱们立刻撤走，不能硬拼！"

"桂兰，你害怕了？如果日本人是盲目增兵，那我们就不要怕他们。再说，这么大的队伍，拉出这么远，也不容易行动。"

花蝴蝶听他说得也在理，于是说："你先歇着，我去外头各处看看弟兄们的帐篷。"

风雪还在呼啸着，林桂兰来到一处帐篷外，就听里边有人在议论："听说海伦的日本人在增兵？这真是见鬼了！别是大柜和日本人串通好了，拿咱们当他升官的见面礼吧？"

"是呀！要不然咋会拿鸡蛋往石头上碰呢！"

这是秋天刚收编的"平南洋"的声音。

林桂兰又来到一个帐篷外，只听见一些人也在议论："咱们前方的情报不准啊，哪是一个营日本人？听说一个军团！"

这是入冬才收编的"小金山"的声音。

林桂兰再也听不下去了。她返身回了屋，上去掀开盖在刘万魁身上的大衣，说："姓刘的，今天你给我说清楚，我跟了你，是看你像条汉子，你是不是要投靠日本人……"

刘快腿一愣，坐起来说："桂兰，你疯了！我怎么会是那样的人？"

"砰！"正在这时，外面的雪地里突然传来一声枪响。

"不好了！日本人进村了！"有人在外面喊着。枪声和跑步声响成一片。刘快腿说："桂兰，不好！快！有情况！"说完，他掏出枪跳下炕跑了出去。

"站住！你想跑！"

慌乱中，林桂兰举枪逼住了刘快腿的后背。

"桂兰，你想干什么？"

"我，我看你可疑。"

"你！你……"这时，屋门一下被撞开，进来的正是"平南洋"和"小金山"。一见这情景，"小金山"举枪就把刘万魁射倒了，说："嫂夫人，你干得好！他是什么大柜，他已和日本人串通一气，早把咱们出卖了！"

林桂兰惊愣一下，她想埋怨"小金山"，开枪也不应该他打。这时，"平南洋"踢了两脚躺在血泊中的刘万魁，拉了一把发愣的林桂兰说："嫂子，快走！晚了就突围不出去了！"

三个人一出屋，外面已枪声一片。

迎面走来了"老北风"和"老二哥"两个大柜，一见"小金山"他们，问："大哥呢？"

"什么大哥，他叛变了，已被我们解决了！你们也不是好人！你们联合日本人，策动队伍哗变。"说完，举枪就向对方射击。

"老北风"和"老二哥"急忙躲开，也向这边射击。"小金山"和"平南洋"拉起林桂兰就跑。枪声大作，榆树台子一片混乱。"小金山"、"平南洋"和"花蝴蝶"三个也分不清哪是日本人哪是自己人，急忙从马号里拉出三匹马，跨上去朝西北跑去。

他们在一个雪坑里待了一宿半天。

第二天下午，他们又返回榆树台子，一看，遍地是弟兄们的尸首，大车店也被放火烧了，屋子里却不见刘快腿的尸体。

"平南洋"和"小金山"说："咱们走吧。看来队伍是被打散了，咱们成了无家可归的鸟，四方流浪吧。"

"小金山"说："上哪儿去呢？"

"平南洋"说："去哈尔滨，我姑妈家在那儿！咱们可以避一避。"

于是，他们两人领着林桂兰就去了双城，又在那儿乘火车，在腊月二十那天，来到了哈尔滨。

"兵荒马乱的年月，两男一女走到哪儿都扎眼，你们还是在俺这儿住下吧……""平南洋"的姑妈家在道里一个胡同住，见了他们三人这样嘱咐说，并不断拿眼睛撩花蝴蝶。

"平南洋"说："姑妈，这是俺们大柜的夫人，报号'花蝴蝶'，可是才色双全的人哪！今后还请你加倍关照……"又对林桂兰说，"这是俺姑妈周氏！"

周氏上下仔细地打量一回"花蝴蝶"，自言自语地说："人是不错，胖瘦相当，只是这价码……"

"平南洋"立刻接过去说："回头再说！回头再说！"

周氏说："那么好吧，你们先在我这儿住下，吃点饭歇歇！"

"花蝴蝶"心中还是画了个魂儿，默默地端起了饭碗。

这一夜，他们宿在周氏处。

"花蝴蝶"一个人宿在靠里间的一个单间里。

她却怎么也睡不着，想着自己离开家乡后的坎坷经历，心中有种说不出的滋味。

这时，"平南洋"突然叫门，门开了，他已脱下外衣裤子，里面竟然没穿裤头，放肆地往前走来。

"花蝴蝶"说："平南洋，你个没大没小的，俺是你的嫂子你忘了？"

"嫂子？哈哈哈……"

他狂笑着抓住花蝴蝶不放，说："你知道刘快腿是怎么死的吗？这是俺哥们儿给日本人田野送的情报，所以，大军没到海伦，已被日本人包围了。我，我佩服你，帮俺们哥们儿的忙，杀了刘快腿那小子……哈哈哈！"

"花蝴蝶"一怔，猛地推开"平南洋"，可"平南洋"借着酒劲，死死地抓住她不放，并把她压倒在炕上。

"花蝴蝶"沉静了一下，又问："平南洋，你说的这一切都是真的？"她希望他是酒后胡言。

"平南洋"说："怎么你不信？这次俺哥们儿来哈尔滨就是上日本关东军司令部领奖……"

"花蝴蝶"一听，心血"轰"地升上来，她趁他不备，一脚就端在"平南洋"的"子孙根"上，那小子像挨刀的猪，"呀"的号叫一声，翻身落在地上。就在她回身摸枪的时光，听到动静的"小金山"端着枪，一脚端开了门，枪口对着"花蝴蝶"说："你装什么好汉豪杰，这次我们哥儿俩杀了刘快腿，没杀死你就不错了。本来想把你一块交给日本人，才把你领到这个地方来。"

"花蝴蝶"不顾一切地抓枪反抗，却被"平南洋"死死地抱住大腿，"小金山"也扑上来了。

这一夜，"花蝴蝶"遭到了"平南洋"和"小金山"这两个家伙的残酷蹂躏。然后，他俩又把她捆了起来。

声音惊动了住在上屋的周氏。

他们回屋取出东西和枪支，对周氏说："姑妈，告辞了。俺们上大和旅馆找日本人领奖赏。以后再经过这儿，还请多多关照。这个臭婊子就交给你……"

"花蝴蝶"躺在炕上不能动，她眼睁睁地看着这两个家伙心满意足地走了出去，心里又苦又委屈，自言自语地说："万魁，都怪俺有眼不识金镶玉，害了你呀……"

"花蝴蝶"伤心透了。

那苦涩的泪，从脸上泉水般流下来，淌进嘴里。她一口一口往里咽着，企图让这悔恨的泪引起她后半生处世的教训。

看见周氏站在那里，"花蝴蝶"说："姑妈，你站着干啥，还不给我解绳子……"

周氏点上一支洋烟卷，斜眼看着赤身裸体被捆绑着的"花蝴蝶"，说："实话告诉你，我根本不是平南洋他们的姑妈，我是'翠喜堂'窑子的老板。他们已经把你卖给了俺。当初我就嫌贵，价是当着你的面讲的。窑子是干啥的，你知道吧？到了这里，装贞节烈女，可没有好果子吃，今晚你就得接客！"

这一宿，"花蝴蝶"备遭蹂躏，接了七八个嫖客，而且一直被绑着。

这哪是人过的日子？得想个办法跳出这个火坑，"花蝴蝶"一直在寻找着机会。

这天，黄昏时分，周氏在门口喊："出门接客。""花蝴蝶"和姐妹们一起走出门来。最后，一个商人模样的中年人拉住了花蝴蝶，可周氏却叫住了她。周氏在"花蝴蝶"耳边说："给你这个假镏子！记住，把他灌醉后，把真的换下来。"这是妓馆的把戏，老鸨子常常指使妓女偷客人的钱财金物。

"花蝴蝶"虽然答应了，但她不愿如此作为，并把这个事偷偷地告诉了对方。那人十分感谢，半夜偷偷溜走了，可这事，让暗中窥视的老鸨子看了个一清二楚。第二天，她叫人拿来"窑鞭"把"花蝴蝶"抽了个死去活来。

她不想活了，寻了几回死都不成。

周氏一想，这是一个难调教的女子，便暗中和一个叫"黑二哥"的人贩子联系，把她卖给了人贩子。就这样，她最后落脚在了船场。

"花蝴蝶"自从落难桦甸，又被人悄悄运到船场文庙胡同青楼"喜玉堂"，延续着接客生涯。

今天来者是船场粮行总掌柜孟少卿，他本有家室，但那女子在他外出办货之日跟一个唱二人转的艺人远走他乡了，从此他把心扑在生意上，直到 48 岁，也还未娶妻室。连日来他有几笔粮豆买卖见好，一时高兴，今夜到烟花柳巷来散散心。

那老鸨九妈一见"衣食父母"来了，自然热情接待。孟少卿虽未进过妓院，但也懂得烟花规矩，他随手给了九妈五块光洋，那九妈眼都眯成了一条缝，立刻把头牌"花蝴蝶"介绍给他，孟少卿相当满意。

二人四目相对，喝了几杯热酒，孟少卿不由春意渐生，急忙关上房门，一把将她抱到牙床上。

"花蝴蝶"干脆来者不拒。她把心一横，三下五除二，把外衣内裤都脱了，全身一丝不挂裸在炕上，任凭他所为。

谁知"花蝴蝶"的一番行动举止，使得这老实厚道的粮行掌柜不由得怜从心起，悄悄问道："你今年多大了？"

"23 岁。"

"才 23 岁？"

少卿一想，自己今年 48 岁，大她两轮还多。想起自己，从小经商，爹娘早逝，有一个亲妹妹，18 岁上得病死了，如若活着，不是和她同庚吗？想到这儿，春兴顿时全消，于是说："请把内裤穿上吧！"

孟少卿再三表示他和"花蝴蝶"从今以后以兄妹相称，并不告诉九妈，他要每天出资包下她的房间，使"花蝴蝶"感激不已。他和她唠了一夜，二人相依相偎，各述身世。一夜甜美，胜似夫妻之情，二人计划好，孟少卿要设法把她赎出去。

第二天一早，孟少卿梳洗之后，来到上房对九妈说了要包下"花蝴蝶"的事，最后出了 200 大洋老鸨才应下。

可是，就在孟少卿筹措银钱准备包下"花蝴蝶"的房间，并一次把她赎出来时，却出了一件更使她心碎的事。原来老鸨子九妈听说孟少卿要赎"花蝴蝶"，她一下子开出了一万大洋的价码，还设下了一个圈套。

那孟少卿经商是好手，对烟花柳巷还是缺少一些经验。他早上一人在柜上开出银票，到钱庄换完大洋一出门，从后面走上一个人来，说声："呀！马大哥好帽子！"然后，随手把他的礼帽摘下来，扬手扔到旁边一座屋顶上去了。

孟少卿回头一看，说："我不认识你！"

那人也一愣，说："呀！认错人啦！"

其实，这是一个"偷技"，完全是九妈窑子里派出的"龟奴"故意而为。可孟少卿不知这些手段。

那人连连说："对不起，对不起，来，我帮你把帽子够下来……"

人家一片热情，孟掌柜无法发火，任凭那人抱住他的双腿，把他举往房上。

就在孟少卿快要够到帽子时，那人一把脱下他的鞋，说了声："再见吧！傻瓜！"然后，钻进一辆等在一旁的马车里跑了。

孟少卿这才大吃一惊，不知何时，他准备赎人的大洋褡子不翼而飞，他不顾光着两脚从房上跳下来，嘴里大喊："抓住他！抓住他！"可是，马车早已没了踪影。

没了银钱，他央求鸨儿要与"花蝴蝶"见上一面，那鸨子破例答应了。"兄妹"二人相见，免不得抱头痛哭。孟少卿向"花蝴蝶"述说了自己丢钱的不幸，并一再说再想办法凑足钱来赎她，然后就走了。

这一走，喜玉堂从此再也没见到孟少卿的面，原来他觉得无脸见"花蝴蝶"，就投江自尽了。这个信儿，九妈知道，却一直瞒着不让告诉花蝴蝶。

这一天，"花蝴蝶"落入烟花已两年有余了，她午间醒来，吃过饭就开始梳洗打扮，突然，走廊里有人喊："接条子客！"

这条子客就是白天来的人，不住局，完事就走。喊声刚落，九妈推开花蝴蝶的门，领进一个人来。那人低着头，等九妈一走，他猛地抬起头来，叫了一声："大柜！"

"洪仁，是你？"

来者正是于洪仁。

"没想到吧……"于洪仁说，"四方台突围咱们走散后，我就投了双龙绺子。双龙绺子里有个密探在日本人那儿送出信，这才知道'平南洋'和'小金山'叛变告密，策划刘快腿队伍哗变，并把你骗走了，后来我千方百计打听，才知你在喜玉堂的下落呀！"

"这么说，刘万魁还活着？"

"他被'平南洋'和'小金山'他们打伤，亏得后来'老二哥'他们赶到救出他，这才冲出了日本人的包围圈。唉，他现在伤刚好，一直在奉天养伤。还不知他回没回山里，双龙和他也是好朋友。"

"花蝴蝶"扑在他怀里哭了。

于洪仁赶紧推了她一把，要她不要失态，以免坏了大事。

"花蝴蝶"不哭了。

于洪仁说："后天头晌，船场牛家钱庄大柜要接你出'外条子'，我们已准备好人马，在德胜门迎你出逃……"

为了不露马脚，交代好前后情况，于洪仁匆匆走掉了。

这日早，九妈果然到她屋说："闺女，今天你出外条子。"

"到哪儿？"她故意问。

"谭家胡同钱庄牛家。"

吃过晌饭，天气晴朗，"花蝴蝶"在两名龟奴一左一右挟持下，出门上了人力车，直奔谭家胡同。突然，一个龟奴见地上有一只皮鞋，新的，也没放在心上，又走了一会儿，他又发现一只皮鞋扔在道上，他想，这两只放在一块，不正是一双吗？于是让车停下，他急忙跑去捡鞋。

等那人走得不见了，车夫突然对着留下的那个龟奴的眼睛就是一拳，又一顿狠揍，把这家伙打昏了头。"花蝴蝶"再定神一看，这车夫正是于洪仁。于洪仁二话没说，拉着她就跑下岸，江边正停着一只小船，待二人上了船就奋力向对岸划去，转眼就登上了江南岸。

于洪仁和"花蝴蝶"马不停蹄，连走三天三夜，进了关东山。这日，天已麻达（黄昏）了，前方出现了一些小房舍。

黑暗中，道口处突然跳出两个人，"咔嚓"一声拉上枪的大栓，上来把于洪仁和"花蝴蝶"的眼睛蒙上，枪下下来，带着进村了。

约莫走了半袋烟的工夫，进到一个院子，又被领进了屋，于洪仁和"花蝴蝶"眼睛慢慢缓过来，才看清对面大炕上坐着一帮人。

一个小子说："这是俺们'黑星'大掌柜的，有话对他说。"

于洪仁说："我听说大柜你这儿人强马壮，局红管亮，这才特意来投靠，请黑星大柜赏碗饭！"

这时，黑星用烟袋敲打着炕沿说："好！敢顶壶吗？"

"敢。"

黑星说："我说那个娘儿们……"

"花蝴蝶"瞅着于洪仁说："没这胆量，也不敢来闯山门！"

黑星点点头，又突然说："管枝（枪法）咋样？"

"花蝴蝶"说："说打它鼻子不伤它眼睛……"自从上了山，她的枪法在刘快腿的指点下已有很大长进。

当下，有人拿来两个茶壶，在于洪仁和"花蝴蝶"头上一人放了一把。黑星手起枪响，二人头上的壶碎了，然后，他派人去摸他们二人的裤裆，如果没尿裤子就"够交"。这一关过去后，黑星叫人抱来一只大公鸡放在靠墙柜上，让于洪仁和"花蝴蝶"试枪。

二人接过黑星的"铁公鸡"，一人一枪，都是从鸡冠子上穿过，没伤着鸡头和鸡毛。众土匪一见，连连叫好。

"黑星"点点头，也乐了，说："二位有这么大本事，咋才出山？"

于洪仁说："不瞒大柜，我是双龙的二柜，她是刘快腿的内人。我们两人过去是同乡；这次她落难我去救她，才走到大柜你的地界上来了。"

"啊！双龙？""黑星"大吃一惊，说，"前不久双龙绺子被保安军打花达了……""黑星"又说，"刘快腿和俺们是朋友。他过几天约我们去'典鞭'共事。还望嫂夫人在大柜面前多美言几句！"

"花蝴蝶"点点头说："唉，我也想见见刘万魁，真是一言难尽哪！"

"赶快上酒！上菜！"话唠到这个份儿上了，"黑星"立刻端酒作陪。

撞见刘快腿是早晚不等的事。

于洪仁的双龙绺子也被保安军打花达了，他只好在"黑星"这儿暂且栖身，并执行他的秘密任务。三日后，天高云淡，黑星、于洪仁、"花蝴蝶"各骑一匹高头大马来到四方台刘快腿的驻地。

"典鞭"过后，众人见面，许多匪兵听说"叛军"头子"花蝴蝶"来了，一个个拔出枪就想要"花蝴蝶"的命。

刘快腿回身一扬手："别嚷嚷啦!"这才震住。

说着上去一把扶住她的双肩,叫道："桂兰! 让你吃苦啦! 现在很多不明真相的人都蒙在鼓里,认为你和'平南洋''小金山'他们是一路。这才扯呢! 我心里有数,你和他们不一样,当初,你是被他们架起来了! 这两个王八犊子,把队伍弄乱,投靠日本人当奴才。咋样,日本人其实也最恨那种叛徒,归齐他俩都叫日本人田野扒了皮,用他俩的皮做了两个灯罩,田野太郎天天点着,让他的部下知道叛徒没好下场……因此,我不怪你,桂兰……"

"花蝴蝶"眼里突然涌出大颗泪花,"扑通"跪倒在地,连连说:"不! 万魁! 你,你插(枪毙)了我吧……"

刘快腿上去扶起"花蝴蝶"说:"起来,桂兰,我刘快腿还不至于糊涂到这个份儿上!"他又问林桂兰于洪仁是谁,"花蝴蝶"告诉他,这是她的救命恩人,也是和她一块起事的伙计。刘万魁很高兴,一扬手说:"快请! 席上坐。"

他拉着"花蝴蝶"的手来到席上,坐下后,他又站起来,双手向全场一拱说:"诸位,'花蝴蝶'你嫂子回来了,今儿个咱们当着大伙把话挑明了,她还是她! 她还是咱们的人,是我内人! 哈哈哈! 决不允许另眼看待她。"

"花蝴蝶"别提多宽心了,她没想到刘快腿这么开通,同时,心里也庆幸又回到了他的身边。由于"花蝴蝶"的到来,刘快腿也十分高兴,并任命于洪仁为他们这个队伍的"翻垛的(参谋长)"。

刘快腿说:"我,我怎么看你像共产党派来的密探!"

于洪仁说:"但不管到什么份儿上,我不能扔下大柜你不管,大柜你想想，将来就是咱们不抗日，日本人也不会允许咱们存在呀。这样成天偷偷摸摸的，日本人也打，抗联也碰，猪八戒背媳妇——费力不讨好。你若问我是什么人嘛，我是王德林的好朋友，又是你刘快腿的参谋长！"

"你真是王德林的朋友？"

王德林是东北国民救国军总司令，在地面上日本人提起来也是打颤的人物，当时关东的许多绺子都想靠近他。有的是做了坏事不敢，有的是联络不上。现在，自己的参谋长竟然是王德林的人，这不能不让刘快腿吃惊。

还是"花蝴蝶"来得快。她于是说："万魁，这回咱们得吃一堑长一智，不能在光天化日之下把这事吵吵出去。上回攻打海伦，就是你一放炮，让'平南洋'和'小金山'钻了空子。我看咱们私下里接接头，见见面。"

"花蝴蝶"对于洪仁说："洪仁，你也真行啊，一路上都瞒着我。"

于洪仁说："大姐，我能不告诉你吗？只是当初想让你引见找到大柜，咱们再把窗户纸捅开……"

刘快腿哈哈大笑，说："你小子是想钓大鱼，对不对？有道理！有道理！"

连"花蝴蝶"也不知道，于洪仁在四方台和她失散后，参加了东北抗日义勇军。他的主要任务是到各种民团、匪绺、大排的队伍中进行策反归正工作。在此之前，他在双龙绺子工作，后听说花蝴蝶落难烟花，就百般寻找，想通过她结识刘快腿，以此说服刘快腿参加王德林的国民救国军，联合抗日。

刘快腿的吉林民众自卫军归顺王德林的国民救国军工作进展得很顺

利。1934年春，在于洪仁的细致工作下，通过王德林同刘快腿和"花蝴蝶"多次秘密相见，这支队伍的3000多弟兄终于编进了王德林国民救国军的名下。可是，刘快腿的队伍在山林里待惯了，时而还有扰民的事发生，这使王德林很生气，批评过他几次，刘快腿还不服气。

在花蝴蝶之后，刘快腿一连串又说了四房老婆。1939年，日本人在东北山林中加紧搜山，许多队伍被打散了，王德林的队伍接到上级命令，立刻撤到苏联的西伯利亚去保存实力，这时，刘快腿已把几个老婆都送到苏联上学去了。

冬天，他和"花蝴蝶"住在赤塔。

丈夫说："桂兰，我有心也把你送到莫斯科去学习……"

"花蝴蝶"说："快别说了。我不比那几个姐姐！她们有文化，有出息。我这辈子就是使使枪杆子。再说，你南征北战的，也得有个人照顾啊！"

刘快腿说："你呀，真像一只蝴蝶，沾上了我，就不乐意飞啦！"

这时，林桂兰已经成了和丈夫一起带着6000多人的"军副"啦，平时行军打仗，她也参与冲锋陷阵和指挥。

1940年冬，他们这支队伍经西伯利亚和李杜分手，绕道苏联的窝沐斯克开进了新疆，打算从关内再转到北方继续抗日。这时，正赶上马步芳勾结人马围困乌鲁木齐，新疆督办盛世才正走投无路，枪声使刘快腿派人去打探情况。

回来的人报告："是盛世才被困！"

刘快腿问"花蝴蝶"："盛世才是东北人，咱们的老乡。该咋办？"

"花蝴蝶"说："那还用说吗？欺负咱们东北人，打！"

于是，刘快腿的部队在外打，盛世才的部队在里面打，很快击退了马步芳的军队，他们狼狈地跑到宁夏去了。这时，盛世才感激地走出大营问："你们是哪部分的?"

刘快腿指着他老婆说："东北草原上的一只花蝴蝶。"

乌鲁木齐，灯火辉煌。

盛世才命人杀牛宰羊，载歌载舞，款待刘快腿和"花蝴蝶"队伍中的弟兄们。

几天后，刘快腿的队伍准备向东北开拔，盛世才突然来到大营求见。

盛世才说："刘、林二位将军，我恳请你们再助我一臂之力! 兄弟我得到可靠情报，马步芳虽然被打走了，可他的另一个兄弟马占英还有七八百人驻扎在呼图壁，随时有可能卷土重来。我求二位将军，再出兵一次。帮人帮到底，救人救个活，彻底把这帮野兵赶出新疆。"

当下，刘快腿征得了"花蝴蝶"的同意，就带领队伍开赴呼图壁。

初冬，太阳一落山，戈壁滩上风沙弥漫，这些在关东长大的弟兄哪见过这样式的大风和沙石，于是，不得不停止前进，就地挖坑支帐篷。

部队艰难跋涉，两天后开到呼图壁一线，立刻和马占英的队伍接上了火。恶战一直打了三天三夜，双方各有损伤。

吃完晚饭，刘快腿对"花蝴蝶"说："夫人，你先歇下，我出去遛遛。"

他一个人出了帐篷。

大漠向远方延伸，四周静得可怕，遍地是弟兄们的尸体。那一座一座帐篷，倒像东北老家的荒坟，刘快腿长叹一声，自言自语地说："世界这么荒凉!"

站久了，他觉得冷，想回帐篷去。

还没转身，突然，身后有人用枪顶着他说："刘将军，别动！"

刘快腿愣了一下，问："你是什么人？你要干什么？"

"今天送你上西天，明年的今日将是你的周年！"

刘万魁走出帐篷时没把枪带在身上，他本想到外边转转就回去。

此时，他说："你能告诉我你是谁吗？"

"我叫杨九钧。"

"我必须转过身看着你开枪，因为我这辈子没打过黑枪。"他慢慢转过身来，看着这刺客是一个小个子。

于是，他说："还有，我死后，你最好别难为我夫人'花蝴蝶'。让她自由地飞回东北。行吗？"

两声枪响，刘万魁摇晃一下，栽倒在茫茫戈壁滩的荒冷沙滩上。

呼图壁一役，丈夫刘万魁遭人暗杀身亡，她领着弟兄们又苦战了七天七夜，因为盛世才怕她把仗打胜了和他平分新疆，就不派人送子弹和粮草，致使她的弟兄们弹尽粮绝，被马占英的队伍全部击灭。

她先是带领几十人突围，等冲出包围只剩下十多个弟兄，后来，弟兄们一个一个地饿死，剩下她一个人逃进了沙原。

几名骑骆驼的人从河丘下爬上来，为首的一个络腮胡子的人说："这儿有一个人。"

他们跳下来，一个人揪住她的头发，一看说："就是这个人！她叫'花蝴蝶'！帮助盛世才那老狗把咱们兄弟打散了！"

原来，这些人正是马占英的兵士，战争结束后他们回宁夏，路上碰到了"花蝴蝶"。

两个月后，"花蝴蝶"被押到宁夏银川，号称"西北之王"的"五马"马步芳、马占英等兄弟几人一见了"花蝴蝶"，恨得直咬牙，恨不得把她立斩万段。

马步芳说："不，不能让她死得便宜了。"

马占英说："咱们给她处以极刑。就是把她的手心和脚心用大钉子钉在一个十字架上，把十字架插在木车上，游街。游够了，再砍头！"

这天，银川大街上万人空巷，人们都挤在刑场上等着看这关东著名女匪的死。

车子吱吱扭扭地响，丧号嘟嘟地吹。空气中流动着震人的丧号的低音，震得路边的草和树上的叶子都在抖动。

西北和东北都使用中华民族的传统文化和习俗，要死的人的车子每经过一个买卖人家的门口，卖酒的人就给犯人酒喝，卖饭的可以给犯人饭吃。但她酒不喝，饭不吃，只是含着泪告诉人家："掌柜的，求求你，我死后设法往东北长白山捎个信，就说'花蝴蝶'死时没眨眼……"

刑场到了，丧号停了。

万人屏住气，看着停在场中间的刑车。

砍头得把犯人放下来执行，可是一时忙乱却找不到起钉子的锤子和钳子。

只听"花蝴蝶"说："不用了，我自己来！"话声刚落，她一声怒喝，猛地一挣，手和脚上的碎骨和血肉顿时在空中横飞，她跳下车来了……

全场顿时震惊，老人们捂住眼睛，同情的泪哗哗地淌下来。她仰天长叫："我是东北好汉哪！"

刽子手刀光一闪，人头在地上滚了几下，不动了。至此，一只在人生的大草原上飞腾了几十年的花蝴蝶永远消失了。

五、闯关东尸骨还乡

（一）梦中相见

有一年，山东先是旱灾，后是水灾，接着又来了一次蝗虫灾，庄稼一粒没收，不少人拉家带口逃荒去了。

一家姓王的两口子，男人叫王大会，结婚也就是一两年的光景，生了一个胖小子王小。这一天，丈夫对媳妇说："山东住不了啦，不能等着饿死，我闯闯关东吧。听说老白山里有棒槌，挖几苗就不怕了。"媳妇一听，眼泪哗哗地往下掉，说："你走了，我们娘儿俩可怎么过呀？"

这一说，丈夫也止不住眼泪了，说："不难，家里这些东西你折腾了吧，我去几个月就回来。"媳妇把孩子递给丈夫，从箱子里找出她过门时做的那件小布衫，把它一撕两半，对丈夫说："你拿着这一半，我留着这一半，日后做个凭证。"

夫妻俩说了一宿话，第二天清早，夫妻俩难舍难离地分开了。

王大会来到关东山，落脚在甸子街一个姓于的财主家。到放山的时候，就和伙计们一块进山。三年倒有两年空，就是弄点儿也撑不起米口袋来。有的年头挖了些棒槌，去了米面油盐，剩下的都叫于财主扣下了，拉下的饥荒都还不上。一连十三四年，一个钱也没能捎回家去。

再说山东那娘儿俩，自从丈夫走后，十几年音信全无。孩子一年小，两年大，长到十五六岁时，也非要上关东找他爹去不可。他娘怎么说也不当回事，后来实在没法儿了，又怕孩子急出个好歹，只好打发他去。临走的时候，他娘把那半拉布衫给了孩子，说："这布衫你千万别丢了，见着你爹好对证，对上就是你爹，对不上就不是。"

娘儿俩哭了一场，王小就一个人上关东山找他爹去了。走啊走啊，走了好几个月，饿了要点饭吃，黑了找个宿儿，要是找不到屯子，就挨一天饿、挨一宿冻。他爬了不少大山大岭，越走山越高，越走道越窄。这一天来到一个屯子，到了一个财主家，正好是甸子街于财主家。一打听，说有个姓王的，从山东家上来 14 年了，这阵子领人放山去了。王小费了不少口舌，说了不少好话，于财主才告诉他，王大会上牛心顶子了。

王小打听好了道儿，又走了好几家，要了点吃的，就进了老林子。

一直走了三天三宿，走进一片老林子里，道也没有了，山头都是一个样，树也一般高。王小在里边转悠了几步，就不知东西南北了，一天一宿也没走出来，累得他一点劲儿也没有了。想吃点干粮，干粮都风干了，又找不到一滴水。连累带饿带渴，昏过去了。

在昏睡中他晃晃忽忽地做了个梦，梦见自己上了一个大山顶，一看有个仓子，一进门正好遇见他爹，他爹挖了一大堆棒槌。爷儿俩下了山，卖了一驮银子，回了山东，娘也乐坏了。王小给他娘做了一件花布衫，他娘一穿上，挺好看。乐得他直蹦高："真好看，真好看！"一蹦，脚一下子蹬在大树上，醒了。他爬起来又走，没走几步，就见一堆白骨堆在地上，上边放着那块布衫，正是爹，于是，他含泪把爹的白骨背回了家。

（二）白骨说话

有一个小孩，从山东过来，为了找闯关东的爹爹，一时无处落脚，就给一个姓李的人家当小半拉子（打工）。老李家有个闺女，到放山时看别人都上山了，就对小半拉子说："半拉子，我供你。你也上山去吧……"

小半拉子想，正好，连给人家吃劳金，连找爹，就背上小米子进山了。

头二年供了，他没挖着。

别人都分了钱。

转过年，又去了一帮人。

闺女说："我还有体己钱，我还供你去。"

这一年，又是其他人都挖着了，就他没挖着，小半拉子人虽小，可心里挺上火。

第三年了，闺女还供他，可他不想去了，点背，挖不着啊。闺女又劝，无奈，又去了，可是，外甥打灯笼——照旧（舅）不开眼。

天凉了，别人要下山了，喊他："半拉子，走吧！"

"不，你们走吧！"

其实，这回来之前，他买好了毒药带着了。看看还有点小米子，他就一个人往山里去了。

这一天下晌，他在一个山崖下一看，通红的一片净是人参。他下去挑大的挖，天黑了，只好打个小宿。

不大一会儿，打那边来个人。问："谁在那儿挖棒槌？"

他不吱声。

那人又问，他又不吱声。

只听那边说："你不吱声不要紧。我不是人，是鬼。从前我就在这儿挖棒槌，叫两个大虫吃了。你要能把我的尸骨捎回家，我就救你。"

"行吧！不知在哪儿？"

"在那边大榆树下。"

这时，只听哗哗响，是大虫来了。

小半拉子吓得浑身乱颤，可是一股黄火起来，大虫跑了。

这时，天亮了，他跑到大榆树下一看，真有一堆白骨，他含着眼泪把白骨包上带在身上。

天黑住店，亮了就走，可是，后边两个大虫追上来。他一看急忙上树。

大虫一看，他上树了，就吸他。

一吸，他鼻子淌血，大虫在下边就舔，他怕被吸下去，就解下腿带子绑上自己，也不行。突然想到自己兜里有毒药，就往血上一抹，果然大虫一舔，不一会儿就死了。

他跳下树来，抠下大虫的两个眼睛，他把腿肚子切两半，珠子放进去，天亮就走了。

这时，头一拨放山的人回家了，老东家挺乐。闺女问大伙："没看见小半拉子?"

大伙说："他没挖着，不一定回来了!"

闺女心里很难过，急得来回走。

别人都吃肉喝酒庆祝发财。

天黑了，闺女一个人上山根前往远望，不一会儿，就见半拉子从山上下来了。

闺女问："回来了?"

半拉子："回来了。"

"背的什么?"

"棒槌!"

闺女二话没说,拉着小半拉子就进自个儿屋了。小半拉子解开包,闺女一看,都是最好的人参。小半拉子又告诉她是鬼给指的明路,这是鬼参鬼福。闺女说鬼原本也是人,白骨也恋家,咱不能忘了人家。

当下,闺女上爹屋弄了不少饭,说:"吃完在这儿睡吧!别过你屋去了。"

第二天早上,他才想起腿肚子里还有珠子呢。

闺女把好的大个的人参挑出来,捧到爹屋里,说:"瞅瞅,半拉子挖的!"

老爹说:"真的?"

女儿:"真的。"

吃完早饭,老头有故事了。

他走到院子里,对大伙说:"老少爷们儿,今天有点事和大家商量。我的丫头18岁了,也没找婆家,就供小半拉子放山。小孩不错,给他吧!"

大伙都说:"挺好!挺好!"

一问闺女,闺女小脸一红,说:"爹,俺俩觉都睡了!"

半拉子有钱了,把救他的鬼的尸骨用小匣一装,一顿喇叭送到海南,和媳妇过日子去了。

(三) 死后成"神"

有一个山东人叫孙良,家住山东莱阳。

有一年,山东大旱,他闯关东来到了东北。

到东北干什么?只好去长白山里挖人参挣钱活命。

开始，爹娘和媳妇听说关东山高林密，死活也不让，可孙良是个有志气的人，说干啥就一定要办成。家人没法，给孙良凑了几个钱，送他上路了。

孙良吃尽千辛万苦，终于到了长白山，老山里数不尽的獐狍野鹿、奇花异草，把孙良乐得找根棍子一拄就放起山来。他一个人"放山"，这叫"单撮"，一连找了几天也没"开眼"。这天他正在林子里走，突然看见前边也有个放山的。深山里人烟稀少，人见了人分外亲。一打听，这人也是山东莱阳人，叫张禄，二人就插草为香，结拜为生死弟兄。

孙良比张禄大两岁，孙良为兄张禄为弟。这张禄别看比孙良小，可放山多年，很有经验，他就教孙良什么是几品叶，什么是"刺官棒"（一种假人参），还给孙良讲人参精变大姑娘的故事。并给孙良讲了许许多多善有善报，恶有恶报的传说，在孙良心里打下了深刻的烙印。

一天，孙良和张禄分头出去溜趟子，约好三天回来见面。孙良出了仓子走了一头晌，在一个向阳坡上发现了一大片人参。他乐坏了，一口气挖了好几棵，又在那儿的树上刻了"兆头"，就捧着人参回到窝棚里去等兄弟张禄。可是，连等三天张禄也没回来。孙良担心兄弟出意外，就出了仓子去找人。

茫茫老林，他走啊走，走遍了大山各处；他找啊找，找遍了河沟坡岔，也不见兄弟的影儿。就这样，孙良一直找了六六三十六天，连饿带累，就昏倒在一块大卧牛石下了。

他醒来后，咬破手指在大石头上这样写道：

家住莱阳本姓孙，漂洋过海来挖参。

路上丢了好兄弟，找不到兄弟不甘心。

三天吃了个蝲蝲蛄，你说伤心不伤心。

日后有人来找我，顺着蛄河往上寻。

写完，孙良就死在这块卧牛石旁边了。其实，他兄弟张禄也是走"麻达"山了。奇怪的是，孙良人虽死了，可尸首直挺挺地靠着石头站着不倒，为啥？他惦记他的兄弟，死不瞑目啊！

后来，这事儿传来传去传到了康熙皇帝的耳朵里。

康熙说："快领我进关东山看看去！"

手下人不敢怠慢，就带领康熙进了长白山。来到那块卧牛石前，果然见孙良的尸身立在那里。

康熙点点头，自言自语地说："此人勇敢忠义，我封他为山神爷老把头，今后农历三月十六就是他的生日。"

皇帝话音刚落，孙良的尸体摇了三摇不倒下去，康熙有点奇怪，就命令手下的人说："快！放倒一棵树，树墩给他做凳子。"

不一会儿，树墩弄好，孙良的尸体果然稳稳当当地坐在上面了。皇帝既然封了他是"把头"山神爷，不能没有老爷府啊，于是，就用红布盖在一块树皮上，大家跪下参拜，算作是"老爷府"。从此，孙良就成了受封的山神爷老把头。

由于孙良放山用一个五尺棍拄着，后人放山也拿个棍，叫"索拨棍"，放山前的第一件事是拜把头庙或把头坟；进山后，第一件事是修老爷府；三月十六日是老把头的生日，放山人要放假，杀猪宰羊为把头过生日；山里的人不坐树墩，因为那是传说中的老把头孙良的板凳，那是祖师爷的位置。

六、小山东找爹

爹闯关东走了，一去多年。

这年他 18 岁了，决定往东北走，找爹。

他从山东登州府出发，一直走到东北山里，找了几年，也没见爹的人影。没办法，只好和别人混在一起连进山挖参，带继续找爹。别人不知他的名，都管他叫"小山东"。

"小山东"他爹是谁呢？连他自己也说不清。"小山东"还没落地的时候，他爹刘老四因抗租吃了人命官司到关东逃命去了。临走的时候，老四的媳妇哭成了泪人儿，她腆着个挺大的肚子说："这回分手，不知哪年哪月才能见上一面，我一没玉镯，二没金钗，就送你一个铜耳环吧，多咱想我了就看看这个耳环。"

刘老四走后的第二天，小玉林出世了。到玉林懂事的时候，他见别人都有爹有妈的，唯独自己有妈没爹，觉得不是个味儿，特别是别人骂他的时候，他受不了，哭着向他妈要爹。一直到玉林长到 18 岁那年，他娘才跟他讲了实话。刘玉林一心要去关东找爹。他娘把自己收藏的那只铜耳环拿出来说："孩子，你去吧，你能再找着那一只铜耳环就能找到你亲爹了。"

关东山好大呢，山连山，岭连岭，没边没沿。他要着饭赶路，逢上人就打听。

后来遇上一个山东老乡，劝他说："小伙子，在关东山里找个人，好比在大海里捞针，你还是找个活儿干干，慢慢地打听吧。"

刘玉林一听这话有理，正好遇到一帮放山挖参的，差不多都是山东人，把头姓孙，叫孙龙；边棍姓赵，叫赵三；另外几个人也没有一个姓刘的，他也就无心打听爹的下落，一心一意地跟着进山挖参了。

把头孙龙可是个厉害人，动不动就吹胡子瞪眼地呲哒人。一入了山，他就对刘玉林说："小山东，你得给我老老实实地守山规，若是犯了规矩，我可得照山规罚你。"

"小山东"连连点头道："是是！"

头三天压山，"小山东"连一句话也没敢说，谁也没见着一苗参。孙把头骂"小山东"："看你，像个哑巴似的，我看你是个穷命鬼，连累得穷哥们儿都不开眼了。"

到了第四天头上，"小山东"跟着把头过一道草甸子。走着走着，忽然从深草里钻出一条红花大长虫。"小山东"吓得"啊呀"一声惊叫。

孙把头回过头来问道："'小山东'，你叫唤什么？"

"小山东"把吉利话忘在脑后了，忙答："一条大长虫。"

孙把头火了，三步两步地走过来，捉住了红花大长虫，说："你咋不喊'钱串子'？你犯了山规，把长虫拿着，不见了大棒槌不准你放开。"

"小山东"双手拿着长虫，又气又怕。出了草甸子，谁也没见着棒槌。又爬过一道大岗梁，"小山东"遇见了一棵顺风倒椴树，树上长着一片黄灿灿的东西，他好奇地问边棍赵三："这是啥玩意儿，这么好看？"

赵三指指孙把头，摇了摇头，意思不让"小山东"乱说乱问。"小山东"也不知道这是啥，又说了一句："你也不知道这是什么东西啊，关东山里好东西真多呀！"

这一句话却让孙把头听见了，他赶过来扬起索拨棍抽了"小山东"

一下子，骂道："小东西，你偏要犯山规，来，把这些蘑菇都背上，不见着大棒槌不准你把蘑菇扔掉。"

这一回可把"小山东"害苦了，这棵树上的蘑菇足有一百斤，他背着这么重的东西，手里还得拿着长虫，走了一百来步就累得满头大汗，爬过一个巴掌嘴子就觉得两条腿又酸又痛。爬过一道冈，他想歇一歇脚。刚停下步，忽然又看见一堆东西，看样子像是什么死了的山牲口，皮肉都烂了，露出白花花的骨头，等他走到近前的时候，那堆骨头"哗啦"一声倒了。他心里好不纳闷："这是什么骨头呀，咋一见人就倒了呢？"他刚想问问孙把头，话到了舌尖，又强咽了回去，他怕说不明白，再让他背这堆骨头，那可真没命了，若是压死了，到哪儿再去找爹呀？他没敢吱声，只是捡了一小块腿骨揣在怀里，一直朝前走。

好不容易回到仓子，"小山东"累得浑身的骨头像散了架，连饭也没吃一口，"扑通"倒在铺上了。当孙把头他们都睡着了以后，他还没睡，倒在土炕上想心事。自己闯关东遭了这么多罪，可是连爹的音信都没打听到，这样的日子到哪一天才是个头呀。快到半夜了，他觉得浑身发冷，就凑到火堆前烤火。他掏出娘交给他的铜耳环，看了又看，一边掉着眼泪一边自语道："爹呀，爹呀，多咱我才能见到你呀！""你这是哪儿来的铜耳环？"不知是谁从他背后伸过来一只手，一下子把铜耳环夺了过去。

"小山东"回头一看，是孙把头。他对孙把头正有气呢，一把又夺回耳环，没好气地说："怎么？有铜耳环也犯山规了？也得挨罚？"

孙把头苦笑了一声，从怀里掏出了一个亮闪闪的东西凑到火堆前说："你看，我也有一只铜耳环。"

"小山东"接过孙把头的铜耳环跟自己的铜耳环一对，两只一模一样，他眼睛一亮，忙问："把头，你这只铜耳环从哪儿得来的？"

孙把头说："你先告诉我你的耳环是哪儿得来的，我再告诉你我的耳环从哪儿得来的。"

"小山东"含着泪，把自己闯关东找爹的事儿，一五一十地说了一遍。孙把头听了，一把把"小山东"搂在怀里，哭着说："孩子，我就是你爹呀！"

"小山东"瞪了孙把头一眼，嘟哝道："你别骂人了，你姓孙，我爹他姓刘。"

孙把头说："孩子，你听我说呀，我在山东犯了人命官司，怕的是官府追查我，这才改名换姓，远走高飞到了这关东山的。我真名就叫刘老四呀！"

"小山东"一听，扑过来说："爹呀，你不该立下这么多穷规矩，今儿个差点把我累死了。"

孙把头说："这是老放山人立下的规矩，没想到，连我自己的亲儿子都给害了，从明儿起，咱就把害人的穷山规废了。"

"小山东"听爹这一说，又把捡来的那块腿骨拿出来说："爹，你看这是什么山牲口的骨头？"

孙把头接过来一看，"啊呀"了一声："这是从哪儿捡的？"

"小山东"把自己遇上这堆骨头的经过说了一遍，他爹一拍大腿说："这是虎骨头呀，这骨头能治大病，也是关东山的宝贝，你咋不问一声呢？"

"小山东"说："你又没废山规，我若喊一声，你再让我背上，我就见不到你了。"孙把头说:"好了,穷山规是废定了。"

第二天,孙把头领着儿子"小山东"和几个伙伴进山了,在上山以前,孙把头对大家说,打这以后废了山规。他们找到了那一架虎骨,又挖了不少山货,过了些日子,就高高兴兴地下山了。

第五章
闯关东留下的技艺

在东北，有许多手艺和老作坊，是闯关东人留下来的，这在今天，已成为一种珍贵的生活财富。而他们当年闯关东带来的记忆也应该是一种珍贵的文化宝藏，我们称为记忆遗产。

从这些珍贵的技艺里，闪烁出一种山东人动人的生存精神和迷人的智慧。

一、艾家大车店

店铺，主要指大车店。

闯关东的人头脑活，东北有许多交通要道口的大车店是中原人开的，比如，艾家大车店。

这位大娘是张王氏，她从小在伊通河边上的艾家大车店旁长大，亲眼见到一位闯关东的人来到艾家店胡同，做起了东店买卖。

大约是清同治四年（1865），河北盐山县有家老艾家，打祖上就开店，开杂货铺，做小买卖，当家人叫艾云亭。这一年，家乡大旱，买卖倒闭，于是，他携带家小来到东北闯关东，在宽城子（长春堡）落了脚。

当年的长春已经修起了一座老城，就在"永安门"边上，他们一家在这儿盖了一间草棚子住下了。那时，永安门外是伊通河，因河既深且宽城里人就把它当成护城河了。永安门城口对着永安桥，从桥上出去就是南岭，再往南走就是通乡下和伊通的大道，所以交通十分便利，每天，长春堡南岭一带拉脚运菜的大车络绎不绝。可是，由于当年常闹匪患，护城兵每天太阳一落山就关上了城门，所以往往进城办事的人眼看着来到城边却出不去了，而有的来办买卖的大车不得不提早在大门外等着。这样，艾家的席棚子里常常就睡满了来办事的老板子、马贩子。

一来二去，艾家当家人艾云亭想，不如在这儿开个车店，专门接待和安排那些出不去的车马，给来办事的人提供方便，于是，就在河边挨着城墙盖起了一个大车店，专门接待车马人家。

由于当家人姓艾，大伙就叫它艾家店。当年，艾家店有一个占地1000多平方米的大院套，靠城墙一溜仓房马棚子，东边是客栈，西边是料房，来人来车，人马都管。

大车一进院，早有小打热情地迎上来，喊："来——客——！拴——马——！"

于是立刻有人过来，帮着老板子卸车、拴马、喂料。还有人专门给老板子铺炕、打洗脚水、买白酒、切草料、泡豆饼、买戏票等。

艾家大车店最红火的时期是宣统年间到民国二十年，在这三十几年里，艾家大车店已名扬关东。那时，来艾家店的大车不用喊，到店门口一打"花鞭"，大车店护院的就说这是某某地方的车，谁谁的马，哪哪的客。都知道得清清楚楚的。

当年所说的"花鞭"，就是老板子们的"暗语"。

因一个车马队在某一个店住常了，人家一出鞭，店掌柜的就要清楚，要迎出来，不能慢。

一慢，就是慢待，好像对人家不敬了。所以要听鞭音，立刻迎出去。

当年有一句俗话，叫"车伙子进店，赛过知县"，是说老板子脾气大，你这个店待他不好，他可以立刻去别的店。

而艾家店，当年把老板子和大车招待得服服帖帖的。为了开好店，掌柜的艾云亭特意把侄儿招来，专门当"院心"和"账房"，他从外地请来厨师高手，专门炒农家大菜，真是经济实惠，老板子们可爱吃了。

而且，他和好几伙知名的东北民间戏班子有来往，有的戏班子常年就住在艾家店，这也是一些大车和老板子愿意来的原因。

你看吧，从前当车一进宽城子，老板子们往往议论，"上哪家?"（指车店）。

"哪家都行，都一样!"

"可不一样! 还是上艾家店吧。人家免费供咱饭不说，下晚还有戏班子!"于是，大车一个劲地往这儿赶。

艾云亭也真是讲究信义，把买卖做活了。

有一回，德惠青山的赵老板子，带着20块大洋准备去范家屯马市买马，下晚赵掌包的住在艾家大车店，结果早起一看，钱没了。

这种事，在艾家店是头一回呀! 大伙都毛了，艾云亭四处打听，谁来了，谁和赵老板子接触过，一过问，也没线索。

眼瞅着人家第二天要启程，可钱还没找到，这时，艾云亭果断地喊："账房!"

"在。"

"来呀！从柜上支出 20 块大洋，先给赵大把拿着去范家屯把马牵来……"

赵大把说："艾掌柜，这，不妥吧？"

管账的账房也说："大柜，这个钱我看咱们不能出……"

"为啥？"

"因为也说不准他钱就是在咱们这儿丢的，咱要是给他拿上，这事好听不好说！好像真是咱们动的似的！"

艾云亭说："啥也别说了，给他拿上就给他拿上。因为人家住在咱的店，别处哪儿也没去呀！"

当时赵大把感动得五体投地，于是含着泪赶着车走了。临出院子，赵大把说："艾掌柜的请你放心，钱我一找到，立刻就还你！"

事情真是无巧不成书，第二年的夏天，艾家大车店翻修，在赵大把住过的房子里的地当间的大炉子和火墙的缝里，找到了这包大洋。

原来，那次天寒地冻，赵大把的大车进了店，他进屋靠着火墙就烤火，一解腰带子，把裹在里边的钱包掉在火墙和炉子的两缝间了。后来，这个事传到了赵大把耳朵里，人们一时传为佳话，南来北往的人都夸艾云亭心眼好使、人品好。

从前，由于艾家大车店掌柜的人缘好，买卖红火兴隆，旁边的几家车店就生气嫉妒上了。有一年连续四次，他家店里的草垛让人点着了，房店也烧塌架好几次。

没办法，艾云亭就打算把车店兑出去。

伪满洲国大同二年（1933）艾云亭把车店的一半出兑给一个叫孔怀三的人，大伙都叫他孔老怀，这人也是一个开店的买卖人出身。

当年，由于艾家车店出名，车店的这条胡同就被南来北往的人喊成了"艾家店胡同"了，而它原先的名"靠河街"一点点地反倒被人忘记了。

孔怀三接任了艾家店一半的经营权，立刻把艾家车店改名为"海源栈"，意思是这儿的车马来客就像大海和涌泉一样，源源不断地涌来，他雇了不少的伙计，也请了几个"高手"（开店的能人），也学着艾云亭的经营方式，还叫人专门从馆子里给车老板子送提盒，还专门找来民间出名的二人转班子来唱戏，大车店开得也是门庭宏大，场院宽敞。可是，奇怪，不管他孔怀三怎么折腾，使出浑身的解数，人们还是说上"艾家店"。

他纠正说："是海源栈！"

大伙说："不知道，反正俺们住的是'艾家店'。"你说怪不怪？

后来一气之下，孔怀三不干了。

而这个艾家店的老店的另一半，也由于后来艾云亭病重，转手兑给了他的一个侄子去经营，后来一点点地也不行了。

由于艾家店在这条胡同上是最早的车店，就在艾家店车店开业和倒闭前后，一个又一个的车店在这儿相继开业，直到解放初期，这条胡同仍是车店林立，以车马大店而闻名老长春。

可是，在老长春，每当人们提起出名的车店老字号时，人们还会不约而同地说，那还得数人家艾云亭大车店啊！

二、兴隆山陶窑

从长春往东，有一个地方叫兴隆山。

提起兴隆山，东北人都知道这个地方出陶瓷，而且有著名的兴隆山陶瓷作坊。

但是，一般人不知，这个作坊，和两个闯关东的人的经历有关。

说起来，那是早年的事了。

兴隆山陶瓷作坊，它的历史，其实和长春老城的历史差不多。

据说清嘉庆年间（1796—1820），有两户闯关东的人家从山东走到这儿，两家一家姓裴一家姓张。他们离老远一看，这儿的山脉走向很特别，恰似一条面朝东南尾向西北而卧的巨龙，于是，两家觉得这里是风水宝地，就决定在这儿安家落户。

当时，裴氏族人选定了岭前，取屯名为"前隆山"；张氏族人选住岭后，取屯名为"后隆山"，两家便在这一带开荒种地生活起来。

可是，说也奇怪，当时，老裴家越过越发，年年人财两旺，小日子像火炭似的，不久就成了"前隆山"一带的大户人家；而张家呢，越过越贫寒，虽说不至于吃不上饭吧，但日子总是平平常常的不见有什么起色。

这年夏天的一天，张家当家的一大早就起来捡粪，远远地看见一个南方蛮子骑着骆驼在"后隆山"周围转悠，嘴里不停地喊着："牙不呀——！牙不呀——！"（这是赶骆驼的声音）老张家当家的感到挺奇怪，就走过去请教。

"先生干啥呢？"

"看宝呢。"

"看宝？"

"对。"

张家当家的当时就明白了，这人是在找宝。

原来，从前都传说，南方蛮子眼毒，会相山看地，寻珍找宝。张家掌柜的想，何不请他给看看这"后隆山"一带的"宝"在哪儿？

当下，老张家当家的就把这南方蛮子领回家去了，又杀鸡又宰鸭地招待。

酒过三巡，菜下五味，南方蛮子对张家人说："实不相瞒，你家门前的这一带土岭可不寻常，它是上方的真龙天子，因在天宫调戏了仙女，于是，被玉帝贬到这儿，将龙身化为土岭。这是一块风水宝地，可人家裴家占了龙头，所以他们家族兴旺，日子越过越好；而你们家住在了龙尾，所以日子平平，不见有什么起色……"

老张家当家人一听，问："先生，可有什么办法来改变吗？"

"有啊！"

"怎么办？"

"作法（就是指办道场）。"

于是，这南方蛮子就把应该如何如何地把裴家"龙脉"斩断的"招法"说了一遍。又加了一句："要想解决，就抓紧动手！"

张家人听了南方蛮子的话，决定这么做。

第三天夜里，当天上的星星出齐了，月亮也开始圆了，南方蛮子在山岭上烧上香，开始念念有词地作起法来。这时，张家的族人领上二三十个年轻人，手拿铁锹和镐头，按照南方蛮子的指点，在岭头上的一个地方就挖开了。

挖呀挖，当挖到地下二人多深的时候，只觉着底下的泥土一软，有一股白土露出地表……

这是什么土呢？谁也不认识。

那土在深深的黑土之下，如果挖得不深，谁也发现不了。那泥土又软又细，抓一把一捏，要啥样是啥样，而且油汪汪、沉甸甸的，还散发着一股诱人的香味。大伙都愣了！这是什么土呢？而且张家人也有岁数大的，但都从来没见过。

再说，没有不透风的墙。张家挖裴家龙脉的消息不知怎么早已传到了裴家人的耳朵里，裴家的几个年轻人一听，这还了得，就拿着钩杆铁尺赶来了，双方眼瞅着就要发生一场械斗啦，这时，裴家的老人赶来了。

裴家老人是个懂事的老人家，他看看两伙要打斗的人，对他那伙手下的人说："住手！都给我住手！其实，这事也不能完全怪张家，他们的日子过不起来，就以为是咱们使的坏，于是，上了南方蛮子的当，就来挖什么'龙脉'，其实哪是这么回事！"

张家当家人听人家裴家人一说，也觉得此话在理。是啊，从前也有人祖祖辈辈在这儿过活，也没这一说。于是，赶紧把裴家当家人叫过来说："老裴大哥，你怪我吗？"

"我不怪罪你。"

"那就好。你看，这是挖出什么啦？"

老裴家当家人过来一看，说："啊呀！这是陶料！"

"什么是陶料？"

"这是烧陶制陶器的好土！"

"有什么用呢？"

"可以开窑，烧陶啊……"

这一句话，提醒了张裴两家。他们立刻停止不挖了，并把这一地带圈了起来。

两家一商量，干脆在此地开窑烧炉制陶吧，这也是老天赐给的生财之道啊！

于是，经过两家商议，干脆都搬到一块住，从前的什么"前隆山"和"后隆山"干脆都不叫了，既然这"龙山"出了陶料宝土，也是个隆兴之地，就叫它"兴隆山"吧！

从此，"兴隆山"这个名字就叫开了。

兴隆山的名字叫开了，兴隆山的陶瓷作坊也就开起来了。

可是，这陶窑作坊是个技术活，没有"陶匠"是干不起来的。正好这时，有一伙从河北定县闯关东的人来到了兴隆山，内中一个叫王文荣的人，此人的爷爷和姥爷都在河北开过陶窑，一听这儿出陶料土，就在这儿安了家，并和裴、张两家一起在这儿干上了陶窑作坊。

兴隆山陶窑作坊从前主要出大小碗和杯子什么的，这是因为北方人做农活儿的，吃饭用大海碗，这种碗有小山盆那么大，边上画上蓝圈儿，很厚实很好看。从前一到大年跟前，各乡屯的大车一车一车地上兴隆山陶瓷作坊来拉碗，都是乡亲们。

也有"坐商"的老客，专门包销这些碗，然后，批发给各地，从中挣些钱。

后来，兴隆山陶瓷作坊已能烧制带颜色的碗具了，民间称为"彩陶"。彩陶是陶艺发展的重要阶段。虽然这种工艺极难掌握，但兴隆山陶瓷作坊已有一帮老陶工，所以工艺掌握得十分地道。兴隆山陶瓷作坊也在东北这一带出了名，一提起来，大人、小孩都知道。

三、吴家剃头铺

在东北民间，提起剃头业的老字号，最出名的要数"河发堂"的吴家剃头铺了。

提起这吴掌柜，他也是个"世家"，老家是江苏的无锡，父亲是浴池修脚的老手艺人。他平时会剃头，别人就叫他"吴剃头"。

清光绪十年（1884），吴家老掌柜的和几个朋友外出谋生，一直走到了东北的奉天盛京（辽宁沈阳）。

在这儿落脚后，没别的活路，还是干老本行吧，吃"顶上饭"（剃头）吧。于是，他投靠到一家叫"双胜堂"的剃头铺，在这儿连学徒带混饭吃。可是，有一件事，让他长了见识。

双胜堂的掌柜姓胡名亮，是奉天的"名人"，一些有头有脸的人物都来找他剃头，可是他，有艺不外传，一般的小徒弟休想从他这儿学到"艺"。

有一年，吴剃头认识了一个叫"古楼子"的人，从此"剃"艺大长。

大约是清光绪二十五年（1899）春夏之交的一个上午，双胜堂的大门一响，从外面走进来一个人。

当年胡亮的大铺子里一溜八个座位，座前齐刷刷挂着八面明晃晃的大镜子。大围巾据说是专在宽城子王家袋子房订做的；剃头刀是派专人在北京王麻子家订做的；而蚁毛刷子据说是去京城给皇上送鳇鱼的贡车，在路过"天津卫"时，在侯家马刷铺订做的……

剃头匠都是辛苦人，日出卯时就干，两条腿和四条腿撵，刀尖子拌饭，头皮上取钱，打心眼里想要旁人恭敬他。

这人摘下破帽子，叫道："各位师傅，辛苦！辛苦！"

门口的干杂活小打回话："你辛苦！师傅，在哪儿过来？"

"称不起师傅，在船厂（吉林）过来。"

吴剃头打眼一看，他把手里的包袱一托，就什么都明白了，一门用眼睛瞅胡亮。原来，这人叫古楼子，也是吃这口饭的。在从前，一行的到一块儿，互相都要有个照应。一见包袱，就什么都明白了。

在一旁吱吱抽大烟一言不发的胡亮，这时给吴剃头递了个眼色。于是吴剃头说："是常站，还是路过？"

古楼子早已看出胡亮是掌柜的，又施了个大礼说："从船厂到凤凰城子，走到这儿。马高了，镫短了，给碗饭吃。我是想常站！"

吴剃头说："请坐。"

又给倒了一碗水，问："贵姓？"

"姓师傅！"

胡亮一下子被古楼子的机灵和会说话逗笑了，吐了一口唾沫，说："狗挑门帘子——嘴上的功夫不大离！"

古楼子忙说："掌柜的没别的，用人不？"

胡亮说："人是够用。等我给你查对查对还缺不缺人手！"

"好吧。"

其实，查对什么？古楼子早已探听好胡亮手下的一个徒弟私留小柜，掌柜的要撤。"好，你明个来吧！"胡亮把古楼子打发走了。

这晚，古楼子宿在镇上的马家旅店里。天擦黑，他买了几只烧鸡，两瓶白干儿，跑去和铺里的伙计们乐和乐和。别的伙计们都有点瞧不起他，就是吴剃头一个人觉得这人"怪"，就待他挺好。第三天头上，正赶上胡亮裁人，就对古楼子说："不用往别处去了，你行李放哪儿了？"

"马家小店。"

"咱们柜上就用人，用你了！"

"谢掌柜的！"

"套车！跟人取行李去！"

当时，在双胜堂当徒弟的吴剃头一听，和几个闲着的伙计乐颠颠地去了。回来后，古楼子打开包袱开始磨刀，大伙看古楼子磨刀。古楼子也真鬼，把他爹那辈传下的杭州张小泉的、北京王麻子的、宽城子郑发的家伙，都抖搂出来啦。把胡亮看得眼花缭乱，心里激灵一下，这才觉得来者不善，但他不动声色。伙计们也都帮着古楼子磨刀。

收拾完了，胡亮说："看戏去吧！上街溜溜达达走一走，熟悉熟悉买卖人家。"到此，古楼子算是迈进了剃头铺掌柜的门槛。

过去投师干活，头三天光干，不兴讲价钱。第二天早上，吴剃头起来，古楼子也跟着起来，他把水盆子端来，先赶快打扮自己，然后，上桌前坐着等。

古楼子把这些规矩记得烂熟。果然，大门一转，进来了头一名客人，古楼子麻溜地拉住第一位说："先生那边洗头！"

小打带客人洗头去了，古楼子这边运好了气，不一会儿，客人坐在古楼子的椅子上，胡亮站在一旁，不错眼珠盯上了。

行家一伸手，便知有没有。打鼓的瞒不住敲锣的，胡亮一心想在鸡蛋里挑骨头。古楼子心里想，决不能栽在这个场上。

偏巧，今天这头一位来剃头的是奉天丁县长的太爷，他留着一条大辫子。剃这种头，一要看手艺人的"刀"功；二要看手艺人的"编"功；前额头要刮得锃亮，小辫要编得均匀才行。古楼子多年不剃这种头了，心中未免有点打怵。可他毕竟是见过大世面的人，唰唰几下子，就把老太爷的前额头刮得溜平锃亮，然后问道："先生，小辫编几股？"

老太爷眯上眼，问："你会编几股？"

"九股，十二股，都行。"

"看不出！编九股吧。"

"好喽！您稍候。"

活儿要做得有根有铺，这才叫活儿。古楼子三下五除二，不一会儿，就把老太爷的头发编完了，把老人的衣领往起一叠，帽子头递了过去。

谁知这老爷子瞪了古楼子一眼，不去接自个儿的小帽头，却从兜里掏出一团纱布，轻轻地在头皮上揉了几下。他这是想试试头茬子刮得净不净。揣起纱布，他又从兜里摸出个晶莹发亮的小珠子来，一把拖过身后的大辫子，把小珠子放在辫子中间的小沟沟里，只见那小珠子一直稳稳当当地滚到辫梢。他这是试试对方辫子编得匀不匀。老爷子这才笑了，把小帽头接过去，戴上了。问道：

"多少钱？"

"三万元。"（旧东北币）

"给五万元！"

胡亮见老爷子满意地走出去了，又急忙趸摸古楼子的手底下、脚底下，看看干不干净，利不利索。

在当年，这古楼子在双胜堂干了两年，吴剃头天天和他学，一来二去的就把各种手艺学到了手。

民国元年（1912）吴剃头离开双胜堂，领着家小来到了宽城子，在四马路口开起了"河发堂"，也干起了这个买卖。

那时，他也学着胡亮，干就干大的。

开业那天，他特意让人写了一副对联：

上联是：**进门黑面老者**

下联是：**出门白面书生**

横批：**丹凤朝阳**

为啥叫这个横批？

因为当年，长春一带已进来不少江浙一带的手艺人、买卖人。这些人从小生在南方，特别是一些家眷，专门愿意梳"卷头""凤凰头"头型，而吴剃头看准了这一来钱道，他的铺子不但剃头、刮脸、挖耳朵眼儿、按摩、点穴，而且还捎带着卷头、烫头、染头等等，一来二去的，就出了名了。

这一出名，长春的老百姓也不叫什么河发堂，而是说"丹凤家"或"吴剃头家"，其实这都是尊称。

那时，他的剃头铺一进门，20张大椅子亮堂堂地摆在那儿，门口有小打，一见来客，就高喊："来客——！"

立刻有人接待，端茶倒水的。

有空位的，立刻坐上去。

没空位的，用袖子把旁边的"歇椅"上边一擦，安排人家坐下歇着。

走时如果客人给了一丁点小费，门口的小打便会大喊："看赏——！"

这时全体员工齐回："谢——！"

吴剃头一直活到 82 岁，在老长春也是老字号的名人啦。

四、关东木车

闯关东人把手艺带到东北，使东北民间的手工业、制造业得到了快速发展，比如，交通运输业中的车辆制造，当时，在东北的一些城镇逐渐地发展起来。

木车铺，就是指专门制作大车的作坊。

在老长春，最出名的车铺就数全安广场伊通河边上的刘长友家木车铺了。

刘长友，河北宣化县人，祖上就开木车铺。

清光绪二十年（1894），刘长友随父亲进东北长白山采木为生，老父不幸死于放排途中，把他一个人抛在了关东船厂（吉林市）谋生。那时，长春已是一个较繁华的地方了，于是，他和兄弟来到了长春，在全安广场伊通河西岸开了一个大车作坊，以祖传的打制大车的手艺维持生活。

刘家车铺是刘长友和儿子开的，人们叫他"刘车匠"。

他家的车铺是三间大房子，一个大院套，院子正对着门口的大道。房子中间是一个"通门"，直通后院。

后院有一个大场子和一个大水泡子。

那泡子是从伊通河引来的水，灌在里边，专门"泡"木车用。

从前的车铺做的车主要是"花轱辘子"车，民间又叫"搭拉罕"（指大车的辕子向下弯，这样便于牛马驾驶，所以称搭拉罕）。做车的手艺全在"叫铆"上。

这种车的架子和车轮，全是木头相互"咬"在一起的，不用一根钉子。要用也是木头钉子，俗话叫"木铆"。当年，刘家车铺每做好一个车架子，就拖到后院，"咕咚"一声推进大泡子里泡上，于是，水使木车的铆眼发胀，紧紧地捆住"铆"，使木车结实。

等到第二年一开春，再捞上来。

捞上来时，要"叫铆"。

这"叫铆"，就是用锤子使劲往开了打榫，可是，车架子牢牢的，一点也不活动，因为车早已让水泡得榫眼发胀，结实了。

如果小打打车架子，泡了半年，一锤子打开了，老车匠就会大骂："你个没用的！铆都打不紧！"

于是，立刻辞掉。

所以，从前车铺的木匠，要先学"砸铆"，这是个硬功夫。

刘车匠从小跟人家学徒，因为学不会凿木轮车的铆眼，没少挨揍，但是，也因此使他从小吃苦，长进很快。

另外，从前的大车匠不但要会"木活"，还得会"铁件活"。这是指大车的车轴、车瓦都要自己来打。所以，一路过大车铺，离老远就会看见车匠在带火打件，"叮叮当当"直劲生火。如果是晚上，那就更有趣了，就像天上的流星，火星子不时地划过车铺的门口。

刘长友的儿子头上有个疤，就是他小时学做车架子时留下的。

那年，刘长友的儿子13岁了，也和爹学着做大车的架子。

可是13岁，只是个孩子呀！

这年他做了三副大车的架子，推进池子里泡上了。第二年春大，捞

124

上来了，爹亲自"叫铆"。老爹对车的技艺要求很严，一锤一个，一锤一个，车上的铆都被爹"叫"开了。

老爹当时气得骂道："你什么时候能出息？你什么时候能出息？我真恨不得一锤子砸死你！"

老爹说着，用锤子向儿子的头上比量着。你还别说，爹越说越气，越气越比量，一下子真的把儿子的脑袋砸出了一个口子！

看着儿子头上出了血，爹才心慌了。说："上点马粪包（东北土地上生长的植物菌，干了后，里面一下子粉末，可以土法止血）！"

于是，儿子含着眼泪用马粪包抹上了伤口。但是，儿子不恨爹，从此，更加认真钻研打制大车的业务本领，使刘家的木车更加出名了。

一来老客，买车的人们往往说："走哇！上刘长友家去看看吧……"

大伙说："对呀！看看人家小嘎头上那疤痕就知道，人家不糊弄人，车的质量好着呢！"

而刘长友的儿子呢，也是一年四季的剃着个光头，专门让他头上的伤疤露在外边。其实，这是他家车铺最好的幌子。

清光绪十五年（1889）以后，长春已得到了大面积的开发，那时，伊通河西、北岸一带已得到了更大的改进，一条条大道都直通长春镇里，来往的大车也更多了。

刘家车铺的生意也越来越红火。

刘长友不但收了三个木工徒弟，他还在后院开了一处铁匠炉，专门收了三个徒弟，日夜打制车瓦、马蹄铁、套扣什么的。生意和大车配套，来买车的人，也一就手来一副牲口套，因这儿的车件质量也是第一，老板子和长途跑外的掌包的，都信得过刘长友。

在伪满康德年间（1934—1945），是刘家车铺最红火的时期，那时，清朝老商埠地一带的用户都订刘家的大车。

刘家车铺的大车，往往提前一年订货要货，推进水泡子里泡的木车架子上都标上"李家""张家""马家"，以免弄混了。

而大车一出泡子，用户早等上了。

刘车匠抡开锤子，一阵噼噼啪啪地敲打，合格了，立刻上轴上瓦，刷上老油，然后，被用户拉走。

提起刘家车铺，那也真是长春一绝。

当年用户不光宽城子长春，什么奉天的昌图、铁岭，黑龙江的一面坡、双鸭山、五常，都上刘家车铺取车，因为刘车匠的手艺叫绝，人品好。后来，一个打"沙拉鸡"（乞丐的工具，往往用木棍串上铜钱，可以敲响，讨饭时用，配合敲点唱小曲）要饭的，还给他的车铺编了一个顺口溜，在长春流传开了：

要买车，这边走，

长春有个刘长友；

大车好，不费油，

走远道，不磨轴，

拉重载，不累牛。

谁要有了刘家车，

发财挣钱不用愁……

真把刘长友的大车说绝了。

一直到解放初，刘长友过世后，他儿子和他儿子的儿子还开大车铺，但随着木车的减少，刘家木车铺也经营木桌、木椅、木床、木柜，一直干到1966年"文化大革命"爆发，后来就合并到二道河子区木器加工厂了。

可是，唯有他家的大车，在长春提起来，上了年纪的人都会说，刘长友家是木车行业的出名老字号。

五、于家粉坊

秋天，北方的田野丰收时，东北屯子里的老粉坊也该开始漏粉了。这是一件热闹非凡的事。首先由粉坊主（俗话叫东家）邀请粉匠伙子来做。粉匠伙子往往以四五个能手为主，这就是撒缸的、过包的、打瓢的和粉匠大柜自己。其他的人可以在当地找。

粉坊开磨，往往是在早上三四点便开始，村里的人都在熟睡时，磨粉的石磨便轰轰地响起来了。磨盘槽子里的土豆浆水哗哗地流进磨旁边的一口口大缸里，这时，撒缸的该显露自己的手艺了。

从前，东北最有名的粉坊是农安县杨树林子牛尾巴山于家粉坊，当家人于大柜是山东滕县人，光绪二十四年（1898）和爷爷闯关东来到前郭尔罗斯王爷属地的农安杨树林子落了脚。

那时，他爷爷于老三和爹于得元都是当地出名的"粉匠"，他家的粉坊从前清时就出名。1933年，溥仪在长春"登基"时，还派专人到杨树林子老于家粉坊去取过粉条呢，真是个有名的老粉坊。这儿漏的粉肉头，有味儿，好吃，主要是能找好浆口；找浆口全靠磨盘槽子前边的撒缸人，他主要的功夫是认浆。认浆就是细心观察浆水的颜色，一扒拉浆水上边的沫子一层红皮，这是上等浆，能出好粉；一扒拉浆水上边的沫子发白发黑，没红皮，这不好，是下等浆子。撇缸要及时下瓢，时辰不对，浆没红皮。瓢要找好轻重，狠了不行，少撇也不行。

然后，是过包的显示自己手艺的时候。

过包的要有腰劲，挺直地站在一排排大缸前边，把撇完的无沫子浆水一遍遍地过好。这人摇晃劲儿要均匀，劲的大小要找好度。大了费面子，小了摇不出杂质。

过完包的浆水经过一宿的沉淀，缸里的面子成了坨，然后，开始漏粉。这时，粉匠大柜开始显示自己的超人本事了。在他的指挥下，开始了插面子、炕面子、约芡、搅芡、打芡、抓矾、叫瓢、上瓢、拨锅、捣粉、提粉、捶粉、打捆的全套过程，十分神秘有趣。

这样的岁月，对农村人来说是一种神奇的感受，粉坊成了一个人人想去的去处，连猫儿狗儿也愿意钻进去凑热闹，因为粉坊里暖和，外面冰天雪地，于是，那烧火的、提水的，在烟雾气里穿行，脚时不时地踩上猫狗，于是，大骂，"出去！黑子！跟头绊脚的……"于是，猫或狗便乖乖地溜出去了。

在黑夜里，粉坊的马灯发出通亮的光。一开门的工夫，白气从房子里涌出来，飘向漆黑寒冷的夜空。那却是吸引人的信号。

孩子们看着粉坊里飘出的白气，大喊："走哇！吃粉居子（粉坊的土粉在灶里一烤，叫'居子'，很好吃）去……"

于是，孩子们一窝蜂涌进粉坊讨粉居子吃。

这粉居子也是漏粉的粉匠们自己随时不断地"打牙祭"的好东西。就像种地的吃自己地里的瓜菜一样，方便随意。往往是从和好的面子里揪一块，裹在一根苞米或高粱秆上，然后伸进烧得火红的灶坑里去烤，直到烤得青秆上的粉皮焦黄，散发出诱人的香气，然后，拿出来一块一块地揪着吃。

这是北方粉匠待人的一种情意，是他们的一片善良。如果来了贵客或远方的过路人，只要进了粉坊，喊一声："盆子瓢子地道！"

粉匠们也说："地道！"

于是，粉匠们高兴了，往往对来人说："坐下，等着吃粉居子！"

于是，大柜嘱咐烧火的："去，找根苞米秆儿，扒了皮，擦干干净净的！"

烧火的明白了，出去了。

不一会儿，秆棵拿来了，交给粉坊大柜。大柜要亲手把面子裹在秆子上，在翻开的锅里烫一下，然后，伸进灶坑里亲自为你烤粉居子。

这体现了粉匠待人的朴实的情感，再说农村也没什么吃的，粉坊的粉居子就是最好、最实惠的待人接物的"见面礼"啦，也是粉坊款待上等贵客的东西。

来人咬了一口粉居子，连连喊："喷香！喷香！"

而孩子们呢，往往也挤在灶坑前嚷嚷："给俺烧一个吧！给俺烧一个吧！"

烧火的往往喊："靠后靠后等着，别挡！谁听话先给谁……"

于是，孩子们听话地往后边站去，但是，一个个都睁大了眼睛，盯着火红的灶坑里烧烤着的粉居子，手指含在嘴里，馋得哈喇子直淌。

每个农村孩子都忘不了这有趣的童年。

粉匠是从前民间的"红人"，因为农村的主要副食就是粉条，所以，人人看重他们的手艺。走在路上，遇上胡子（土匪、马贼）等，他们往往问："你是谁?"

"我是我。"

"压着腕。"

"闭着火。"

"报报迎头（贵姓）?"

"迎风顶水萝（姓于）。"

"啊，于掌柜的。"

"在哪儿候着（干什么事或有什么手艺）?"

"水中取财。"

"啊，是粉匠。"

于是，胡子们往往看看他包袱里带着的各样粉瓢，放他过去了。

粉瓢分好几种。大粉匠会漏各种粉，出门在外也要带着各种瓢。瓢是一个粉匠的主要工具，也是他职业的象征。这行干得好叫"瓢亮"；干不好，干坏了叫"扣瓢"。一个粉匠如果经常扣瓢，他的名声完了，前程也尽了。所说粉匠不扣瓢，包括漏粉的全过程要讲究、地道，同样的料，出粉多，粉好吃，而且大伙都欢欢喜喜的。扣瓢扣盆都说明漏粉技术出了问题，当然，大家没了欢声笑语。

俗话说，粉匠扣了盆，赛如丧门神。

漏好了，外边人一听屋里的人有说有笑，就说："今儿个是好粉!"于是，村里的大人小孩争着进屋去吃粉居子，粉匠也愿意招待你。如果在外边一听屋里没说话声，或说话触绝横丧的，保证是扣了盆啦。

粉坊遇上扣盆，干什么都背气，水也凉，火也不旺，水也不开，瞅别人鼻子都歪。这时候，过路的千万别进去，进去也没人理你。

漏粉行是个技术加情绪的行当，二者结合得好，出的粉好，漏的过程也顺当。这又是任何一个行当的人之常理。想一想，一个"耍"手艺的，活干得不太顺，性子比谁都脏性（东北土语，指说话难听），活计干不明白，眼珠子一瞪，谁也不好使，说话也就不讲究前因后果了。

开粉坊，男人在作坊里忙活很累，女人也是很辛苦的。粉坊家家养狗，是为了让狗看着粉，以防有什么祸害。女人要忙着在灶坑前烧火做饭，给粉匠们吃，还要时时听着外边的动静，狗一哼哼，就得出去。

秋天没上冻时，女人都得在外边睡，看守着粉架子。有时也丢粉，哪儿都有过不下去的人啊！

于家粉坊的女人早上四点就要起来做饭，一律捞饭。这些粉匠，一天能吃六七斤米。

粉匠如果干得顺溜，里边的人有说有笑，外边的人一听，说："听，这瓢打得挺稳当！"稳当，就是声音好听，一下是一下。不慌乱，不出杂花。

打瓢的人坐在锅台上，一天下来，屁股下边的坯头子都烫秃了，人的屁股也烙肿了。掌柜的往往干着干着就喊："换块凉坯！换块凉坯！"

粉匠是辛苦的。

在从前，是拉大风匣烧锅下粉的，水不开不行。拉风匣的粉坊小打，不停地摇晃着身子，脸上被柴灰糊得黢黑，汗水一冲，又一道一道白印子，但他一刻不能停。

于是，远道来的人，包括看热闹的孩子都围着粉坊的灶坑前，看拉风匣烧火的小打那专注的工作神态。人们钦佩他，常在心底想："我什么时候也能当上粉坊烧火的呢……"

北风在荒原上吹刮，四野死静。

星星仿佛也冻得快从天上掉下来，这时，不少的农村姑娘，看着粉坊里拉风匣烧火的小打那样子，忍不住掏出自己心爱的小花手巾，去给小打擦汗。以前，不少粉坊东家的闺女和小打的爱情就是这样建立起来的。

孩子们时而走进粉坊，说："俺要吃粉……"于是，烧火的人就给他烧一个。小孩咬一口，"没熟!"大人说："那你急得屁猴似的!"大伙都哈哈笑了。

从前漏粉用土灶，和面子用大盆，一天只漏个十二三盆。揣一盆子面得用一个小时。面揉到没揉到份儿，别人不知道，粉坊大柜用手一摸，就知醒没醒。面醒了，就是和好了。这时，开始"叫瓢"，叫瓢就是试瓢。试好瓢就"上瓢"，开打。

打瓢是绝对的技术手艺，打不好，面子不"接头"，粉就"不成条"，于是，就"扣盆"了。

在东北民间，于家粉坊每到年节都贴上自己的对联，而这些有趣的对联，正是黑土地老粉匠们的心愿。

对联往往是这样：凉水热水天天不离水

　　　　　　　干面湿面时时摆弄面

横批是：浆来水去

还有的写道：坨坨银山铺成幸福之路

　　　　　　条条玉线装点致富家园

横批是：水中取财

1994 年，吉林电视台拍摄大型电视系列片《松花江日记》（31 集），当介绍松花江的水时，就来到了于家粉坊，把这儿的制粉过程拍了下来，因为于家粉坊记载了松花江流域人的生存历史。一首东北民谣说：

北边的水，农安的瓢，于家的粉条最抗熬；

串门背上一捆粉，丈母娘把你另眼瞧；

放上桌子炕头坐，猪肉一炖可劲造。

六、张家纸坊

人类从打走出地穴进入了固定的地面住所开始，门窗就是这种地面设备的必备格局。在没有现代化的冶炼水平而不能从砂石中炼出透明玻璃的时代，人类发明了用纸糊窗。我国的蔡伦改进了造纸术，从而成为中国四大发明之一。可是，关于东北窗户的装饰，东北人创造了自己独特的糊窗习俗，那就是闻名遐迩的"窗户纸糊在外"。

这就得有人造纸呀！

此前，长春著名的纸匠是农安齐家、鲍家一带的张友，他在老宽城子那是大名鼎鼎的了。

张友老家是山东掖县人，清宣统元年（1909）爷爷领着他们一家子闯关东。来到农安落了脚，于是，开起了张家纸坊。

开纸坊做纸，先要把原料粉碎，往往是蒲棒草、苇子、绳头子等东西，用刀切碎，或用碾子压烂，或用石锤砸烂，然后，收到一个大石碾子里。

这种大石碾子是一个立起来的碾轮，轮子立起来可以使碾子压力大，有挤力。

往碾盘里放原料前，先要把原料洗净了。

放进去后，再加水，边压也是边洗的过程。当水漫过原料后，往碾槽子里放白灰（生石灰），这生石灰要是块状的，要一大块一大块地摆在碾槽里，往往是 100 斤料末子放 14 斤石灰，这叫"洗碾子"。要用石灰把料洗净，捞出来后，再放到另一个碾子里。要不然纸里有了灰，就再也去不掉。

倒进凉水后，用二尺钩子将料泛开。然后用马拉碾子使碾子转动。大约过 10 分钟，打开碾槽眼，料麻的浑水就会顺着碾盘的槽眼淌出去。

麻不许捞，只能"淌"。

从碾槽里淌出的麻水，流进一个池子里，然后，纸匠便开捞。

开捞，就是把淌进池子里的麻捞出来，装进一个个大耳朵筐里，让水控净，形成一个一个的"坨子"。

然后，把"坨子"往锅里抬，上去蒸。

蒸纸的是一个大锅台，灶坑里烧着旺旺的火，灶上的锅里烧着翻花的开水，一个大铁连子坐着一个转圈箩，纸匠开始把"麻坨子"往大铁锅的转圈箩上垛。从第一层开始，一直垛到一人多高。这时要开压。

开压，是把纸垛子码齐，不要有空隙和缝儿，然后，使两根大棍子，用四个人上下左右地压，再用杠子来砸，使其不透气。

小伙子们往往"嘿哟嘿哟"地喊着，一层层地压水。

这时，扣上屉罩，就开蒸。

134

开蒸后，一定要保持全上气。每当全上气时，麻锅就会飘出一股味道，有些酸，有些甜，十分的诱人，这时才能算是"蒸好"了。

麻纸蒸没蒸好，全靠鼻子去嗅。

这时，管蒸纸的老纸匠早把自己抽的烟掐掉了，他猫着腰，在锅台前走来走去，鼻子不停地抽抽搭搭地嗅着。这种锅台，在地中间，往往两三个大锅同时蒸。为了调整灶里的火势，他要不停地喊：

"加桦子！"

"撤桦子！"

小初打（东北民间指干活时年龄小，刚开始干的小伙计）要完全听他的。什么时候算蒸到份儿，全靠纸坊技术大柜一句话，而这个大柜，全凭他多年的经验。他说一不二，别人不敢插言。

从前，长春民间农安张家纸坊、齐家纸坊的大柜，还有鲍家纸坊的傅胜春大柜，都有一套判断蒸麻是否到份儿的绝招，靠什么？就是靠"嗅"。

蒸麻时，小初打们一抱一抱柴火或一背一背大桦子，堆在灶坑前，低头烧，大柜不说停，就得加火。

直到什么时候，他从煮气飘出的味儿里嗅出了上述的酸酸的、甜甜的味儿时，他才发出最后的命令："好！不用烧了！"

"撤火吗？"

"撤！"

或者喊："住！"

于是，小初打们立刻把没烧完的大木桦子拖出来，如果火还不熄，就往灶里洒凉水，把火浸灭。

蒸这一锅麻，往往是一千五六百斤的料，而烧的桦子有一百四五十斤；如果烧煤，得用一百一二十斤左右。

蒸完后还要压。每个纸匠都知道，这是一项极细的活计。

从锅里抬出的麻还要送到另一台碾子里，碾子也是那样带立槽的，碾子还是立着走，边压边放水搅。

这时，麻水已经看不着毛了，水就像豆腐脑一样了。那种大碾子槽又宽又深，一碾沟子麻能有100多千克。这是很费水的活计，边压边洗。从前，纸坊一天天压，几个小初打轮流挑水，大桶半人多高，紧赶慢赶还不够使。

所以，纸作坊必须离水源近。

边洗边换水，直到使麻水的白度像新棉花一样这才行了。洗好的麻水，要让其流进"线"里。

"线"，就是一个池子。

但这个池子不叫池子，而叫"线"，也叫"打线池"，一般的纸作坊都称这池子为"线"。

之所以这么叫，是因为接下来的工序是"打线"。

这是从前老祖宗留下的一种造老纸的生产方法，使"打线"这个活别具一番风味。打线的人，手拿一个二尺半长，顶上带有半个弯，还带个磨茬的东西，也有叫"沙拉子"或"沙拉刺"的，开始打线。

打线是累活，固定要打3600下。

一听说张家纸作坊要"打线"了，前村后屯的大人小孩、大闺女小媳妇都赶来看热闹。这时，纸作坊的大院子里，打线的纸匠们一人一个小棍，围在那儿一个一个"线"（池子）旁，共同挥动手中的工具，"刷刷""沙沙"地打线。

那是一种奇妙的音乐。

那是一种无法形容的韵律。

沙沙、刷刷，轻轻的齐整的声音，飘荡在北方无垠的原野上，给东北的天地增添了无限的美感。

纸匠们在忙，老乡们跑来跑去地互相喊着："走哇，纸作坊打线啦！"

"看看去呀！"

经过打线沉淀一宿的水，第二天开始捞。

捞纸是大技术纸匠的活儿，讲究计件。

俗话说晒纸容易捞纸难。要讲究手劲儿、心劲，还要有好体力。在池子旁，一站就是一天。所以纸匠有自己的歌谣，说：

> 纸匠纸匠真够呛，
>
> 寒冬腊月睡不上热乎炕。
>
> 一年到头水里泡，
>
> 到老啥病都坐上。

造纸匠一年能干七八个月活计，早春和霜降，天凉杀冷，拿不出手就不能干了。再说，天一变，纸也不易干，所以春冬停活。

纸从池子里捞出来，在连子上一张一张揭下，然后，码在池子旁，当够一定数，就用"压马"压上。

压马是利用杠杆原理制成的一种挤压工具，一头拴上大石头，使另一头增加压力，把压力过在另一头木板上，木板上是捞出的从连子上揭下来的纸。

这样一压，第二天早上基本上干了，但还是潮乎乎的。

于是，小打用车子把这样的纸推到"风墙"里去。

接着，便是晒纸，晒纸得在"风墙"里进行。

风墙，是用立砖或坯砌成的一个四尺宽的墙过道，上边用庄稼秧棵苫着，晾晒纸时，揭开上方的秫秸，使风和阳光透进来。小工把纸一张一张贴在风墙上，去让自然风干。如果天气好，几袋烟的工夫纸就可以干了。

纸作坊由于是由"捞纸匠"组成的一种生产劳动集体，他们自觉身份低微，所以自卑感很强，而且在自己的"伙子"内，有极严格的规俗，那就是一个作坊的向着一个作坊的。

从前纸匠行有句俗话，叫作"纸匠关里关外走，只带着自己两只手"。意思是有这个手艺，走到哪儿，一提就能吃饭。

可是，对于纸匠，要知道师傅说师傅话，徒弟说徒弟话，不能不分里外、大小、上下、尊卑，这叫"开事"。要知道自己是打什么家伙，干什么的。

比如，一个纸匠来到一个地方，先问懂行的人：

"这街哪儿有纸坊？"

"南街有。"

"我上南街。"

他不能和别人多说什么。这叫不知者不言艺，要拔腿往南街纸坊走。

到了那儿，一看纸坊的哥儿几个都干活呢，就要"报身份"。

报身份，不能自己公开地说自己，要"艺"说。

这艺说，是指说得巧，说得谦虚和地道，说得在行。

如果来者在别的纸坊是当"大纸匠"（师傅）的，来者开口要问："哥儿几个，师傅好！"这就报明了自己是"大纸匠"。

如果来者在别的纸坊是当"小伙计"（徒弟）的，来者开口要问："师傅都好！"这样，大伙也就明白了，你是小徒弟。

接下来，要介绍（交代）职业。

别人往往问："在哪儿发财？"

回答要说："水中取财（指造纸）。"或说"水中捞财"。别人会说："坐坐！快快！烧水倒水。"这是承认来者是一伙人、一行人、一帮人，也是在考虑帮你了。

从前纸坊分大伙房、小伙房，大伙房纸匠们吃的是一般伙食，而小伙房往往是大纸匠、二纸匠、大捞匠、老客或账房、掌柜的什么人物吃饭的地方。每当有来投靠的纸匠来时，往往大家一起在大伙房里吃。

当饭做好时，和平时风俗不一样的是：来者要先去喊人，进了纸坊，来者往往说："师傅哥哥，吃饭了！"

这时，大纸匠往往说："兄弟，一块过去吃吧。"

开吃时，不能随便端，尤其你是后来的人。要等每个师傅、徒弟都洗完手了，坐上炕了，都来差不多了才行。

这时，来人要先说："哥儿几个吃饭！"

大伙说："吃，吃。"这才能动筷。

吃完了，人有走的，有不走的。

而来人不要动。

来人要问："哥儿几个吃好了？"

"吃好了。"

这时，如果这个纸坊掌柜的要留你，他往往指使小打说："把这位兄弟的行李搬下屋去。"这样来者就知道是有门，先歇着，明天上坊。于是他会谢师傅，扛上行李卷下炕去。

如果师傅本不想留你，他往往这样问："你还想待几天？"

这句话一出口，对方要立刻明白，不能再求了，求也没有用；人家这是人手够，不打算收留你。这时你要知趣，并回答："不待了，我出来已有些日子，道上钱花短了，求哥儿几个帮帮看，我上江北……"

师傅点点头，开始考虑帮他。这里所说的帮是指帮他几个盘缠钱。

这种钱不是掌柜拿，又不兴徒弟拿，必须是师傅拿，谁让你是纸坊的师傅了。

师傅往往问："你说，你拿多少？"

来者往往说："多少是师傅的情意……"

于是，纸坊的师傅（往往是大纸匠、二纸匠、大捞匠、二捞匠）每人五块，这也不少。于是，打发那人走了。

但往往是这样：他走后，这钱还是由柜上统一来出，这是作坊里的老规矩和风俗。

如果留下了来者，来者头一天一大早要起来，把师傅、徒弟们的尿罐子倒了，又麻溜到作坊去喂马、查套、烧锅、备料，要勤快，眼里要有活儿。头几天千万不能提出工钱和吃什么，一切要听纸坊老纸匠的。

在一个纸作坊，老纸匠往往有绝对的威信。

老纸匠走遍天下的纸坊，都吃香的喝辣的，而且说一不二，还往往能改动规矩。因为纸匠都听老纸匠的，他说给掌柜的拿下就拿下。当然，这纸匠不但"活儿"好，嘴也得能跟上；熊不行，人品和德行都要好。他团结全体纸匠，掌柜的怕他。

有一年，张家纸坊就有这么一回事。有一天大伙正干活呢，从外边进来个人，一问一答知道是宽城子的一个大纸匠。于是，张家纸坊的大纸匠问："兄弟，宽城子的纸价涨没涨?"

"涨了。"

"一匹涨多少钱?"

"一匹涨三毛。"

"那行，你先到下屋喝口水，一会儿咱们到东门外的饭馆，大伙会齐。"这叫"行家对行家"，不捧你也得捧你个钱，捧成了"规矩"。

宽城子纸匠说："好! 我先下去。"

张家纸匠说："今下黑儿到东门外饭馆。"

下黑儿，大家都坐在东门外的饭馆。聚齐了，每人先上了一碗茶水，大伙坐下"通鼻子"（研究），并派人把东家张掌柜的也叫来了。

张掌柜来后，一进屋，就见纸匠们一人端一碗茶水，见他进来后，一个人用手指在水里点一下，然后，往外一甩，就知道这是要"吃犒劳"啦。

吃犒劳，是指纸作坊的纸匠们要改变一下生产环境或生活水准的意思，而且是"逼"掌柜的必须这样做的一种集体的举动。

于是，大纸匠对张掌柜的发话了。

"掌柜的，油、粮都涨了……"

"是涨了，但咱们过去给你们的也不少啊!"

这时，大纸匠给宽城子纸匠使个眼色，说："有远有近的，比比也中！到底咱们该多少……"

于是，宽城子大纸匠立刻站起来说："涨个三四毛的都行。你掌柜的不易，纸匠们也不易，大家多点少点不挑。哥儿几个再看看吧！"

这时，所有纸匠都滋滋地喝水，不动声色，单等张掌柜的发话。沉默就是一种逼迫。往往等不上几分钟，掌柜的就会说："那么的吧，你们哥儿几个对对光，看看涨多少，要不一张纸涨三毛吧！"

这时，宽城子纸匠看一眼农安纸匠，往往说："掌柜的你看呢？"

"中啊，就那么的吧。"

于是，所有的纸匠都端起碗，一口把茶水喝净了，立刻通知饭馆子"吃犒劳"。

如果这一天是五月三号，那么第二年的五月三号，这个纸坊也要"吃犒劳"，而且吃的东西要一模一样。这就在于赶了，如果赶上了馆子有驴肉，别的可以没有，驴肉不能没有。这是吃犒劳的规矩。

而且，这种靠宽城子纸坊纸匠来给大伙涨的劳金，开头一个月，大伙要给宽城子纸匠和农安纸匠一半收入，这叫"吃犒钱"，也是涨工钱的辛苦钱。

在纸作坊，纸匠们非常讲年节或平时吃犒劳时饮食的改变，年节初一和十五必须改善伙食。往往是初一十五馒头、花卷，炒两个菜；过年时要八六二席，就是八个碟子、六个碗；两个大件，指鸡和鱼，有一点改变都得征求大伙的意见。

往往是过年前，掌柜的和大纸匠说："哥儿几个，快过年了，头几个月就出去卖纸的人也回来了，人都齐了，可是过年的菜里就差黑木耳。大伙看看添个什么呢？"

大伙往往说："掌柜的你看着办吧，添什么都行。"

掌柜的这时自个儿决定还不行。掌柜的往往是对伙食头子说："你看着办吧。"

大伙又说："你看着办吧。"

这时，伙食头子往往说："添个烧鸡吧。"大伙往往点点头说："中中！"于是，伙食头子瞅一眼掌柜的说："就是烧鸡吧。"

这个规矩从此定下了。

在这种时候，只能往高了定，不能往低了定；如没有黑木耳，添个嫩豆腐，那不行。但有时也是掌柜的为了讨好纸匠们，或一年到头了要犒劳一下纸匠们，所以故意做出的改动。但只要这个规矩定下来，从此再过年，就是有了黑木耳，这个烧鸡也得添上，这是风俗。

关于加犒劳，改善伙食，在每次蒸麻时也这样做。蒸麻的时节一到，纸匠们对掌柜的说："明个儿蒸麻了！"

掌柜的立刻通知伙房："明个儿蒸馒头，炖粉！"

往往是大白面馒头、白菜猪肉炖汤粉。

比如，秋天瓜下来了，必须让纸匠们可劲吃，不让吃，他们可就不好好干活。而且纸匠们往往起大早干活，不让吃，他们往往上瓜地自己去摘，这样不但耽误活计，他们还会祸害你的瓜地。

但只能吃四回，多一回也不行。这叫"有再一再二，没有再三再四"。如果真的多一回那得说明白了。为什么多，为什么加。因为纸匠的规矩是一加今后永远加，而且只加不减。这个规俗谁也受不了。

纸坊的规矩是开工的头一天，不干活也挣钱，因为这种活是季节性的，通知谁来，人家得先把自家的活儿处理处理，还要到纸坊收拾一下场地等等，所以虽然没开工，也等于生产了。

纸匠往往只干三个月左右的活儿，如果这期间你有事或家有事，想歇一歇，必须打"替工"。因你歇，"线"不能歇。

第二天，替工来到了纸坊。

这时，掌柜的让替工收拾收拾炕面子，收拾好住宿的地方，晌午去买菜，下晚招待一下替工的。

至于原纸匠自己找了什么样的替工，掌柜的不能不满意，因为这是你掌柜的选的纸匠，你选的纸匠找的替工；如果这个替工技艺方面什么的不行，也只能在下一个季（季节）里你掌柜的再也不找那纸匠了。所以，一般的纸匠找替工，往往都找和自己的技艺水平、人品一致的人员，不然，也害怕下一个季人家掌柜的不"请"自己了。

到了一个月，那个歇闲的纸匠回来了。

这时，你不能撵人家，而是要客客气气地说："这行字是乱码，请检查一下？"

于是，人家也就明白了。

这叫纸匠会说话，自己刀能削自己的把儿。

张家纸坊生产的老窗户纸从前畅销长春的各个角落，就连伪皇宫的窗户纸，也从张家纸坊进货。

而且，长春出名的老烧锅的酒篓子里的用纸，酱菜篓子的用纸，也都从他这儿买。

解放后，长春电影制片厂拍电影，那些道具用的老纸，也到农安的张家纸坊去进货。

1998 年，东北亚文化博览会在日本的鸟取县召开，农安张家纸坊生产的老纸也在这儿首次展出，博得了世界各地人们的赞扬，因为这是真正的民间老纸。

现在每到秋天，农安的张家纸作坊还是如期开业呢，只不过生产的老纸不是为了糊窗，而是为了继承和宣扬这种古老的民间生产工艺。

七、董家豆腐坊

从前，老长春有个著名的豆腐作坊，那就是董家豆腐坊，已有200多年历史了。

而豆腐好，和酒一样，也要水好才行。

据史料记载，我国闻名于世的名泉有120多处，而长春小合隆的董家窝堡有一处泉子，就是这120个名泉之一，它的主要特色在于水质特别的甘凉，并且，早在200多年前，这个泉子就名扬东北了。

清康熙五十一年（1712）夏秋之际，一伙"垦荒"人由河北永宁县来今伊通河北岸垦荒，内中有位董老汉，老两口带着儿子董以和，挑选了一个肃静地方搭了个窝棚，白天董以和和爹猫在窝棚里，等晚上借着月亮光再出来丈量土地。

原来，自从公元1644年清兵入关时起，清王朝便推行了封禁政策，把东北和长白山的大片土地和山林划为"龙兴之地"，不许人进入采伐和开垦。康熙二十年（1681），清政府修建了柳条边，把今天的长春城区、郊区、农安、九台、德惠分为"边外"，定为蒙古王公的游牧地，不准开垦，而"新边"以东的榆树、双阳、德惠一部分和九台一部分划为清王朝的官地，定为朝廷的围场，所以，长春成为"蒙荒"和"官地"的交界。但是，朝廷的封禁政策严重阻碍了北方农业经济的发展，受到了蒙古王公的抵制，于是，早在厉行封禁的乾隆、嘉庆年间，柳条边以西郭尔罗斯前旗恭格喇布坦王爷，违背清政府禁令，私下招募大批来自山东、直隶的流民前来垦荒，于是，长春一带的农垦面积不断扩大，农人逐渐增多，1800 年，清政府建立了长春厅，从事管理农垦事务，防止"边外"农垦户越边进入"官地"垦荒，这样，长春一带的垦户虽然有蒙古王公的"开垦令"，但又经常和清廷农垦事务役发生矛盾，因此，有如董老汉一家人这样，许多农户白天睡觉，夜间外出占荒丈量土地。

事有凑巧，那年秋天，东北天气十分炎热，被人称为"秋傻子"的季节正是如此，董家一家人住在草窝棚里，加上蚊虫叮咬，爷儿两个身上早长满片片块块的癞，白天太阳一晒，汗水一浸，火辣辣的疼，所以晚上出来丈地开荒，也凉快。这晚，董以和和父亲正在草棵子里丈地，走着走着，突然"咕咚"一声，老爹一下子跌进一个水洞里。

儿子一看爹掉下去了，慌忙过来搭救，不想脚下一滑，也落进这个水洞里。原来这个水洞是一处暗泉，水深不知底，因草高树茂遮掩不易被人发现。爷儿俩落入水中本能地抓住泉边的蒿草露出头来，突然觉得浑身凉爽无比，不但白天暑热顷刻消失，而且奇怪的是身上的烂疮脓疤一点也不疼了……

一连三天，爷儿俩干活累了，就跳到这洞泉眼里洗澡浸泡，更奇怪的事情出现了，他们身上的烂疮像泡沫一样，先是发白，然后一层层脱去，烂处长出了光滑的肉皮。老爹大吃一惊说："儿子，这是一眼能治病救命的神泉哪！咱们赶快搬到这儿来住吧！"几天后，董家神不知鬼不觉地在这眼泉子的边上支起一个窝棚，全家人搬过来住下了。

老董家发现了"神泉"的消息像长了翅膀，一传俩俩传仨，七十二个传十八，不久便在长春、农安一带传开了。窝堡屯的许多垦户往往也不惜走上 10 里 20 里的专门上这儿来洗澡，有的干脆也搭个窝棚搬到离泉子不远的地方来住。于是，不到一年，泉子周围就自然形成了一个屯落，人称董家窝堡。

这其实就是今长春至农安的小合隆一带地界。

为了让乡里乡亲的生活和使用泉水方便，董家爷儿俩一商量，干脆挖出一个池子，引些水给垦荒户们洗澡和饮用。儿子心眼好使，加上那年秋天夹荒地庄稼又大丰收，董家院子里堆满了金黄的大豆，儿子就和爹商量，有这么好的泉子，咱们还种什么地了，东北的老乡和闯关东的人都喜欢吃豆腐，不如开上一个豆腐坊，专门做豆腐……

老爹听儿子一说，连连点头说："小子，爹也是这么想的！"

于是，爷儿两个立刻动手，现脱坯，垒院套，又去南大望买来两盘水磨，去蒙古草原挑来两头上好的小黑走驴，买来十几口大缸，赶到冬天打完场一上冻，"董家豆腐坊"便开始拉磨了。

这家豆腐坊一开工就与众不同，大院套门口的一棵老歪脖子树上挂着一片豆腐包布子，离老远就能看见，走近了，又能从那布子上面嗅到浓浓的豆腐的香味，这就像董家豆腐作坊的"幌子"一样，而又像一面黑土地上高高飘起的旗帜，在向世人昭示着那千百年来闯关东之人的中原子孙已在北方的土地上安家落户、安营扎寨了。从前，小合隆这一带被人称为"夹荒地"。董家豆腐一下在"夹荒地"出了名。

无论是大豆腐还是干豆腐，都筋道、肉头、好吃。吃上就上瘾……

这是咋回事呢？吃一回想二回，这豆腐里掺什么"仙药"了吗？其实就是水好。这泉水的水质纯，所以豆腐味正。

常常有蒙古王公"租子柜"的大车千百里地赶来，就是为了称上几斤"董家豆腐坊"的豆腐，好回去炖肉过年。

每天早上，儿子董以和早早地起来，摸黑把驴套上，两盘水磨开始磨豆子。等他把一大锅浆子烧开，老爹再扎上围裙，开始"撇缸"和"过包"……

这撇缸和过包都是技术活儿，豆腐老了嫩了，全靠这两道工序的手艺。可是，由于这爷儿俩精通做豆腐之道，那浆水浓度、火候都掌握得十分地道，常常是豆腐还没出锅，门口的土道上各屯子、窝棚的人早都等在那儿了。

更有人认为，吃上一顿董家豆腐坊的豆腐就是孝敬老爹老娘的举动；常常有这样的事，头三五天就有屯邻的乡亲赶来"订货"说："来两板大豆腐！后天早上用！"

"办喜事？"

"不是，是俺娘过大寿……"

还有人起早贪黑地赶到董家豆腐坊，为的是舀上一葫芦瓢热浆子，用棉袄一捂，快着端回家去给生病的爷爷喝。

往往说："爷爷！快喝喽！"

"什么药？"

"不是！这是董家豆腐坊的热浆子！"

"快！快给我！"

于是，有病的老人往往接过葫芦瓢"咕咚咕咚"喝起来。只要喝了董家豆腐坊的热浆子，生病之人转眼之间万病皆无。

当时，到董家豆腐坊买豆腐的人太多了。不少人一到年节，都提前向董家豆腐坊订豆腐，说晚了捞不着。特别是这儿出的大豆腐、水豆腐、干豆腐、冻豆腐，都是上好的食品，家家爱吃、人人喜爱。就连蒙古草原上的王爷开那达慕大会时，也事先订下，然后，派骆驼队来拉。

以前，早豆腐就是人们最好的吃食，谁家来人去客，除了杀鸡、炒鸡蛋外，吃上一顿大豆腐，也算是改善生活了。

而且从前豆腐是出家人的"肉"，庙上全靠豆腐。董家豆腐坊的豆腐要定期给长春、农安几处主要寺庙的出家人送，真是名扬伊通河两岸。后来，董以和老了，他儿子又干，一连开了几辈子，这是东北民间出名的老豆腐作坊。一直到今天，关内的人出差到长春，都点名要农安的董家干豆腐、大豆腐，因为这是这个老字号做出的产品，一是手艺好，二是水好，所以出名。

八、功成玉钱庄

提起长春钱庄老字号，大家往往都会公推功成玉姜家钱庄。

功成玉的老掌柜姓姜名兴祖，他是山西忻州县人，清道光二十年（1840）随父亲到东北长春落脚，先是经营粮豆加工手工业，积蓄了一些银财后，于清道光二十四年（1844）开办了钱庄，起名"功成玉"钱庄。

钱庄其实是旧时候经营货币信用业务的一种金融机构，属于近代银行的初级形式。从前老钱庄的主要业务项目，包括银两的兑换，钱钞的兑换，货币的买卖，办理放贷，汇兑现款，经营银炉等。由于长春地处东北亚地区中枢，又是南北交通要道，而且物产丰富，盛产粮豆，东西连通大海口岸，南北都有通京城的驿道，所以，从清中叶开始，钱庄业就在长春兴旺起来了。

长春最早的钱庄出现在清光绪十年（1884），其创始人为牛赞元。牛赞元本是吉林船厂人士，因家中经营大买卖，手中有了积蓄，便与人合伙来长春开起了钱庄。他先后在长春北大街（今大马路三道街以北）开办了公升合，在长春南大街（今大马路三道街以南）开办了顺升合，继而又在长春四道街开办了裕升庆等钱庄，这之后，长春的钱庄业就发达起来了。

在之后几年中，先后有河北乐亭的刘氏在西三道街路北开办了东发合，在西三道街路南开办了金发合、同顺成、义合成，河北乐亭的张氏还在长春北大街开办了合成兴，山东齐氏在长春南大街开办了广顺号，吉林伊通王氏在西三道街开办了福兴镇，山西姜家在东三道街开办了功成玉钱庄等等。至民国初年，长春钱庄已有 60 多家，其中城内 43 家，附属地 18 家。在这所有的钱庄中，长春老百姓对功成玉钱庄的印象最深。

当年，姜家父子雄心勃勃，钱庄命名"功成"取个功成名就之说，"玉"是指钱源加五宝，是财上加财的意思。当年的功成玉钱庄坐落在清朝老商埠三道街东的街口，就是今长春市大经路东三道街 48 号处。那是一个二十几间房子的大院套，门市六间，里面摆着一溜账桌，靠墙是老钱柜、钱库，一律描成暗红色。门市后边的院里是三间银炉，专门加工打制金属货币，规格是相当大的。

功成玉任用当年很有钱庄经营术的惠子厚为经理和业务掌柜，副总掌柜是梁质彬和高忠庭，这几位都是当年老长春很有经济实力的人物。而姜大爷自己却每天叼着个小烟袋，前屋后院地走走，从来不动声色。

但大事小情必由他来定夺。

功成玉收徒和选拔"年轻的"（指刚刚来钱庄工作的小徒工）十分严格。有一年，功成玉选拔新人，说好招收两个名额，却让 20 个年轻学生来"考试"。考试分三个步骤：一是笔试，那是回答由一些大钱庄的"柜头"（钱庄负责管理钱柜业务的人）、"总务"、"账桌"（钱庄负责对货币上账业务的人）来出的考题；二是算盘。这主要是考你头脑和手动的配合；三是"实考"，就是办一件事，从中发现人才。

那次的"实考"是"扫地"。

当时，姜老爷子命人在柜房的四个墙角上各放一个铜钱，然后，让来参加实考的人扫地。来的人中大多数小伙当扫到那一枚铜钱时，都是扫进撮子里完事，内中只有两个小伙，轻轻拾起铜钱，吹吹土，放在了柜台上。

姜老爷子说："考试结束！"

在大伙一愣的当儿，老爷子把别人都打发走了，就留下了那两个小伙。

别人不知咋回事，问他，他对大伙说，连一文钱都不爱护的人，还能做好钱庄的买卖吗？他就是这样一个奇怪的人。

钱庄就是弄钱，要求"年轻的"（学徒）一到柜台就得精神集中，努力学习业务，不得有丝毫的马虎。每天收柜前，要把零钱装入一个圆圆的"钱袋子"里，然后，一下子扔到房梁的"顶棚"上去，第二天一大早，再拉下来。

至于"跑街"取货、做账收付、货币上市等程序，每个"年轻的"都要精通，尽职尽责。

每个来功成玉的"年轻的"都得有"保人"，没有"保人"引荐，光考是不行的。

保人是指对来者要了解，知其底细，才可报考钱庄。

当年，功成玉有个十分精通业务的店员叫祖冠武，祖籍河北抚宁县的蒲兰大庄，13岁随父闯关东，在长春的药房老字号"世一堂"当差，有一回，他端开水把脚烫了，从此被人解雇在家。正好他三姑父惠子厚是功成玉的经理，就对姜老掌柜说："我有个侄子，人不错！"

姜老爷子说："那也得经过三考！"指笔试、算盘和实考。

惠子厚没办法，只好让祖冠武参加这三个程序的考试，后来，终于以优异的成绩考进了功成玉钱庄。

当年，功成玉钱庄以其人员素质好、业务精通、取信于用户等著称于老长春，而且后来发生了一件事，使得长春人更对功成玉刮目相看。

随着东北经济的不断发展，外国列强也借助自己的势力开始对东北实行直接的强权侵略。1840年鸦片战争后，西方帝国主义国家开始疯狂地瓜分中国北方领土。光绪二十六年（1900）长春发生义和团运动，俄国借口保护铁路，出兵占领长春府，并加紧修筑东清铁路，由于他们动用中国民工筑路人员过多，一时无法付足"路工"的"路饷"，常常引起"吃路饭"的工人的反抗，使建筑进度减慢，于是，华俄道胜银行的俄商就向当时设在长春的朝廷的通济官钱局发函照，要以部分羌贴来充路工的工饷。此事事关重大，一是羌贴如果大量涌入，势必冲击清政府的官贴，二是扩大羌贴发行会使吉林经济命脉掌握在俄国人手中，可是不办吧，清廷又架不住俄国人的压力和威胁。

在这种形势的主导下，朝廷命吉林通济官钱局责成永衡官贴局出面解决这个矛盾，既不得罪俄人，又不使官币受损失。当时，任吉林永衡官贴局总管的延茂突然想起当年祖上曾和功成玉钱庄的姜老爷子有过来往，不如干脆先由功成玉钱庄出面，发行功成银币，俄国人的羌贴先在这儿兑换成功成银币发给筑路民工，同时，观其事态发展，如果有损失，永衡官贴做功成玉的后盾；如果可行，再逐渐在其他钱庄推开。

这是一件极具风险的事，而且是一件涉外钱币业务。姜老爷子听清了此事的来龙去脉，感到事关重大，办也得办，不办也得办，便一口应承下来。于是，功成玉钱庄从光绪二十七年（1901）6月起，从清政府俸饷中借银3万两为发贴准备金，并在长春开设了羌贴对官贴兑换业务。

可是，随着东清铁路的开通和日俄战争的爆发，羌贴迅速贬值，一下子使功成玉钱庄蒙受了巨大的损失。虽然其损失由永衡官贴代补，但俄国人恶人先告状，指责功成玉使假制亏，并派员抓捕姜老掌柜，致使功成玉险些关庄倒闭。

此后，姜老爷子领着家眷逃回山西忻州老家安度晚年，功成玉全权交给经理惠子厚等人经营。直至九·一八事变爆发，日本人控制了长春的钱庄金融业，并看中了这儿的地号，伪满洲国康德十年（1943），日本人利用手段收买了功成玉的地号，在那儿办起了一座兵工厂，至此，功成玉钱庄彻底消失。

可是，在老长春，每当上了岁数的老人一提起从前的钱庄来，大家还是忘不了功成玉这个老字号。现在功成玉的遗址已经消失，只留下有关这个老字号的一些口传资料和故事了。

九、谷家染缸坊

染缸坊又叫染坊，是中国民间一种最古老的印染作坊，主要是把家织的白布染成黑色、蓝色，或染成黑蓝透花，民间称麻花，可做被褥及布帘和幔子。在长春最出名的染缸坊就是德惠菜园子的老谷家染缸坊，当家人叫谷运田。

谷运田，山东济宁府人，清光绪二十五年（1899）随爹闯关东来到东北，在德惠菜园子落了脚，从此以种地务农为生。

可是，由于他天生聪明心灵手巧，在种庄稼的同时，他也开始种靛。靛，是一种染料。在从前，染缸坊要印染就必须有染料，染料是从这种叫靛的植物中提炼出来的，这要靠染坊的东家自己去种，或者到民间去收。靛的播种、收割、制作（民间又叫打靛）是一种十分复杂的工艺，稍不注意，靛就出不来，染坊就无法开业。而德惠的菜园子历史上就是有名的"靛"产区，这儿有一座山百姓叫"染料山"，特别适合靛的生长。

靛的学名叫水公子，从前是野生的，往往长在泡子沿上，样子有点像北方平原上的荞麦，结小黑籽，黑籽里面是一包黑粉子。靛草的叶子像一种叫"酸巴浆"的植物，秋天出小红穗。后来，许多农人就把野生的靛移植回地里或院子的园子中进行耕播，一家种上十几条垄，足够染衣染被用了。

种靛往往是在春天芒种前后开始播种，夏末秋初靛垂花出穗，这时就要割，不能等靛成熟，因为一成熟，靛秆发硬，就出不来靛染色了。割靛时要注意留两垄，这是等籽成熟，明年再播。

在从前的《二十四节气歌》中，就有这样的句子：

立秋忙打靛，处暑沤麻田。

打靛，就是指割靛后的技术处理。

割完后，把靛捆成碗口粗的捆子，然后拉回家，一排排地装进事先垒好的靛池子里，上面用石头一压，不使其漂起来，接着放水沤泡。

在这些日子里，农家的房前屋后，空气中到处飘荡着浓浓的苦香味儿，小孩们会成串地跑着喊"打靛啦"。

沤泡几天后，靛的叶子、外皮都沤烂了，这时，就开始搓靛。搓靛时要进到池子里揉搓靛秆，完全用手工，把靛皮儿搓下。这时，就像豆腐坊做豆腐一样，先从池子里把靛舀到包上，往大缸里过包。只把靛水舀进去，把杂质提出来。流进缸里的水是灰蓝色的，这就是靛浆。接着开始打靛。

打靛要用一种靛耙子，就像农村下大酱时用的打酱耙子一样。打靛的缸水里放进去一种"灰水"，然后，上下打动。放灰水是民间的发明，那种灰又叫小灰，是农家灶坑里的柴灰，是那种又细又沉的纯灰，放在盆子里泡成水，叫灰水。把这种灰水不断地往靛缸里加，经过上下打动，使灰水起到澄清作用，这才能把靛沥出来。

经过打的靛，渐渐地沉入缸底，而缸上边的水清清亮亮的，这时开始撇缸，也就是把靛缸上边的清水撇出去。所说的靛，其实也是"沉淀"的意思，就是沉在缸底的那一层东西。

经过"打"后的"靛"，还要进行"发"，民间俗称"发靛"。

发靛是染布前必做的事，用缸来发，把靛归进一口缸里，开始加热，每天用棍来搅动三到五次，十天半月后，当发现缸里的靛上的沫有花浆了，靛就发好了。

染坊的掌柜必须会看靛花，靛花出不齐，不行，染出的布不挂色或挂不匀。染时染一遍不行，得染好几遍。

从前染三个布要用 50 千克靛，一个布是一匹。从前的匹小，面子窄，一个大布能有十七八米，一个大布能做四个大被、两个褥子、一个门帘。也有的人家上不起染缸坊，就自己在地头地尾种靛，到秋天自己打靛。

土法打靛用洋铁叶子的根来熬，靛放进石头凹子里，三天一搅，靛像粥似的。这时农家妇女都互相学。打靛和染布都得赶好天；天空晴朗朗的，万里无云，农家开始打靛染布了，妇女和孩子们在各家院子里穿梭来去，互相观看、探讨，议论着染出布匹的质量，这是一道独特的农村风景。

每到秋天，谷家染缸坊就开始运作染坊事了。谷老爷子先在染坊里供上"染神"（葛洪）的像，然后挑来一缸清水，就开始打靛、染布。

染布的日子在农村就像是盛大节日一样，上面说到除了各样的姑娘媳妇相互走动、探讨染布的技艺外，就是互相串门，接触人。

这样的日子，婆婆也不再限制媳妇了，而是让她们主动去找相好的姐妹，互相谈心，交流心得体会、过日子的感受、养孩子的经验、孝顺老人的办法，当然也免不了有些人找自己的"情人"相会。

总之，这样的日子是农村女人大解放的日子。

到宣统二年（1910），谷家的染坊是一年四季都开着的了。他家的大染缸十分宽敞，里边温度很高，染池子里的料水总是翻开着的。从池子里捞出的布，直接挂在作坊的空中，并不断有人拉动"挂绳"，使染好的布料不停地调动位置，这样既干得快，又染得均匀。

把白布染成黑色或蓝色这不是目的，巧手的女人还要把布印成花，这就要有"版"了。

版就是一种模子，往往是用牛皮、纸壳或薄木板刻的，染坊里有现成的版，用时要去租，但有些农人家租不起这种版，她们往往自己发明，自己来做。

从前，农村家家有的麻花被褥，就是巧手的女人们自己刻版印制的。

她们仿照麻花的样子，用硬纸剪出一些花卉，然后，把印花贴在布上面，再把农家家家都有的豆面撒在上面，让细细的豆面顺着印花的图案漏下去，于是，布上就形成了"花"。

这些豆面先是贴在"花"上，然后撤去版，就开始"洗花"。

洗花就是洗去豆面。这是一种细致的活儿，往往是一些心灵手巧的姑娘媳妇干的。一旦把那些贴在"花"上的豆面洗去后，布上的花就十分漂亮地出现了，于是一床像样的农家麻花被就印成了。

其实在这一点上，民间的女人是立了一大功的。传说很早以前，安徽的东阳蜡染工艺很有名，不论城里乡下，每逢女儿出嫁时，娘家总要做几条蜡染的荷花被和结花围裙作陪嫁，表示娘家的富裕和体面。

在有的时候，一些地方的人不习惯自己做印染的版，于是就会指望谷老爷子到集上或镇子上的染坊老板那里去借版。

借版，民间又称为租版，这也是印染的一个重要过程。

如以前，谷家染坊虽然是有名的，但谷家染缸坊的当家人谷运田为了使布出更多的花样，他每年都及时从镇上的买卖"云盛德"字号里借版。

快到立秋时，村里人都到谷家来说："快让你们当家的上街吧。"

他往往说："忙啥？"

"去晚了捞不着好版。"大伙急得不行。可老爷子还是稳稳当当的，只等日子快到时，他才动身上镇上去。

这时，村里的男女老少像送亲人远征一样，站在村口送他。两天后，当家的准从松花江镇子回来，身上背着借来的版。姑娘媳妇们整天挤在谷家染坊的炕上，翻看那些版，挑选着云字版、麻花被版、菊花版、喇叭花版……这些版的确来之不易，制版的往往是南方人，都是来自江浙或天津的杨柳青。他们卖版、租版、借版挣了大钱，但地方上的一些能人也得交。如谷家染坊掌柜的，就是地方上的能人、好人，所以每年定期能背来好版，使谷家染坊的生意十分兴隆红火。

谷运出家的染缸坊又叫颜料房，也叫颜料店铺。

这儿专门出售各种染料、色料。

从前，民间有一句歇后语，叫"颜料铺的幌子——花棒槌"，形象地说明了该店幌子的特征。

该店的幌子是在店门外上方设一个横铁杠，杠上吊装8—12个小铁环（这个数量要根据店铺堂面的宽窄决定，如一间、两间、三间门脸等等），每个铁环上吊挂一支直径约2寸余、长约2尺余的圆木棍（由旋木厂承做），把这木棍漆成绿色的地，上下两端约2.5寸处漆成寸宽的金漆圈，两圈中间漆成红、黄、蓝、紫、金、银色细圈，远远看去，五光十色，琳琅满目。

绳铺、麻店，是以纺织业为主的行当，这种店铺的幌子除了标明经营各种绒线外，还经营各种毛线和民用线。

东北产麻，又用线，所以麻线铺的幌子要说明经营成品和半成品的意思，如麻丝、麻线、麻绳之类。

麻袋和麻布专有杂货店来出售。

一般的线店铺的幌子，往往是用1.5尺宽、3—4寸厚的木板浮雕而成，上下端是两个方头形，两个方头中间浮雕线绺，云头漆成黑色，中间线绺漆成黑、白、红、蓝、绿等颜色，十分艳丽，方头的上端还挂在钩环上，方头下端系一线布条以招人注目。

谷家和绳铺、线铺、织染业的人家一样过年过节都供他们这一行当的祖师黄道婆。

一直到解放初期的1951年，老爷子过世了。

他的儿子谷先生又接着开染缸坊，每年的秋季，他家的生意十分红火热闹，在德惠一带一提起来，人人皆知。

后来到"文化大革命"时，他家租盖房屋，老染缸坊的工具都扔了，作坊也不开了。

可是，谷家染缸坊老字号的名字却一直传下来，今天提起来，人们还会说，在长春一带的染坊还得说人家老谷家呀。

一首东北民谣甚至唱道：

> 秫秸叶，哗啦啦，小孩睡觉想他妈；
> 乖乖宝贝快睡吧，醒来领你上老谷家；
> 包上一条麻花被，喜得全家笑哈哈。

十、关东瓜王

清末民初，在东北的宽城子（长春）南大营附近，有个叫王致中的人，他是这一带有名的瓜王。但"瓜王"称号的来历却不容易。他从小就求知好学，长大更是博览群书，知识丰富。家里世代以种瓜为生，但香瓜口感色泽都一般，总是卖不过一些种瓜大户。后来，他走南闯北寻瓜种，发现一种瓜需要夜间掐尖打叉，用暄土压秧，这才甜。并且用灶洞子土上地，这才脆。经过上百次嫁接试验终于得来了新品种，经他培育的瓜是个个饱满，只只水灵，瓜虽不大，却香甜无比，清爽开胃，当地百姓管它叫"金丝蜜"，寓意比蜜还甜。于是，"瓜王"之名也就传开了。每次王致中卖瓜都是瓜市一景。每当瓜下来，他都把瓜脑袋一个个地朝上摆在筐里，摆得比瓜筐还高，上面罩着香蒿，再用网一兜，挑进瓜市。老百姓早已在他常卖瓜的地方排起了长队。一见他来了，都高兴地喊着："瓜王来了，瓜王来了。"抢购者如潮，"瓜王"的名字叫开之后，小到平民百姓，大到达官政要，都对他敬重有加。

一天夜晚，王致中坐在窗前，正望着细雨出神，突然听到嘈杂的喇叭声，一辆汽车在他家门前停住。

"这是谁呀，大半夜还串门？"妻子有点不高兴。王致中苦笑一下："这年月，兵荒马乱的，有汽车坐的能有几人？怕没有什么好事。"说着向前厅走去。

刚到前厅，看到来访者已经等在这里了，原来是两个日本人。一个是日军军官装束，一个穿着西装。王致中感到有点奇怪，他素来和日本人没有来往，这二人为何深夜来访？

一见王致中，那两个日本人突然敬了个军礼。王致中一怔，只见那个穿西装的人上前伸出手，王致中装作没看到，直接走过去坐在了椅子上。来人自我介绍起来："王老先生，你好，我是'满洲国'农政部官员赤田中二，他是我们日本开拓团的团长渡边长一，我们是代表'满洲国'政府来的。"赤田一边用不标准的汉语说着，一边讪讪地收回手。

开拓团？"满洲国政府"？王致中一听，心里就来了气。

自从日本人入侵东三省，成立伪满洲国，他们就抓壮丁、挖煤矿，烧杀抢掠，无恶不作。为了长期统治东三省，还从日本迁移了一大批农民来东北专抢当地农民的好地种，所谓的开拓团其实就是日本武装组织。十里八乡的乡亲们都敢怒不敢言，但心里早把日本人祖宗十八代骂了个遍。

日本人来找我这个农民做什么呢？看中了我的瓜？王致中心里疑惑，待赤田中二说明来意，果然不出王致中所料。原来日本人看中了他的种瓜技术，想让他做农业协会主席，专门去教日本农民种瓜。

王致中一听，苦笑着说："我一个老农，哪会种什么瓜。"表示不同意。赤田又许以重金，又给他升官，可是，王致中就一句话："这事不要再说了，绝无可能！"

日本人看着他，脸色渐渐难看起来。赤田中二指着王致中的鼻子，厉声说："王老先生，我们可是代表'满洲国政府'来和你谈事的，望先生严肃对待！否则，出现什么不愉快对谁都不好！"

王致中哪受过这气？他一下子站了起来，脸上因激动而涨得通红。

"我种瓜就图个自在，从来还没有听过别人的！不谈了，送客！"

说完，王致中眼睛一闭，转过身去，背向他们。

渡边长一"巴嘎"了一声要拔枪,被赤田中二按住了手。

临走,赤田中二软中带硬地说:"老先生,你还是仔细考虑一下为好,中国有句俗话叫'识时务者为俊杰',你不为你自己着想,也要为你的家人着想吧?我给你一天考虑时间,后天我再来,希望你能给我一个满意的答复。"

王致中的几个儿子、儿媳被惊醒后一直在门外听着,一个个摩拳擦掌,如果他们敢动父亲一下,大伙就进去拼命!见日本人走了,大伙急忙冲进客厅,扶着王致中坐下。

王致中把每个人的脸都看了一遍,说:"现在大家都回屋拿好蓑衣,跟我到瓜地去。"

大伙问:"爹,这三更半夜的,上瓜地干啥?"老人说:"去了就知道了。"不一会儿,大伙披上蓑衣,跟着爹默默地往瓜地走去。

瓜地在黑夜中沉睡着,蒙蒙细雨还在下着,没有小的迹象,仿佛永远不会停。众人站在瓜地旁,疑惑地看着王致中摸着脚边的瓜秧。

王致中摸着瓜秧,突然用力向上一拔,把瓜秧拔了出来。然后说:"大家一起拔,动作要快!"王致中声音不大,但很坚决。

众人一时愣住了。二儿子疑惑地问:"爹,这瓜还没熟呢,怎么要拔了?"

大儿子明白过来:"爹,难道没有别的办法了吗?"

王致中摇摇头说:"你们以为我的心里好受?这瓜都是咱全家人的心血呀!但只要瓜在,日本人就不会死心。"他突然提高了声音说,"我都考虑过了,咱们堂堂中国人,岂能寄人篱下,大丈夫为人一世,有何惧哉?日本人的话根本就不能信!大家快拔,要一棵不留!我不种,也个让日本人种！"

大儿子担心地说："爹，那他们要是发现瓜秧没了……"

王致中打断了他的话说："大家拔完瓜秧，回家收拾细软物品，咱们连夜就走！日本人发现瓜秧没了，不会放过我们的！"众人见老爷子如此坚决，于是都横下一条心，开始雨夜拔除瓜秧。

雨渐渐地停了，整片瓜地的瓜秧也全被拔完了。看着满目疮痍的瓜地，王致中不禁热泪盈眶，放声大哭起来。自己经营了几十年的瓜地，就这样要和它分别了。众人中也有人低声啜泣。

大家回到家中，简单洗漱了一下就开始收拾东西，收拾完毕，众人齐聚客厅。

大儿子问王致中："爹，咱们把瓜秧拔了，可是咱们去哪儿呢？"王致中看了他一眼说："上长白山！我前些年去过那里，风景很美，地势复杂，丛林密布。凭咱们的双手，在那里生活下去应该没有问题。"

众人没有异议。就这样跟着他们的父亲王致中连夜逃往长白山。

果然，一天后日本人到王家抓人，可是一看人走瓜毁，气得火上房。不过既然瓜秧全毁了，王致中也就没有利用价值了，日军四处查找也找不到人，也就算了。王致中一家顺利地来到了长白山，上山打猎，伐木盖屋，在长白山下安顿下来，日子虽然没有在老家舒服，不过倒也自在。

一天，大儿子打猎途中，突然发现密林深处出来一队人马。

"胡子来了！"大儿子马上回家告诉了父亲，众人拿着枪利用刚建的小木屋做掩护，关注着那队人马的一举一动。"衣着整齐，纪律性也好，不像是胡子！"王致中心里嘀咕。这时，那队人马中有几个人向这边走来，大家顿时紧张起来。

"听附近的老乡说你们是从宽城子逃难过来的？不用害怕，我们不是胡子，我们只打日本鬼子。"一个士兵大声喊起来。

王致中一听，也大声回答："是，日本人害我们，回不了老家了。你们是谁的部队？"

"我们是抗联战士，杨靖宇杨司令的部队。"

王致中一听"杨靖宇"，简直如雷贯耳！他早就听说过了，杨司令是抗日的大英雄。他连忙嘱咐儿子："快放下枪，这是咱自己的队伍！"

"我们杨司令想见见你们，你们跟我过来吧。"

杨靖宇要见我？王致中又惊又喜，就领着儿子跟着战士走了过去。待走近时，才看见一个浓眉大眼、器宇轩昂的人迎了出来，此人正是杨靖宇。

杨靖宇将王致中迎进部队营地，王致中把此次逃难的事情原原本本地说了一遍，又加了一句："明年，我在山里给司令和战士们种瓜吃。"杨靖宇听完，皱着眉头说："小日本派开拓团来是假，侵占中国是真！但没想到会有这么多人，还抢咱中国人的好地种！"

王致中点点头说："我毁瓜秧就是不想给日本人留下瓜种子和种瓜方法！"

杨靖宇看着王致中的眼睛说："老爷子，其实这次找你来，我是有个请求，不知道您能不能答应？"王致中一听，忙说："杨司令，有话就直说，老朽能办到的一定做到。"

"我想让你再回老家去。"

王致中一听，不解地问："我刚逃出来，怎么又回去？"

杨靖宇说："您不知道，我们长期打鬼子，和鬼子周旋，非常需要各种情报，您回去可以帮我们搜集鬼子的情报。您有勇有谋，还有种瓜的好手艺，敌人不会太怀疑您。而且，也要搜集鬼子在咱们东北所犯的罪恶。以后抗日胜利了，这都是宝贵的资料。"

"杨司令，这可是大事。既然你这么信任我，那我也不推辞了。我也相信，日本鬼子迟早要被中国人赶出去的！他移再多的民，来再多的开拓团也没用！"

杨靖宇和抗联战士们都笑了。

"不过杨司令，我有个请求。"

"您说。"

"让我的儿子跟着你的部队一起打鬼子吧！"

杨靖宇看着王致中，紧紧地握住了他的手。

王致中接受了杨靖宇的秘密任务后，返回了宽城子。这时，那一伙逼他种瓜的日本人也不知道哪儿去了，他就又回到南大营东侧，依旧开起了瓜园。王致中决定从这里开始搜集证据，并给杨靖宇部队送情报，现在南大营是日军的军火库和伪军的据点。王致中的瓜园就在军火库不远。他以卖瓜为由，经常找一些南大营里的伪军唠嗑，了解日军的动向，有时候伪军士兵来了，吃几个瓜都不要钱。

有一天，一个伪军士兵发烧，一直不退，无人能治，王致中给他喂了个苦瓜秧，口含凉水往他脸上一喷，那伪军士兵一个激灵，没一会儿烧就退了。事情传开，附近很多士兵和乡邻一发烧就都找他看病，士兵们对他都很信任，无话不说。

其实，伪军很多是日军抓壮丁抓来的，大部分都是农民，他们也知道自己是炮灰，挡枪子的，但跑了被抓回是要枪毙的。有些伪军士兵更是憎恨日本人，一提起来恨得直咬牙。后来日军几次调动军队，王致中都得到了准确的消息，并偷偷地给杨靖宇传递了情报。

一次，日军调动大批军火，王致中从运输物资的伪军士兵口中得知军火要运往长白山下的水洞车站，马上连夜写了封信，把情况一一说明。他用刀把一个香瓜挖了个小洞，让里面的汁液流出，然后，把信小心地包好塞了进去，封上洞口，把它混在一堆香瓜中放在瓜篮里，让抗联联络员装扮成瓜贩子把情报火速送往杨靖宇手中。杨靖宇收到情报，根据军火数量和存放地点推测出鬼子的人数和兵力布防，避免了和敌人主力正面抗衡，利用游击战在通化水洞车站沉重地打击了日军。

后来，伪新京（长春）日本宪兵司令部总觉得王致中可疑，决定将他抓起来处治。消息传出，南大营一个做饭的伙计连夜通知瓜王快逃。在一个月黑风高的夜晚，王致中向家人交代了一下就逃往中原，从此没有了消息。可是，由于他老人家种瓜出名，这一带的人都叫他"瓜王"，瓜王沟的地名也叫开了，老人的故事也就传开了。今天，这个地名还有，可是，瓜王在哪里呢？只留下了这段传奇。

十一、老茂生糖果

大约是清光绪十五年的春天，一伙逃荒的从南往北就走进了前郭尔罗斯王爷的属地宽城子（长春）。那时，长春老商埠地已是一个挺繁华热闹的地方啦，大马路三道街北段，到处是店铺和作坊，就在当年长春最大的百货杂货店"玉茗斋"的一个胡同口，有一个"糖人作坊"，开这个作坊的是一个小老头，姓康，老两口，每天老太太熬糖，老头坐门口的小凳子上吹糖鸭、糖狗、小葫芦、孙悟空，很受孩子们喜欢。

糖作坊门口的一个木杆子上高高地悬挂着一个木瓢，木瓢的下边系一条布带子，上面写了个大大的"糖"字，算是幌子。

老头那年已 70 多岁了，周围的邻居们都喊他康糖匠。

这天，康糖匠刚刚放下凳子要端过糖盆，就见门口来了几个要饭的，是两口子领着一个四五岁的孩子，妻子怀里还抱着一个小崽。

那男的突然说："帮帮吧！是康大爷吗？"

老康头一抬头，愣了。

老康头从前是天津滦县（今河北滦州市）人，早年闯关东来东北，靠祖上制糖手艺维持生活，一听对方要饭的声音是乡音，也是天津滦县味儿，于是问道："你是……"

"康大爷，我也是老滦县的人啊！"

"贵姓？"

"姓康。"

"啊！快到屋！快到屋！"

以前，民间有个不成文的规矩，无论人在哪里，只要见了乡亲，就得招待。这是中国人的美德。

四口人进了屋，上了炕，一攀一问，来人离康大爷祖上家不远，叫康守仁，是经滦县的一个老人介绍，来投奔康大爷的。

康大爷一打听才知道，家乡这几年连年大旱，去年突然滦河出槽，一下子又淹死不少的人，他们一家四口边走边要饭，走了半年多才到这里。老人一听，落泪了。

于是说："守仁，咱们人不熟乡熟，人不亲姓亲！从今这儿就是你的家，你们就住下吧。今后有我们老两口吃的，就饿不着你们啊！"

当下，康守仁一家子就给老人家跪下了。

第二天，康糖匠在他作坊的房子后给康守仁压了两间小房，让他们住进去，于是，两家人合成了一家。

康糖匠家中突然一下子增加了四口人，但是，他从此也就有了帮手。每天，康守仁的媳妇接过了所有熬糖、拔糖的重活儿，老太太给她看着孩子，而康守仁则和大爷两个在作坊门口摆开了两个摊子，吹糖人，卖糖球。

从前的作坊，都是前边是门市，后边是作坊，厂子和住处连在一起，一家一户的管理也方便。

每天早上，康守仁早早地起来，把作坊里的四个熬糖炉眼点上，糖锅刷好，水温上，作坊里收拾得干干净净；媳妇呢，则早早地起来淘米做饭，等饭菜弄好，再招呼大爷大娘和孩子起来吃饭。

一家人处得和和睦睦，生意也很是兴隆。

当时的长春，由于经济不断地发展，加上盛产粮豆，所以制糖业很是发达，但像康家糖作坊这样的糖坊没几家。而康家有一种非常拿手的"糖球"，那就是把熬好的糖膏，放在案板上一滚，等出现圆形时，再在彩缸里刷上花纹，于是，康家糖坊的大糖球就闻名于老长春了。

每年一到时兴节令、庙会，或谁家有个祝寿庆典活动，老康家的大糖球都是不可少的"礼物"。

康守仁的头脑也活，他把糖球放在一个一个的大玻璃罩子里，从远处一看，真是馋人啊，而且他又用自己印制的彩纸把糖球包成半斤或一斤一包的，让客人随走随拿，越卖越顺手，因此，大伙很乐意。

这年的八月中秋晌午。

康大爷对守仁媳妇说："云芝呀！去上街割几斤肉，炒几个菜！打二斤酒！"

"大爷！过节？"

"不光过节，今儿个我有重要的事……"

守仁媳妇云芝乐颠颠地去了。

原来，康大爷今儿个心里有了故事啦，他已和老伴研究好，想收守仁为自己的"干儿子"。

因从前在旧社会，老艺人的手艺轻易不外传，而康大爷又没有儿女，加上这几年守仁在他跟前本本分分的，人又老实、肯干，对他们老两口又这么好，干脆这么办。

晚上，菜炒好啦，酒也烫热了，天上的月亮也出圆了，老头和老太太端端正正地坐在炕里边了。老康头说："守仁，你们一家子坐下吧！"

当康守仁刚刚坐下，老康头说："守仁哪！我和你大娘想了好多日子啦，我们没儿没女，你和你媳妇又都是好人哪！因此，我们决定收你为我们的干儿子。你愿意吗？"

康守仁一听，简直愣了。

因为自从来到康大爷家，他觉得这两位老人又善良又热情，简直就是自己的亲爹娘，平时也是这么待他们的。但他不敢说，因从前都有个财产问题。现在，康大爷主动提出这个问题，他简直不敢相信自己的耳朵。

还是媳妇在一旁督促道："守仁，还不快给大爷大娘磕头！"

说完，她拉起康守仁就跪在地上，连连磕了三个响头，并叫了声"爹！娘！请你们受儿子守仁和媳妇云芝一拜！"

"唉！好！好！"

二老在炕上连连答应着，并说："孩子呀，快起来吧……"

这时，老头对老太太说："把小匣拿来！"

老太太回身从炕里的炕琴底下就拉出一个小匣。老头接过来，打开，只见里边一包东西，老头一下子打开，原来里边是一些散金碎银。

老头说："孩子，咱们当着真人不说假话，如今我们有了儿女啦，心里就乐。这不，这是我和你娘这些年来卖糖球、吹糖人挣下的一些积蓄，算起来也不老少，都在这儿。这是咱们的家底。今儿个，就都交给你们俩啦！"

康守仁说："爹！娘！这……"

"叫你们拿着，就拿着。这是'改口钱'！日后用得着！"

康守仁就是不接，并说："爹！要给我也行，让娘先替我们收着，等用时再向娘要！"

老头老太太一听，也乐了，就替儿子收拾起来了。

这以后老人没有了后顾之忧，康守仁也更放心大胆地干起买卖来，他和爹商量，把小作坊后边的 800 多平方米的空场子地皮买下来，先脱坯垒了一个大院套，盖了 8 间房子，又招收了 10 多名小糖匠（力工），分成收料进料的、上灶熬糖的、拔糖的和外销的几个工种，于是，一个关东糖作坊就要开业了。

可是，中国古语有个"讲"，叫作名不正则言不顺，总不能叫"老康头糖球作坊"吧？

爹说："儿呀，你想想起个名……"

康守仁虽然没有文化，一个大字不识，但他多年和爹爹从事糖业买卖，对这一行的过程和特性也了如指掌，于是说："爹！我看叫'老茂生'！"

"老茂生？"

"对。"

"咋讲？"

"有讲。"

"说说看。"

"爹！这'老'字，是取个咱们这买卖资格老，历史悠久，再说您是老一辈，也有老字号的意思！"

康老汉说："嗯。解得对！"

"这'茂'嘛，是指咱们的买卖图个兴旺，财源茂盛达三江嘛；再说'茂'也有'冒'的意思，是指买卖要干大，要冒尖。对不对？"

"对！对呀！再往下解！"

"至于这'生'吗，我是想取个'升'意，指咱们的糖作坊升高升起越干越大；而'生'吗，又指糖的'糖芽'能生，这也是咱们这买卖的特性……"

"儿呀！你解得好啊！太好啦！"

"行不行？爹！"

老康头连叫："中！中中！小子，你起得真不错。咱就叫它'老茂生'！"

当下，儿子康守仁上街，到"玉茗斋"后边找来了那常年专门为人代写书信的刘四先生，亲笔写了"老茂生"三个大字；守仁又请来对门棺材铺的张木匠，亲自刻在匾上，于是，挂出去了。

老茂生糖果作坊于光绪二十五年（1899）的秋天正式开业，那在当年的长春，也是一件大事了。

那时，老茂生糖果作坊有四间大房子并排搭着 16 个炉眼，每个炉眼上是一口大铁锅，灶台的对面是一排大糖案子，靠西墙的窗子下并排放着几十口大缸，里边是凉水，要随时在案板中间的夹板中换水流动，使滚热的糖膏能冷却下来。

制糖是苦活儿、累活儿。

首先，要进行配料。配料是指糖的原料，在熬制之前先把各种原料备齐，如植物、矿物、水、滑石粉等东西准备好，同时要详细地检查作坊，炉眼、锅具是否干净，不跑风、透光度等等，以备在固定的时节开工。这一切都属配料或"备料"阶段。

接下来是熬糖。所有的糖在制作之前都要经过"熬"，这主要是使晶体或块体的糖液体化，除去内中的水分，使其变成糖膏。一开始熬的糖是红色或酱色的，往往需要熬到 158—160 度左右，糖里的水分已被熬干，这时就要观察糖的糖度。

这种观察和实践是技术活儿。

老糖匠往往用一根棍将糖从锅里挑起，然后猛地一拔，糖丝变成白色，这说明火候到了，熬好了；如果糖的颜色还是不变，说明没熬到份儿。

熬糖十分讲究火度。

火度指火的强度。从前熬糖使用的都是硬木柈子，后来有了煤，也要选好煤或焦子煤，火硬，温度上得快。

要不然熬糖的时间长了会"皮实"，变成了"老"糖，水分一时半会儿"拔"不出来，就不便使用。

熬时，老糖匠往往还得会嗅味儿。

当熬到一定时辰时，熬锅里的糖不再起小泡泡，而且发出一种酸甜的香味儿，这时候糖就熬好了。这时，老康糖匠会喊："撤火！"

立刻有小打，把炉灶里的炭火端出来，然后"起锅"。

起锅，就是把锅里的糖膏从锅中舀出来，倒在冷却板上。

这要迅速、麻利。

糖作坊的冷却板是两层。

上面是平平的案板，板下面是空槽，有小打从一头不停地往空槽里倒凉水，使案板的温度降下来，以便使案上的糖膏温度也降下来。

起锅后的糖稀像水一样流在案子上，要由专人管理、码平、不起包，厚薄均匀。小打们不停地在案子周围跑来跑去，换水倒水，使滚烫的糖膏温度快速降下来。

当糖作坊案子上的糖膏冷却到80度左右时，就开始揉糖了。

揉糖时的温度必须掌握在80度。

高了，人下不去手，烫人；低了，糖已冷却，拿不成各种型了。这是重要的工艺要求，揉糖从前是力气活儿，初来乍到的糖匠一定要先干揉糖的活儿。一锅糖好几十斤，甚至上百斤，要由小打洒上滑石面子，然后双手拼命在案子上揉，有时还得用双脚踩。

这时，糖匠需要在有限的时间里揉好糖，糖匠们一个个拼命地忙，没空吃饭、喝水。湿毛巾搭在脖子上，不时地擦汗，不能让汗珠子滴进糖里。

揉好后，这道工序的糖匠喊："开案——！"

揉好后开案，就是指做糖的具体工种开始了，俗称"案子活儿"。案子活儿又分好多种，但不管哪种，都先由"拔暄"的糖匠给你"挑糖"。

挑糖拔暄是累活儿。

这人一手拿一个棍，往案子上的糖膏里一插，然后提起来时，上面贴上了厚厚的一块糖膏。这时这人不停地双手抡着来回抻、拉，使糖膏不断地由红变白，而且柔软适度，便于捏拿，然后他喊道："接着——！"这叫"拔暄"。另一个人，主要是做糖的糖匠，立刻接住，开始了下一道工序。

这时，糖匠从拔暄的人手里接过糖膏，要立刻把双手插进滑石面子里，然后，揪着一块糖膏，在手里揉来揉去，团来团去，再用"吹管"插进糖膏里，一边吹气，双手一边不停地修捏着，什么糖人啊、糖马呀，就都出来啦。

然后，他把这些"产品"一个一个地插在案板的"摆眼"上，案子摆满了，有小打把板车子推出去上街。

做糖是很有意思的事。比如，做糖球，你看那糖匠从拔暄人手里接过揉好的糖膏，瞅准了糖球模子，猛地往里一摔，然后就搓。

那种"搓板"有一个一个糖球那么大的眼，糖膏一进去，一搓一动，糖膏就变成一个一个的球，然后运到那边"挂砂"。

挂砂，是把糖球放进砂糖面子里，在上面沾上一层砂糖。这样又好看又好吃又好拿，不沾手。

如果是彩色糖球，就要"挂道"。

挂道，就是往糖球上涂绘彩色的道道，主要有绿、红、白、黄、粉色等等。这是事先弄好的食品色素，有专人往上画，这就是彩糖球。

做糖块也有趣，制块糖和制糖球差不多，也是靠模子。

糖匠从拔暄人手里拿过糖膏，往一种长条的"压板"上一按，那压板上是一个个的小格子，多大的格子就出多大的糖块。值得注意的是，压板要会使手劲儿，如果要长条就少放糖膏；如果要方块，就多放糖膏，压得厚薄也全靠手劲儿。

需要彩色糖块，和糖球一样，送到下个工序去画道。

还有做螺丝糖。如果生产螺丝糖，就先把糖膏弄成一个球，然后放到中间带螺旋的一个模子里去，那模子中间是一个沟，等按好了，再一磕，螺丝糖就落在案子上。

在糖作坊往往有一种规矩，小徒弟一定要尊师爱师。因为每一个品种的出现都是师傅或前辈用心血汗水甚至生命换来的。每天早上，小打必须早早地来到作坊，把炉子点上，烧好，把炉子的烟先排出去，水烧热了，等人家大糖匠、二糖匠师傅来。

作坊里往往不是一个炉子，而是一排。

每个炉子都要弄好。

而且，案子旁边还有一排炭火炉，是人家糖匠"烤糖"用的炉子，这个炉子和那一排大炉子对称，也要点着、烧好。

这时师傅来了。

徒弟要恭恭敬敬地喊："师傅早！"

人家点点头，说："化糖！"

徒弟要立刻动手开始化，所有的料要头一天晚上备好备齐。一个糖袋一百多斤，徒弟不能让师傅上手，要自己干。

每当糖出来了，要先弄好，递给师傅说："师傅！你尝尝。"

多咱不能徒弟先吃，至于偷糖，哪怕一块，那是没有的事。

当年，老茂生一开业，就吸引了宽城子的父老，老茂生又会做买卖，每到年节，作坊门口的玻璃罩子里放上"赏糖"，过路的可以随便抓。他们讲究一句话，歪瓜裂枣，谁见谁咬，卖糖的不叫人尝尝，谁买呀！

到了 20 世纪中叶，老康头过世了，康守仁把老茂生干得更大了。他重新扩展了院套，又招收了不少的"小打"（力工），生产的糖的品种也多了，除了著名的东北大糖球外，还有芝麻糖、螺丝糖、大香蕉糖和冰糖。

当年，聪明的康守仁自己进料自己制糖，他从农安和九台一带进来了甜菜，自己贮在小仓房里，一冬天专门使人熬糖。

老茂生院子里的甜菜堆得小山似的。

他创造发明了"冰糖"，起名"红梅牌白冰糖"，这种冰糖洁白甘甜，它以甜菜熬制的白砂糖为原料，经过溶化、脱色、浓缩、结晶、分离、干燥等几道工序制成，最大的特点是糖含量高，质地纯净，甜度适口，晶莹洁白，惹人喜爱。后来，老长春的"世一堂药店"竟然包销老茂生的冰糖入药，因为这儿的冰糖有润肺止咳、平喘化痰的疗效，真是奇了。

此外，老茂生还创出了一种"小人酥"，真是好吃极了，一投放市场，就供不应求。主要是芝麻馅，外边用脆糖作皮，一咬满口酥。这在当年，也成为东北市场上的名牌。

经过一百多年的沧桑历史，老茂生糖果作坊已能生产出 300 多种糖果，解放后公私合营，变成了老茂生食品厂。那时，这儿的生产品种就更广泛了。由于东北的长白山盛产人参，所以这儿生产的"人参软糖"极受外界欢迎。

这种糖是用吉林特产的人参为原料，采用精白砂糖、高级液体葡萄糖和琼脂加工而成，吃了后不但香甜可口，而且还能生血养颜，大补元气，和他们生产的鹿茸软糖一起，构成了老茂生糖的重要系列。就连许多外国朋友也十分喜欢老茂生的糖。

说起来，还有一个有趣的故事呢。

那是1976年，聂荣臻元帅陪同西哈努克亲王来长春，他们特意到老茂生糖果厂来参观访问，当时厂里正生产一种冰淇淋可可软糖，西哈努克吃了后，就怎么也忘不了了。

他那次访问，主要是在东北。当他到了哈尔滨后，又问聂帅："老茂生的冰淇淋可可软糖还有没有啦？"

聂帅一听，说："有！你等着。"

其实，聂帅心里也忍不住笑。因为参观只是尝一尝而已，怎能带许多？但现在人家外国的元首要，也不能叫人家失望啊。于是，立刻派人返回老茂生，要一些特制的冰淇淋软糖。

"加班干什么呀？"

"给西哈努克做糖……"

当年，老茂生的工人一提起那段事，都会骄傲地给你讲上一段给西哈努克做软糖的故事。

老茂生，在长春人们的心中有那么重要的地位，一想起它，人们就像吃在嘴里的东北"老皮糖"（也是老茂生的一种独特产品）一样，那香味儿和口感怎么也忘不了。

20 世纪 70 年代初，康掌柜的去世了。人们怀念他，老茂生的人怀念他，长春的百姓也怀念他，因为那甜甜的老茂生的糖果作坊的故事已深深地留在长春百姓的心底了。

十二、宋家油坊

榨油是民间一种手工技艺。在长春，最出名的要算德惠达家沟朱家窝堡的老宋家油坊了，宋家油坊已开了五辈子。清咸丰二年（1852）河北永宁府有家老宋家，老爷子叫宋海山，领着儿子闯关东，来到德惠达家沟，在朱家窝堡落了脚。

东北平原盛产大豆。秋天，粮食丰收了，吃不完，干脆榨油吧，宋老爷子就领着家人开起了油坊。

榨油也是一种复杂的工艺。

榨油必须先炕豆子。炕豆子就在油坊的炕上，那火炕烧得鸡蛋都能烙熟，有一个人专管翻豆子。由于屋里热，每个油匠都只穿个小裤头，浑身还湿漉漉的。

看看炕到差不多了，油匠掌柜的伸手一摸，豆儿发干，又沉甸甸的，就知水分和出油度已够，于是喊道："上碾子!"

上碾子，主要是压"豆彩子"。

榨油用的碾子一人多高，一尺半宽，是请专门的石匠做的，用两匹马拉着走。碾子槽子又深又严，碾子一走隆隆响。

压彩子是两个人，前边有人撒豆，后边跟着收彩子。彩子就是压扁的豆子，一个豆儿压扁后，又圆又薄，一个一个，一片一片，就像一朵圆圆的云彩，十分好看有趣，所以叫"彩子"。

压完的彩子要上锅来蒸。

油作坊里挨排好几口大锅，都是蒸彩子用的。灶坑里烧着大柈子，锅上捂着麻袋还是向上喷着滚滚的热气。

彩子蒸烀两个小时左右，便开始装垛。

装垛，这是绝对的技术活儿了。这装垛的往往是油坊大柜，他只装垛，别的不伸手。这时，他先把"圈"放在地上，圈是一种生铁制的铁箍，一块豆饼要用两个圈。放好头一圈，他顺手从蒸彩子的锅上拿个蒸得热气腾腾的屉布（也有叫麻蓟），放在圈里的油茅草上，然后往上铺彩子。这油茅草不是别的草，原来就是东北著名的乌拉草。

乌拉是满语，沿江大川之谓，江指松花江，川指松辽平原。可见乌拉草是东北人防寒越冬的宝贝，由于人们常常用它来垫靰鞡，所以也叫靰鞡草。可是，有谁知道，东北民间的榨油老作坊也离不开乌拉草呢？

这是因为乌拉草有筋无节，顺当光滑，便于走油，于是和油作坊结下了不解之缘。每到秋冬榨油的季节，都是农民赶着大车往油作坊送乌拉草，油作坊的大柜统一收购。

装垛的人铺好头一个圈的豆彩子要狠踩，踩后放第二个圈。第二个圈往上一提，垫在第一个圈底的屉布子跟着一兜，就把两个圈里的豆彩子裹好了。这就是所说的头圈踩，二圈提。踩好一块饼，装垛的双手搬起来，"吭"的一声放在榨上了。

榨是一种压油工具，油坊的一半空间放着这巨大的"榨"，往往是一块半尺多厚的大木板，上边有四个爪，挂在房梁上，俗话叫"派盖"，其实是"迫盖"，北方土语，用来压住豆饼，旁边有三个眼，是横眼，便于压油的伙计们插杠子推压。

当装垛的人一块块地把圈里的豆饼放在榨下时，就开始落"迫盖"，油匠们轮流插杠子，转圈走，上劲，使迫盖慢慢地向下压紧，油便被挤压出来。榨底下有个槽，油从槽子淌进地上的大缸里。

值得注意的是，装垛的人千万不能毛躁，一旦垛装偏了，迫盖一压，便会压"哧"了，不但出不了油或少出油，而且还影响别的饼子的压力。这是个技术性极强的活儿。

上榨又叫绞榨，都是一些有力气的小生荒子（小伙子），每个人浑身都是力气，专等着他们去绞榨压油。绞榨还有其他方式，也可使油锤。

油锤是另一种榨。当垛装好后，榨心插进榨中间的垛中间，那榨棒是小头大尾，油匠们抢起油锤，"嘿嘿"地叫着号子往里打，一打一紧，就给榨上劲，于是挤出油来。道理都是一样的。

在油坊，如果温度上去了，伙计们干得愉快，10斤豆子，往往能出一斤三四两好油，不然只能出个斤八的。这全靠大家的一种情绪。

由于榨油的作坊往往有响动，所以掌柜的住处往往离着作坊远，但掌柜的要学会关怀油匠，他要不时地走动一下，问候一下，这样大伙的劲头就高。

宋家油坊对伙计们很好，每到榨油的季节，宋掌柜的往往到集市上买一筐冻梨，用大盆缓好，正当油匠们干得劳累干渴时，端着大盆进来，喊："停下！停下！凉快凉快！"

大伙一看，也就明白了。这是掌柜的来犒劳他们了。

于是一个个的吃开了。吃完了，油匠把头见掌柜的一走，往往说："开始吧！别歇着了。人家的梨也吃了，别对不起东家的一片心意……"

大家一听，也就乐意卖力气，这叫会开油坊的老掌柜。从前，油作坊遍布民间，因为油是百姓生活离不开的东西呀！而东北老宋家油作坊出的油是清亮、干净、色正，没有邪味儿，好吃极了。

宋家油坊开到第三代，由宋徐氏老人当上了掌柜的，别看她是个女人家，但她有一套管理方式，而且深得人心。

民间油坊，也有许多规俗和禁忌，这些规俗不但每个掌柜的懂，每个油匠也了如指掌。

但往往一来到油坊吃劳金，掌柜的就会认真交代给油坊的把头，说："你把规矩说给大伙。"

把头往往说："你放心吧。"

于是，把头对油匠们说："咱们这一季吃人家掌柜的饭，给人家捧油杠子（指压油），要知俗懂礼，该说的说，不该说的别乱说。"

大家一齐回答："懂了，把头。"

这里把头交代的，往往是一些老俗。

比如在油坊里不能捉迷藏，特别是不能让小孩子进来闹。因小孩如果藏起来了，一藏一找，往往喊："出不出来？"

对方不吱声。

不可能吱声。这不吱声和不出来，都是不吉利。压油就是要"出"，指出油。这是掌柜的一种心理。

特别是油作坊里有油缸、蒸锅，磕着碰着的，也不安全。在榨油作坊里，非常忌讳人们对榨油工具的踩、跨、迈。

对于压杠、笭圈、屉布、油草，都不许从上面迈过去，这都是对这一行的祖师的不敬，也会影响出油率。特别是压油歇下来时，不能坐在这些工具上休息。而且，油坊掌柜的（东家）要会来事，不能和油匠闹僵。这些油匠一个个干的是"吃"活儿（做吃的东西的），你得罪了他们，他们往往也让掌柜的提心吊胆。

所以，掌柜的要学会安抚油匠。

而宋徐氏老人最会安抚油匠。

比如压出了头一溜油，这时宋徐氏便会主动让油匠们"吃油"。因为其实你不让，他们也吃，何乐而不为呢？

在这样的日子里，她往往先发话。她在榨油机一停下时往往对大伙说："各人带点新鲜样，老规矩，别打忱！"

这"老规矩"是指油坊随便吃油的意思。伙计们都明白，每个油匠开业前都各自带着面和米，而且人人愿意干榨油的活儿，虽然热点累点，但能吃得香。带面的人闲下来时就烙油饼，带米的人做完高粱米饭把饭攒成个团，下到油锅里炸丸子吃。油匠们常常开玩笑说："我躺锅台上睡觉还忘吃了三样！"这是形容当油匠的吃东西总换样吃，随便吃。

油坊禁忌女人来或乱开门，因为干活的伙计们一个个只穿一条小裤衩干活，女人来了不雅观；但宋徐氏例外，因为她是大柜。再说来人就得开门，一开门就进风，降低了室内的温度，出油靠温度。所以，每当开始干活前，大柜往往喊："谁有事要出去，快办，一会儿别鼓捣门啦！"

如果有人干活来尿了，大柜往往说：

"在屋里尿吧！"

油坊的屋角放一个尿桶，专门给油匠们使，是为了不让他们总开门走动，以免降低屋里的温度，少出油。

榨油时说故事和笑话，这是一种习俗。

因为一上榨，每隔20分钟半小时才绞一回，漫漫长夜，大伙不能总吃呀，于是就开故事会，或哨。

哨，是东北民间的一种顺口溜式的俗嗑，往往合辙押韵，而且说起来很有趣，每个人都能顺口编出来，真是民间的一种奇特现象。如一个人问另一个人："张老三，昨儿个你干啥去了？"

"上你家了。"

"上我家干啥去了？"

"找你妈去了。一进门和你爹相着了。我相（像）你爹，你爹相（像）我……"

李老四一听他骂人，开哨了。于是他也说："小伙小伙你别闹，你的根底我知道；三分钱买个大叫驴，蹲在草窠里睡一觉！"于是，另一个说："小伙小伙你别美，回去枕你嫂子大腿。你嫂子一翻身，造你可嘴红糖水。"开玩笑行，但不能骂爹娘，这是北方的"哨"。所以在北方，女人们别进油坊，那儿是男人们劳作的世界，也是一个神秘的角落。

油坊也不能敲打用具。如果榨油的工具脏了，只能擦抹。因"敲""打""碰"什么的，往往都有动静，一有响动，就会影响作坊里人的注意力，往往不能很好地劳作。

一直到新中国成立初期，宋家油坊还照样出油。1998 年，从前的老掌柜宋徐氏已经 104 岁了，可她还常常到从前的老宋家油作坊里走走看看，并常常来到合资的"德大"企业门前看看，说："我榨了一辈子油哇……"

如今，长春老油坊的故事，已深深地记在长春人的心间了。因为人们生活，谁也离不开"油坊"等民间行当，正如一首民间歌谣唱的那样：

长木匠，短铁匠，

挑八股绳背货郎。

泥工匠，瓦刀亮，

砸凿子，把不长。

粉匠瓢，叭叭响，

油匠抡锤来回晃。

成衣铺，剪裁忙，

谁也离不开老八行。

十三、田家当铺

当铺是从前以货、以物易钱的一种金融业，是民间很盛行的买卖，老长春的商埠地有许多家当铺，其中"大兴当"就是老长春一家有名而又独特的当铺。

大兴当当铺的掌柜叫田丰秋，天津杨柳青人，清咸丰七年（1857）田丰秋和爹一块闯关东，从家乡来到了范家屯，在这儿落了脚。田家父子俩，因为人精手巧，不久便开起了烧锅和麻袋作坊，到秋冬还榨油。

同治四年（1865），田家由范家屯迁到长春，在老商埠街的三道街东口开了一家当铺，找瞎子算卦起名为大兴当。"大"是指当铺买卖范围宽广，无所不纳；"兴"是指四面八方均有接触，兴旺发达，有啥来啥，财源广泛。

当年，田家当铺两间门市，四间货库，雇有小打七人，生意红火兴隆。

开当铺讲究事情的奇异和存物的价值，而田家当铺的发迹，得益于老爷子的眼光和气度。

据说，有一年春天的黄昏，当铺快上板关铺了，老爷子田丰秋正在后屋准备和家人吃饭，忽听柜上的小打和谁吵吵。

小打说："不收就是不收！"

当客说："还是收下吧！"

"走吧！走吧！"

"你再看看……"

听到吵声，田丰秋放下茶碗走到前屋的柜台前一看，只见外面的当客将一包衣服推进递货的小窗口，小打正往外推，说："这么破的衣服，谁还收当！"

掌柜的田丰秋觉得奇怪，就对小打说："别推了，拿过来我看看！"

小打把那一卷子衣服捧过来，递给了田丰秋。

掌柜的接过来一看，这真是一件破衣裳，但洗得干干净净，奇怪的是，衣裳的里子上写着"良心"二字。于是掌柜的对小打说："收下吧！"

小打不敢拒绝，问："开多少？"

田丰秋打眼从小窗口向外一看，只见外面的当客是一个20多岁的年轻人，长得很是机灵，只是衣着破旧，显得风尘仆仆的样子。于是说："给他10两银子吧……"

那人捧上10两银子，千恩万谢地走了。

望着客人的背影，小打不解地说："老爷，这件衣裳连半两银子都不值，你怎么还收？收了也罢，怎么还给他10两？"

田丰秋打个唉声说："这人在外准是碰上了难心之事，不然谁肯当'良心'呢？"

这一说，小打明白了，也服气了。

果然，这事让田丰秋言中了。原来，这人是德惠老马家的一个小伙，他十年寒窗，如今是去京城赶考，因盘缠不足，便想了这么个招，把衣服上写了"良心"二字先当在当铺，日后再做打算。你还别说，这小伙后来授了官职，被朝廷分在扬州做府尹，回乡省亲他知恩图报，给了田丰秋一笔银钱。这事在当年的老长春一时传为佳话。

当年，老长春的大兴当，特意从京城请来了一位珠宝鉴定家坐柜，人称"琉璃眼"。这人当年也就40多岁，据说是五辈的识珠宝世家了，连吉林乌拉街打牲乌拉衙门给朝廷送的"贡珠"（当年松花江盛产"珠子"，称为"东珠"。而乌拉街的打牲乌拉衙门专门负责采办这种珠子送给朝廷，称为"贡珠"），也要由他先过目才行。一时间，大兴当的名声更加响亮起来。到清宣统元年（1909）时，大兴当已由5间门市扩展到10间，当铺的分号分别在农安、德惠、范家屯、船厂（吉林）设立起来，成为老长春很有名的当铺。

大兴当的出名，还因为田丰秋的眼灵，头脑活，他为人善良，喜欢参与社会上的种种善举。

民国十三年（1924）1月19日，老长春枪毙驼龙。当刑车来到大兴当门前时，田丰秋命人翻出一副"死号"（指当铺里的货物存下后过期，或主人失踪、死亡，不来取，称为"死号"）的玉镯子，亲自送给驼龙，说："姑娘！戴上！"

驼龙说："什么呀？"

田丰秋说："大兴当送你的镯子！"

驼龙高高兴兴地戴上赴了刑场。

这些出风头的事，田丰秋从来不落下，因此，他也算是老长春的一个人物了。

田丰秋眼毒。

有一年的夏天，一天，一个家伙提着一个人头走进大兴当要当，小打不收。那人掏出小刀，从人头上一片片地削肉吃，并说："你不收，我也过不下去啦！"

田丰秋早已看准他是敲诈。于是走上去，夺过小刀，也片一片吃起来。原来那人头是面做的。这人是专门到各当铺吓人骗财的，田丰秋识破了他的伎俩，那人吓跑了。

田丰秋活了84岁，于伪满洲国康德六年（1939）过世，后来他的儿子和亲属继续开大兴当，直至1945年八·一五光复后当铺倒台子。但是在长春的民间，在宽城子的老百姓口中，一提起有名的故事和有来历的当铺，大家还是首推大兴当。

十四、关东窑匠

把土视为花时，人的心灵中就会产生一种转换，那是他认知了土的本质，那是人的心在崇拜着泥土，奉其能生成花，认为它就是花，不然它永远是土。

土是大地上一切生灵的根，特别是作为窑匠，他时时在思考土，让土让泥成为花。他信奉土能成为花，泥能成为朵，许多美好就都会从泥和土中回归，于是生命的记忆便被收存了。这是典型的创造者的发挥，就连人自己也是泥土所生，又被窑火所冶炼，成为生命的凝固，窑匠，其实已经是人类文化思想家，他择土而生，择泥而成，择火而在，把一切过往，烧成了记忆。

那是严寒的腊月，我与徐家窑的经理徐加利在他家的窑地里刺骨的寒风中穿行，脚下的厚雪早已被寒风刮硬，阳光落在厚土上，发出晶莹的光泽，我们站在这个万宝坡似的山冈和原野，静静地思考，倾听这雪野从远古悄悄来到人的眼前，把遥远的记忆更加清晰地推来。

寒风扫过雪原上庄稼根棵地里的一块古碑，上面清晰地刻写着"榆树大坡古城"（吉林省文物保护单位），在我们的脚下，从这里开始，碑指出了脚下上千年岁月的走向……

（一）不速之客

千年前的这里，土窑也是在冒着青烟，窑里的熊熊烈火也是在烧制着青砖、布纹瓦，也有累弯了腰的古代窑工在挖土、背土、挑水、和泥、点火……

突然，有一个远古的呼唤从风雪弥漫的原野深处刮来，时断时续："爷爷——！"

渐渐地，那个苍老的呼唤声又变成了："儿子——！"

渐渐地，那个声音更加清楚："孙儿——！"

逐渐地，这些呼唤仿佛全都消失了，仿佛这一切的一切，都被岁月的风刮走了，于是，大地上的一切还是复原回到了今天，是窑匠在呼唤他的老伴："斯香啊，点火做饭吧，一会儿北京修复故宫的人来拉砖、拉瓦！"于是锅碗瓢盆交响曲响起。

若干年后，这些也许会逐渐消逝。单凭一片古窑能告诉人什么呢？唯有光阴和岁月，那是每个生命最值得珍重的礼物，那是黑土地的光阴留下的一个永恒的记忆。

关东这片土地，其实特点挺突出的，主要是手艺人多，手艺的项目挺全，那真是你想要啥样的活计，就会有啥样的手艺人。今天我们开讲的，就是一个窑匠的故事。这一天，从北京开往长春的 K59 次列车在长春站停下后，只见下来一个拎包的人，此人四处打听，徐家窑在哪儿。

被问的人都感到很可笑，窑多了，什么吉林缸窑、兴隆山大碗窑，没听说过徐家窑啊！他主要是什么手艺，生产什么产品、什么物件呀？

这一问，那人猛醒了。他说："是专门烧制五脊六兽的。"

长春站车站调度室主任陈洪涛一拍大腿说："哎呀，我知道了，你说的是榆树大坡的那个徐家窑吧？"那人一听，连连地说："对对对，就是这个地方……"于是，好心的陈主任领他买了一张去往吉林的火车票，并告诉他在吉林再倒去往舒兰方向的火车，在法特哈下车，往北走 10 多里地，就是徐家窑了。那人千恩万谢，按着陈主任的指点，真就找到了矗立在一片苞米地边上的一片古窑。只见那里有一座高高的门楼，上写：传奇烧雕园。

此人乐得一下子跳起来，喊道："老徐呀！我终于找到你啦！"

此事说来话长。这个千里迢迢从河北承德赶到长春专门来找徐家窑的不速之客，原来是承德避暑山庄的一个老古建技师，大约是七八年前的一天，那是个下午，天气十分寒凉，已到了深秋初冬了，老技师怕房子被冻裂了，就一个人寻查山庄的院子，当他来到八大庙的一间庙院后墙角时，突然发现两个人鬼鬼祟祟地在那里干什么，手里还拿着纸，比比画画地，连看带记。他们在干什么？于是，他警惕地偷偷地靠了上去，猫在一片树后，想观察一下他们究竟在干什么。谁知当他仔细一看，心中一下子被这两个人感动了。

这二人，显然是晌午来不及吃饭，只见他们各自背着一个双肩包，包旁边一边是矿泉水，另一边是窝窝头，一边画着，一边记着。那时，天已凉了，眼看着窝窝头已冻硬，发黑，可他们咬一口窝窝头，喝一口矿泉水，吃得还挺香的样子。

老技师忍不住问："那能吃吗？"

其中一人说："啥我都能吃，除了四条腿的……"

老技师问："什么？"

那人说："板凳！"

说完了，两个人都忍不住哈哈乐开了。

老建筑技师再也忍不住了，他被这人风趣的说话吸引了，于是走上前去查看，原来这两个人正对着八大庙屋脊上的装饰在比画呢。他禁不住了，问他们是干啥呢，其中那个说"就四条腿板凳不能吃"的叫徐加利的人对他说，他是长春徐家窑的经理，另一位是他的技师。接着，长春徐家窑经理告诉他，他们徐家窑主要是烧制各种古代艺术砖瓦。因为咱们国家现在弘扬优秀传统文化，许多地方都恢复古建筑，但缺少这种建筑材料和式样。窑上目前处于创业阶段，处处需要知识和文化。他们原本是到河北辛集进材料的，一看快到承德了，于是，就想专门到承德这著名的历史文化名城来看看。这一看，真了不起呀！因为承德是人类的历史名城和文化遗产保护最好的地方，为了多学知识，又为了赶晚上的火车回窑，再加上钱包让小偷摸去了，这才来不及上饭馆子，也舍不得下馆子吃饭，只好啃一啃临出门从家乡带来的窝窝头，对付点就行了，多记下一些想法和感受才是收获。末了，又加了一句，说："有了事业所干，其实吃苦是乐事！"

老技师一听他说得很实在，也很感动，就这样，他和老徐成了朋友。记得在当时，避暑山庄保安处，以为这两个人是捣卖文物的，差点把他俩抓起来，还是老技师出面对山庄领导反复说服，这才解除了人家的怀疑。临分别时，老技师还把兜里仅有的十二元三角零二分钱给了徐加利，徐加利不要，老技师说："拿着，出门在外，处处得用线。"

徐加利不要。因那时他知道，一个国家正式工人一个月工资才20多块钱，就算老技师是知识分子，是干部，也只能是开个四五十块而已。可是，老技师态度非常坚决，硬把零钱揣到了徐加利兜里。由于二人撕撕巴巴的，临分别却忘了记他的电话号码了。

当时，也没想到能求着人家。可是今年，河北承德避暑山庄进行传统建筑全面翻修，老技师发现八大庙里不少房上的特色建筑真的需要修复了。而从前，山庄的一些土木建材料和物件都是从北京门头沟一家古建筑公司进货，可是无独有偶，那家古建公司前些日子着了一场大火，许多设施都烧毁了，一时半会儿不能恢复生产。情急之下，他一下子想起了多年前那个在避暑山庄墙外啃冰冻窝窝头的徐家窑的经理，不知他的厂子现在能不能干这活，于是他就这样冒冒失失地摸上来了。

经过坐汽车再倒火车，反复辗转，他终于来到了徐家窑地，老技师抬眼一看，让他大吃了一惊。

只见这个窑地占地足足有五六万平方米大小，光厂房就有3000多平方米的样子，工人好几百，正在各自的工位上有条不紊地干活、劳作，院子里整齐地摆放着各种艺术砖瓦，而且，还有人专门为那些艺术砖瓦编号，那往往是两个人，一个戴眼镜的男技师在指点，翻看物件，另一个戴眼镜的女技师展开纸表，认真记载，完全是一种现代科技化的生产程序，如果不是一种训练有素的管理，那是达不到这个水准的。再看看整个大院，古香古色，既有一片古老的窑帽（从前烧窑的土窑），又有现代化水平极高的无烟窑炉。大门口，一架高大的门楼，平地而起，上面有书法家题写的"传奇烧雕园"几个大字，整个窑址，显得古朴雅致、风情万种，有古有今，一派现代生产氛围和一种深厚的古文化气息仿佛穿越千年来到了他的面前。

这位来自河北承德避暑山庄的老古建技师，本是一位出于名门之师的人，他早年毕业于清华大学（燕京大学）的土木建筑系，他的导师曾是五四以来我国艺术建筑大师梁思诚的弟子，他的眼光能错吗？但此时他心中不由得暗暗琢磨，是自己找错了吧？如果这里就是当年在避暑山庄土墙外遇见的那个啃冻窝窝头的人的阔气的窑场，那么这个人，不是一个神仙下凡尘了吧？

正当他在窑场的院子里东转转、西看看的时候，其实，他的走动早被厂里的保安通过监控发现了，保安觉得这人可疑，于是，立刻报告给了窑场总经理徐加利。

徐加利接到保安报告，先在屋里的窗户前向外一望，也觉着这人可疑，于是就悄悄地走到院子里。他在旁边打量这个人，觉得此人有点面熟，可一时又想不起来是在哪儿见过，到底是在哪儿见过此人呢？

想到这里，他猛然走到那人身后，问："你是谁？"

那人不回头，却说："我是我！"

"你来有事？"

"俺来吃饭。"

"啊？吃饭？"

"对。"

"吃什么?"

"除了四条腿的板凳,我,啥都能吃!"

啊!这句话,是他徐加利自己的座右铭啊?他怎么记得?

可是,他不是常常对什么人都说这句话的,那是他徐加利自己深藏在心灵深处的一句肺腑之言啊!他不愿去说,是因为他不想表白自己,他想把各种艰苦和遭遇都压进心底,让一切苦难、灾难、屈辱都藏在心底,这是他的性格,但他要去做,用自己的实干去完成一个工匠的匠心,他要用自己五彩的匠心去画出一幅属于这个时代的美丽画图。是啊,他徐加利心里明白,这句话,他确实说过,但他知道,每当他说这句话的时候,都是种种艰难困苦把他压得活不下去的时候!

那么,此人是谁呢?他怎么清楚地记得俺老徐的一句话呢?

突然他意识到,此人难道是避暑山庄的技师老哥?因那年他和技师去"偷艺",差点让人家保安把他俩扣起来,多亏了那位山庄老技师的说和才算作罢,老技师比他大三岁,论年龄,徐家窑经理徐加利应该管老技师叫大哥。

徐加利惊喜极了。这时,他从此人的背影一打量,真是避暑山庄的那位老哥!于是,他不等老哥转过身来,便上去一把抱住了他,说:"老哥呀!你咋来了……"

不用说,那个夜晚,老技师死活不去县宾馆,也不去公社招待所,他非要睡在徐家窑上,他是想好好听听这个徐窑匠的故事。而徐窑匠呢,他更是舍不得让老技师离开窑上,就干脆把老哥安排在自己屋里的火炕上,让老伴斯香上旁边屋睡去,他要好好地和技师老哥说说心里话。而老技师呢，他更是想好好听听徐加利窑匠的故事。于是那个晚上，俩人干脆被窝挨着被窝，徐加利问技师老哥："老哥，你介意吗？"

老技师说："什么？"

"哭……"

老技师说："俺准备好了……"

只见老技师从身边拉过一个书包，里边是满满的纸片。

徐家窑匠说："你真是俺的知心老哥。"

徐窑匠说着，从柜子里慢慢地摸出三条新毛巾，摆在了自己的床头柜上……

老技师知道，其实他早就准备好了哭时擦眼泪。

有那么多眼泪吗？人，会有多少眼泪要事先准备擦眼泪的纸和毛巾呢？

为了不影响别人，徐加利干脆闭上了灯。在一片漆黑的屋子里，两个大男人，开始是沉默无言，沉默，沉默，仿佛他现在才发现，其实一切不知从何说起。

窗外，北方原野上，深秋的风，悄悄地刮起来了。

那风，开始挺小，可是一点点地，风刮大了。风卷起窑场院里和古窑帽旁那细碎的沙粒，不断地击打着窑匠家窗户上的玻璃，发出哗啦啦、哗啦啦有节奏的响声，时大时小，时断时续，就像有人抓起了一把一把的沙子，一气儿一气儿地往窗子上扬。床头上，有一个破闹钟，那是他花便宜的价格从长春市头道街一个旧货摊上买来的，他舍不得多花一分钱买东西，钱，他都尽量用在窑场的发展上了。现在，那个破闹钟正在滴滴答答地寂寞地走动着，那是一种他格外熟悉的声响，当初老徐特意买来好让它时时提醒自己出发、干事。外屋的那个冰箱，也是老徐从长春旧货店淘弄来的便宜货，但他不告诉老伴底细，就说是长春市国货商城大商场的先进货，好在老伴斯香从来也不细追究，老伴也是一个苦命的丫头，她实心地相信着丈夫所做的一切，只是这个破冰箱总是发出"咝咝咯噔、咝咝咯噔"的他熟悉的动静，他也习惯了。还有，老徐的卧室其实极其简陋，别看他如今已是年创利达上亿元的窑场老板，而他住的却是窑场院里一角的一个小棚子，好房子他都让给了窑上的技术室和实验室，北方的冬季很冷，为了防寒，他让儿子上长春光复路市场买了一捆塑料布，像乡下老百姓一样，给小棚子罩上了一层塑料布，每当北方原野上的风一刮，小棚子就会发出"咕咚咕咚"的有节奏的响声。在夜里，风刮小棚子塑料布的那种独特声音，更加清晰，深夜，他早已听惯了。

可是今天，他是怎么了呢？他竟然想不起该从哪里说起。

风，依然挟带着北方平原的沙粒，击打在窑匠的窗子上，发出有节奏的哗哗响声，那个古旧的破闹钟发出滴滴答答的响声，外屋那台表面现代化的破冰箱还是有节奏地发出咝咝咯噔、咝咝咯噔的动静，还有，老徐的极其简陋的小棚子上苫盖的塑料布被北方秋季旷野上的季风吹刮得发出那种有节奏的响动。突然，黑暗中，老技师听到了一种咿咿嘤嘤的动静，是什么声音呢？而这种声音，绝不是他已经熟悉了的老徐屋里的各种动静，那，这是什么声音呢？

渐渐地，他听清了，那是哭声，那是一个大男人辛酸的哭泣。

黑暗中，只听一个声音说，老哥呀，别怪俺，让俺先哭一场吧！

老哥也说，哭吧。

徐加利说，老哥呀，哭一阵再说吧。

这时，也奇特了，仿佛大自然也被这个大男人的哭声打动了，那时，旷野上一直起劲吹刮的大风也停下了，东北平原的四野渐渐地恢复了它的寂静，仿佛自然和生活都想去听一听这个朴实的男人的述说。

（二）乞讨的童年

徐加利出生在 1948 年秋天，那是江苏省连云港市一个叫徐家窑村的穷困农民家里，从他记事时起他就记牢了一个字，"饿"，他记得自己从来没吃饱过。家里穷啊，一大帮孩子，他是老大，爹，娘，腰已累弯了，还是供养不了全家吃个半饱。

要饭的打了碗，穷了家，败了产。

这句实话、老话、古话，徐加利说，他一辈子都忘不了啊！这句话，在他心底生了根。

记得七岁那年，父亲得了重病，一下子没了，扔下 37 岁的娘，扔下作为老大的他和五个弟弟妹妹，这日子可咋过呀？那时，爷爷还在，可是作为他，儿子一死，那是白发人送黑发人，他一着急，一上火，爷爷一下子病倒在炕。

在中国民间，一个家庭最怕的是白发人送黑发人啊，可是，一旦贪上了，又有啥法呢？

娘为了不让老人看着上火，就领着孩子们搬到西马庄村头一个老房子里，那是独门独院的一个院落。从此，艰难的岁月开始了。37 岁的高清芳，为了养活嗷嗷待哺的一张张小嘴，她想到了一个最好的办法：吃百家饭！

古人云，吃百家饭，好养活。其实，这是吃不到自家饭的人自己给

196

自己的一个安慰罢了。生活中，能吃百家饭的人，其实只有两种人，一个是和尚、道士，一个是乞丐，要饭的。而这两种人，都称为"江湖"。

和尚道士闯江湖吃百家饭，不叫要饭，叫化缘；乞丐乞讨也不叫要饭，而是叫闯百家门。可是，这闯百家门吃百家饭是那么好吃的吗？

一首江湖人唱的歌谣言道：

> 世上什么都好，
>
> 就是江湖遭罪；
>
> 走些千山万岭，
>
> 好似充军发配；
>
> 河里洗脸，庙上睡，
>
> 睡觉盖个没边的被；
>
> 上边拽一把，
>
> 底下露大腿；
>
> 开口爷奶叫，
>
> 身后恶狗追；
>
> 没有他们吃不到的苦，
>
> 没有他们遭不到的罪！

这一年，时序刚刚进入腊月，寡妇高清芳就给儿子准备好了"江湖"。

他家的"江湖"，就是一个祖传的粗瓷大碗。

打眼一看，好像是一个古物，其实此碗真是古物，此碗已久经江湖，上面已裂了三个豁牙，碗底上有看不太清的"德窑"二字。在中原江苏一带，历史上有许多古窑，历经岁月磨练，烧制出许多著名的窑器窑件，也使这些老窑万古流芳。但民间各种窑星罗棋布，什么龙窑、凤窑、德窑、义窑、兄弟窑、叔侄窑、甥舅窑，多了去了，究竟是哪个德窑烧出了这个粗瓷大碗已不得而知，反正它落在了徐家，反正它成了徐家的传世江湖。爷爷用它走过江湖，父亲用它走过江湖，现在该他了，那年他12岁。

要饭的碗，最少要有一个豁牙，他家的要饭碗三个豁牙！

"进腊月了，快来到年了，你领上你妹子，走吧……"娘哭着说，"别都在家饿死……"娘把那个粗瓷大破碗交给了儿子。

于是，12岁的他，领上7岁的妹，小名叫小霞，大名叫徐翠玲，兄妹俩出发走江湖，要饭去了。

当年农民出去要饭，要先到生产队去开介绍信才行，说明你是哪个哪个屯的人，因为要饭乞讨都不能在本屯，这叫"兔子不吃窝边草"，再说，在本屯子要，一个屯子里，人往往张不开嘴，于是，不知谁想出了这么个办法，各个屯子间穿插开要，你上这个屯子，他上那个屯子，是有数的，这叫"包片"，就像今天国家干部下乡，走基层一样，不能随便走。而且，生产队长和书记的主要事项是一到年关，就给本屯子要饭的人开介绍信，把他们的走向分布清晰，别集中到一个屯，别撞车！那些年，这些事，是生产队干部们的主要工作事项。分配要饭的村屯的事项，那是中国社会当年衡量一个基层干部工作能力的主要指标。

心眼正的干部，往往能公正地对待村民，大家三七二十一被轮着出动，今天你近点，明天他远点，地儿远近都能摊上，或者哪些屯子能要上，哪些屯子要不上，都能轮上；如果你摊上了心眼不正的干部，他就会给你分配到那些又远又穷困的村屯，让你叫天叫地也没有什么办法呀，这就是命！也是当年村干部的权！

那时，村干部的权很大，这是他们最拿手的权力。

年关要饭，已成为中国民间的老习俗。因为中国人家家都把吃的东西攒到年，然后，再在年这几天中一块吃，也是给祖先看，俺们人间有吃有喝。所以家家都盼年。要饭的也懂，在这个时辰和季节去要，容易成功。徐加利家在当年的西马庄村，是最被人看不起的户，因那时，父亲已没了，寡妇母亲领着一大帮孩子生活，正是被生产队欺负的对象。因为，这样的人家，好欺负啊！

生产队的书记，早已开出一叠子"要饭介绍信"，徐加利和妹妹被分到离西马庄村 22 里远的小步子村。村民们也都排队认领"要饭介绍信"。徐加利曾经求生产队长和书记，"大叔啊，给……"

"给什么？"

"给一个近点的要饭屯吧！"

"什么？"

"近点的，俺妹子小啊！"

"谁家妹子不小？"

"俺家有老娘。"

"谁家没娘？石头壳里蹦出来的？"

"给一个稍微近点的屯子吧！"

"你去不去？你不去，我给你个更远的！"书记话很硬。书记、队长其实也没办法，谁都想要个近点的。

徐加利只好说:"好好好!"那年头,谁敢得罪干部啊!

队长、书记,其实那时有八句话等着对付你!

没办法,徐加利只好领上妹子,走了,去往一个遥远的村屯要饭去了。因为去往四面八方讨饭去的人都出发了,因为接下来别的村屯的要饭队伍也会带着他们生产队开的"要饭介绍信"的大队人马来到他们西马庄村来要饭了。中国的要饭季节开始了。

中国的要饭季,就是年。

在徐加利的记忆里,年,是一个要饭筐,是一个要饭碗,是一根打狗棒!他没有像样的童年,更没有像样的年。别的小伙伴的年,往往是爸爸带回的二斤肉,娘赶集回来带回的夜晚一点燃就噼里啪啦响的闪着迷人光亮的小鞭。年三十晚上,热气腾腾的一碗饺子,或者是哥哥们从外边扛活回来,给他们带回的一双新袜子、一个糖球、一根麻花、一张面饼,而他,没有这一切,想也别去想。他是老大呀!他得想着为娘、为比他小的可怜的弟弟妹妹们着想啊,还是安心要饭吧!

那时,严冬到来了。

江苏的连云港,靠近茫茫的东海,海岸线荒冷无边,空旷而没有遮挡,那年,雪特别的大,北风卷着雪粒,像牛皮鞭子无情地抽打着这对可怜的小兄妹,他们穿得本来就单薄,越单薄越冷,越冷越单薄,走不到五里,7岁的妹子就再也走不动了!徐加利只好将自己的破棉袄脱下来,把可怜的妹子包上,把那只要饭的碗让妹子抱着。他嘱咐道,千万好生抱紧碗啊,别打了这碗!然后,他背起妹子,在茫茫的大雪中,艰难迈步走了……

一想起在家挨饿等着他要饭回来好充饥的弟弟妹妹和娘,徐加利把小妹搂得更紧了！

走啊走啊，眼瞅着进小步子村子，谁知道，村口一个石碾子让厚厚的大雪盖住了，徐加利根本看不清道眼，他"哎呀"一声摔倒在地！背上的妹子，一下子被摔出老远老远！他爬起来，赶快去救妹子，这才发现，妹子的头撞在了一个枯树桩子上，妹妹已经昏死过去了！他抱起冻僵的可怜的妹子，哭喊着："妹呀！妹呀！"

他心酸极了，因为他发现，妹妹就是摔成这样，依然用冻得胡萝卜似的小手紧紧地搂着她家那只古老的要饭碗，他心里那难受劲儿就别提了。

哥拼命地叫喊妹妹的小名。渐渐地，妹妹从死亡的征程转回来了，妹妹小霞醒了。

妹妹醒来的头一句话说："哥呀！咱家要饭的碗，好好的，没打！你快看看，没打！"

徐加利鼻口一酸，再也忍不住，大颗的泪珠涌出了眼窝，他紧紧地抱住小妹，在风雪中哭泣起来！

他那时还不完全明白，中国人咋穷成这样啊？

要饭是有一套严密的风俗和规矩的。要饭必须要有一只碗、钵、筐或盒，而且，里面要事先放进去一块干粮，或几枚零钱，或什么物件，这表明你会有好运，能要着。中国是个礼仪之邦，要饭的也是人，在礼仪面前，人人平等。他们这一行，也有自己追求幸福、美好、吉祥、好运的愿望啊！期待是每个生命所固有的能力。人，为什么生？为什么死？为什么在这个世界上苦苦挣扎？仿佛生命来到这个世上，就是来寻找一种答案。因为总有一个梦想，让生命与生命走到一起，因为一个承诺，人们风雨兼程，因为总有一个坚守，人们全力以赴，因为会有一个结果，人们才勇往前行，一生一世啊，人始终在自己看着自己，总结着自己，这就是成长。

要饭又有自己独立的文化，每每看谁家点火了，做饭了，烟囱冒烟了，这是要饭的好时候。这时节，要饭人要举筐、举碗上去要。要及时开口，大爷大娘，可怜可怜俺们吧，给点吃的吧，稀也行，干也行，俺们不忘你的情……，说着，叨咕着时，马上递上财神。

财神，又叫财神码子，往往是在一个小红纸条上，写上"财神"二字，怕你不给饭。送财神你能撵吗？这是中国要饭人的一种发明，这是要饭人的一种心理感觉，也是中国的要饭文化。所以，要饭的人自己还有一个特殊身份，不说要饭的，而是说自己去给人家送财神码子。

对方给的，往往稀干都有，干的，往往是半拉窝头、一块地瓜干、半拉土豆、两片萝卜干儿！稀的时候多，往往是给你一勺粥、半碗米汤！

干的，要饭人立刻装进筐或袋子里，留着保存下去，因为好带；稀的，要喝下去，吃下去，然后好有劲再要饭。

要饭的，记住词，见着啥人儿说啥话。

嘴要甜，说好词儿，
要留着一副甜嘴皮儿！

从小，那民间要饭的歌谣，徐加利和弟弟妹妹们，记了一大堆，那都是苦命的娘一句句教给他们的。

兄妹俩在小步子村一要要了三天。第四天，徐加利想，娘和弟弟妹妹们在家一定已饿得不行了，得赶快给娘送饭去。于是，他求一户好心人家，留妹子住一宿。人家那家也没地方，徐加利就求人家，好心眼的大爷大娘啊，给找个地方吧，妹子小，有个坐的地方就行啊，没有炕头，炕梢也行，没有炕梢，小棚子、小仓子也行，没有小仓子，牛棚、马圈也行，不然，柴火垛也行，主要是别冻死了，别让野狗吓着，别让野狼咬着，就行！

那家也是一户好心的人家，那家人姓时，主人叫时立新。

那家的当家人说，在什么牛棚马圈，不是冻死了吗？来，住在我家灶坑对面的柴火堆里吧！于是，人家把他妹子安顿在人家外屋灶坑旁边的柴火堆里。于是他抱着要来的窝头、地瓜干，各类米饭，就走出小步子村，赶紧往西马庄赶。

天上是刺骨的寒风吹刮，地上是厚厚的大雪挡道，他好几次被坟头子、大坎子绊倒，半夜才回到西马庄。可是进了屋才发现，脚卡出了血已和袜子冻在了一起，鞋也脱不下来，袜子也脱不下来！娘一看，张开大嘴心疼地哭喊着："儿呀！我的苦命的儿呀！都是娘没能耐，对不起你们，让你们这么小就出去闯荡江湖，唉，娘我实在是没法啊！我的苦命的儿呀！"然后，娘一把将徐加利的脚连鞋一同直接插进了自己的怀里……

娘，心疼地哭号开了。娘那哭泣的面容永远融进了徐加利的血液和心底。他惊呆了，只见娘像笑一样地哭着！自己的亲娘，是这样的一种哭法？他第一次看到娘如此地哭，那是一个女人极度辛酸时的精神释放和表达。

世上的每个人，其实，应该永生永世都不要忘记娘，黑土黑，黄土黄，世上只有一个娘，儿是她身上掉下来的肉啊！

他安慰了娘几句，连夜，徐加利又返回了小步子村。因为妹子还在陌生人家的柴火垛里。

夜里，时立新家已经住火了，妹子在人家灶坑前的柴火垛里冻得瑟瑟发抖。他扒拉半天，才抠出妹子。于是他给妹妹擦擦眼泪，又哄妹妹。老时家是户好心人家，一看哥哥对妹妹这么好，就很佩服徐加利。他家是两个姑娘，这时，时立新老两口心里就有了故事啦。他们看上了徐加利，时家老两口暗暗地商量，等自己的姑娘长大了，就招徐加利为养老女婿。有志不在年高，无志空活百岁。考问一下他，有没有个志。

于是，老时家当家人当时问他："小孩呀，你一辈子总要饭吗？你长大了，还想干什么？"

徐加利说："恩人，我不能总要饭。我长大了，我要改变咱家乡的面貌！"啊？这孩子心胸大呀！这让时家人万分惊喜。

"咋个改变法呢？"

"努力干事，让大伙都不受穷！"

"真的？"

"真的！"

时家老两口，简直不敢相信自己的耳朵。他们觉得，自己的眼力没错，这个叫徐加利的孩子，将来一定是个人物！而且不但有志，还是个有情有义的人。于是，他们心里的那个主意，就更加坚定了，等这孩子长大了，一定把女儿许给他，收他做自己的养老女婿。在中国的民间，这种从小就被人看上，并决定把自己的女儿给他的事不多，但往往大人没看错！

第二天，兄妹两人继续乞讨。

越到年辰，饭越不好要了，因为要饭的人更多了。

每次要饭，都是哥哥先开口，要完后，再倒在妹妹挎着的筐里，或把干的用布包起来，留着过年时吃。这天，他们来到一家也是姓徐的人家，当家人叫徐传好。

徐传好一看，徐加利的碗里还有几个地瓜干。于是问："你这不是有干的吗？还要？"

徐加利说："这干的，我们不能吃……"

对方说："为啥？"

"还有比俺更饿的人。"

"谁呀？"

徐加利说："大爷，这干的，要留给俺更饿的娘啊！"

留给娘？对方一听，万分感动。他说："你等着……"

他转身回了屋。不一会儿出来，给徐加利盛了一碗干饭。

那是一碗干饭，多少年没见着这样的干饭啦，而且，要饭还能要到干饭，这真是奇迹。一般要饭要到的都是稀的，要饭人只好先把这个喝了，所以要饭的往往是挺撑的，肚子里装上稀粥饭。干的不许吃，也不能吃，干的要带走，带回去。但是，为什么干的还要摆出来，让人看到碗里有呢？据说，这是一种民间的古老要饭习俗。据说，要饭的人，只要你碗里有干的，就还能要到干的。所以，要饭的有时讨到对方给你一个两个地瓜干时，就不能吃，要摆放在碗里，这叫"引子"。

引子，就是以此来引发别人给你更多干的。引子还要引发要饭的人往往在碗里、瓢里放上一两个小钱，这预示着，你还能讨到金钱！

其实，这就是人间的希望啊！这就是生活的追求啊！

人，不能没有希望，生活，不能没有追求，但是，一个要饭的人的最大的追求，也就是希望多要点干的，没有干的，稀的也行啊！

这时，那人又问："你姓什么?"

"俺姓徐。"

"哪个屯的?"

徐加利掏出了要饭介绍信，说："西马庄老徐家。"

"你父亲是谁?"

"徐传起。"

他说："哎呀，是徐传起?"

徐加利说："对。"

那人一听，连连说道："我认识他，我知道他。徐传起比我徐传好大，而且都是一辈人。今后，别叫俺大爷，就叫叔叔吧！咱们改过来叫。"

徐加利听了，万分感动，他立刻把饭碗递给妹妹，自己急忙上前施礼致谢。妹子看哥哥致谢，她也想学哥哥致谢，一紧张，只听"哗啦"一声，那要饭碗，一下子掉在雪地上的一块石头上，饭洒碗碎了！徐加利气的，上去就给了妹妹一巴掌。妹妹伤心地哭了。

妹子用冻得通红的小手，捂着嘴，坐在地上呜呜呜地哭着，北风呼啸着，刮着小妹妹零乱的头发，妹妹哭得更伤心了！

这时，徐加利万分难受。

自己怎么能打妹妹呢？是啊，妹妹才 7 岁，她还是个小孩，自己怎么能随便打她呢？于是，他上去一把抱住妹妹，也哭开了。兄妹俩哭叹着这穷困的岁月，何时是个头啊？这时，一个老头经过这里，他看了一眼地上的碎碗，老头打了一个唉声，在一旁说：要饭的，打了碗，穷了家，败了产！

从此，这句话，在徐加利心间，永世难忘。

转眼到了1962年，那时候，城里还好说，毕竟还能分得几两口粮，可是农村呢，由于那时政策越来越左，特别是到了人所共知的60年代中期，人们刨点荒、种点菜，就是资本主义，许多农村，到春头青黄不接时，树皮早都被饥饿的人扒光了，中国人，越来越饿。那时候，中国人能吃饱一顿饭，就成了一种奢望。

这时，徐加利吃草根、吃树皮的已长成一个十七八岁的小伙子啦，他每天更能吃，更饿了。而在家里，一到吃饭，他就偷偷躲出去，把盆里的稀粥野菜留给弟弟妹妹，他到西马庄村外的野蒿子地里，去啃蒿子杆，嚼蒿子籽……

（三）一个不肯安分的人

从小，徐加利就有一个外号：一个不肯安分的人。

转眼，时序已到了"文化大革命"后期，徐加利高中毕业，可学校停课闹革命，他干闲在家。他想，不行，得干点啥。可是，干点啥呢？突然，他萌生了一个想法：做豆腐卖。

那时，其实，做什么都挣不了多少钱，他主要是想试试他想干事的欲望，是否能实现。他也不知从哪儿看到或听人说过，人，只要有了理想，又努力去干，就是不能实现理想，也能往理想境地靠近一步。就比如做豆腐吧，就是不挣钱，倒还能攒些豆腐渣吃。

那时，他家有盘磨，是盘古老的石磨，爷爷用过它，爹也用过它，现在，它闲在院里。他看着这盘磨，眼里就看出了故事。他记得小时候爷爷给他讲过，从前有个叫乐毅的人，对爹娘很孝顺，有一年，他要外出谋生，很久才能回来，可爹娘都岁数大了，牙口又不好，吃不了硬东西，于是他就把黄豆用水泡过后，用磨磨成浆子，留着给老人煮着喝。

谁知他走后，爹娘却把这事忘了。

忘了也就忘了，谁知这桶豆浆恰恰是放在房屋的檐角下，风吹雨淋，山上的盐硝水流进了豆浆里，豆浆渐渐地凝固成白色的膏状。乐毅回来一看，也不知这是什么，可又舍不得扔掉，于是弄来些盐酱、葱花，一拌一吃，哎呀，味道不错呀，于是，他就给它起名叫豆腐。

徐加利想，爷爷的故事让他懂得，生活中偶然中会有必然，必然里也会有偶然，不干，就什么必然偶然也不会出现。于是，他到秋天的豆地里去捡垄沟里的豆粒，共攒了四五斤，他又管邻居借了几斤，总共凑了10斤黄豆，他开起了自己的豆腐坊。

可是，他不知道，那时他这么干，是资本主义，而且社会上正在进行着割资本主义尾巴的运动，他要做豆腐，正是资本主义的一条尾巴呀！

村里那时已成立了革命委员会，副主任叫徐凤举。

这天，徐凤举来了，他在徐加利家的房前屋后转了两圈儿，走了。天黑了，村里的大喇叭广播，让村民们到村部开会，并点名徐加利必到。

徐加利去了。

革委会副主任徐凤举问徐加利："听说你做豆腐了？"

徐加利说："做了。"

徐凤举说："不许你做豆腐！"

徐加利说："做了，又咋样？"

"你胆子肥，是不是？我明天在村道上专门等着截你。我一旦看你挑豆腐挑子来往，我一脚就给你全踢了，不信你就试试！"

徐加利说："不敢了，不试了！"

散会了，他转身回家了。

进了屋，他看看盆里泡好的黄豆，他感到不做豆腐太可惜，于是撸起袖子就推磨，半夜时，豆腐就做好了。

他想，怎么办呢？你不是明天堵我吗？我起大早走，看你上哪儿堵我去。于是，半夜时分，他挑起挑子就出门了。

当年，卖豆腐都是到大官庄，因为大官庄是个大庄。从西马庄到大官庄，不远不近八里地。本来，奔大官庄，应是往西马庄的正南，可他为了避开徐凤举的视线，出了村，他先奔东南，当走了有二里多地的样子，这才拐向正南去往大官庄的方向。

有道，他不敢走，怕别人发现，于是，他就钻高粱棵子，树趟子，坟岗子……

那是个墨黑的夜晚，天上没有星星月亮，伸手不见五指。追求生活的理想、创业的动力、改变家庭生活的希望，像强烈的烈火在他心中燃烧，他看到前方是亮堂堂的一个前途。青春岁月，就是人生的一捆干柴，只要有一颗火星，就能点燃燎原大火；青春，就像一颗种子，只要有一点土壤，就能长成参天大树。走啊，走啊，突然，黑暗中，徐加利发现后边有一个人，紧紧地跟着他，盯着他，并慢慢地向他走来。

啊？这是谁呢？一准是徐凤举，是他追来了！

徐加利吓坏了，好不容易做的豆腐，又被他发现了。可是，他不甘心，他想会会徐凤举，难道你就让人都饿死了吗？但此人到底是不是徐凤举，他也摸不准！

还是躲躲他吧。可是，无论他怎么躲，那人都是慢慢奔他来！他停停，他也停停；他走走，他也走走，而且不弃不离，就是跟踪他！

他最后想，我这是躲不过去了，我干脆会会你这家伙。于是，他索性将豆腐挑子放在地上。他抽出扁担，握在手里，趴在地上，等着看那究竟是谁。

渐渐地，那黑影来在了他对面，站住了。而且，为了追他累得呼呼喘息的热气，都喷到他的脸上了。

徐加利也握着扁担，与那黑影面对面了。

那人却不说话，不出声。徐加利壮着胆子仔细一看，大鼻子，大眼睛，原来是一只牛犊子！原来，这是谁家的牛犊子走丢了，夜里，它听到了徐加利走道的动静，这才慢慢地追上来，找伴儿。徐加利心底这才一块石头落了地。他默默地叨咕说，牛犊子牛犊子，你吓了我一夜！他气得一跺脚，那牛犊子吓得一甩头。徐加利说，兄弟，别害怕，因为你吓了我一跳，我现在也吓你一跳！终于，他来到了大官庄。

而且，没人发现他。

可是，当他站在大官庄的街头，他又禁不住问自己，现在是半夜呀，没亮天，谁来买豆腐？而且，这时他才感觉到自己是多么疲劳，已经是一宿没睡觉啦！因生产队一散会他就磨豆子做豆腐，他是一宿没合眼。

现在，天太早，没人来买豆腐，干脆，先找个地方睡会儿觉吧。可是，哪有地方睡呢？

突然，他看到了场院上的草垛。

当年，农村每个村庄，都有场院，又称更房子院，院里都有草垛，而且，这是生产队的院落，没有狗。他就挑起豆腐挑子奔那里去了。到了院子里的草垛前，只见那草垛上有一个烧火人掏草的洞，心想，这可是个好地方。于是，他把豆腐挑子放在草垛旁，自己钻进那个草洞里，想睡一会儿，等待天亮。

可是，由于太疲倦，他一下子睡过去了。

不知过了多长时间，他突然听到外面有说话声。

一个说："哎呀，这是谁的豆腐挑子？"

一个说："没人要，谁发现就是谁的……"

徐加利一听，立刻在草洞里毛了，他钻出草垛，喊着："别动，这是俺的豆腐！"

原来，人家是生产队更房子来抱柴火的，另一个人是放牛的，丢了牛，正在找牛犊儿，听徐加利把自己的情况一说，这才相信了。徐加利也告诉了放牛的牛在哪里。就这样，他把豆腐挑进村子里，卖出去了。

10斤黄豆，做出12斤豆腐，还剩了一些豆腐渣，第一次创业，他成了个胜利者。这样的创业，他从此偷着干，白天做生产队的活儿，夜晚干自己的私活做豆腐。虽然有收获，家里能吃饱点了，但总是得躲着生产队，躲着革命委员会，偷偷摸摸去创业，去干事，这种生活，什么时候是个头呢？可是，他还是琢磨着要干事。这种劲头，是徐加利从小的个性。可是，干点什么呢？

有一天，他出去打柴，他突然发现远处冒烟呢。

原来，西马庄不远的他出生地徐家窑村有一座窑，他从小听说是古代的一处窑，但到了近代，没人烧盆盆罐罐了，于是，就变成了砖窑。听说在砖窑干活，虽然累点，但多少能挣点钱，差不多还能吃饱饭，他于是下决心去砖厂窑上干，决心一下，这一天，他就走进了村里的土窑。

脱坯压瓦，先和泥，在民间，和大泥，那是出名的累呀！俗语说：脱大坯，和大泥，累死不知南北和东西。这话一点也不假。但是，徐加利是个干啥都细心的人，加上他生下来就能吃苦，所以窑上三个人的活儿，他一个人包了，就是为了多挣点，能让他和家里人吃饱点。每天他早早地来到村里窑上，用土车子运土，然后，再把昨天醒好的泥床用丝刀切开，接着连背带扛地装窑，然后点火开窑。

他太能干了。别人往往是才切泥，他这里已是窑火通红了。

村里人都羡慕地叫他"二力子"，有力气，能干，这是他的外号，也是他的小名，夸他是个有出息的孩子，家里人更拿他另眼看待了。每天，家里人都盼二力子快下班，因为他一回来，总是能带回点什么，半拉烧饼，两个糖球，那都是砖厂厂长徐仁看他干得好，往往给人送砖回来带回来的，送给他也是表扬他，可他一口也舍不得吃，悄悄地留给弟、妹、爷爷、娘。而且一到开支，他多少还能拿回点钱，可是任凭他怎么干，那年头，这点钱，还是不能养活家，全家人还是吃不饱。后来他发现，砖厂生意也越来越不景气啦！

其实，当年他哪里知道，在那时把中国人饿的，谁还有心思买什么砖瓦？房子对付盖起来能遮风挡雨就行了。终于有一天，砖厂黄了，窑厂解散了。

那天，砖窑厂厂长徐仁把干活的伙计们都找到一块儿，徐仁不知从哪儿弄来一桶散装（当地人对白酒的称呼），端着一盆咸萝卜干儿，对大伙说："弟兄们，我实在对不住大伙呀！现在咱们砖厂干不下去了，我知道我还欠你们其中许多人的工资呀！你们如果不嫌弃，院子里那些卖不出去的砖、瓦，谁愿意拉，你们就随便拉吧……"，说到这里，砖厂厂长已泣不成声了。

这时，他擦了把眼泪又说："弟兄们，我今天最后招待大伙一顿，吃完了，大伙就各奔四方吧！"说着，他分给每人两三块萝卜干儿、一碗白干散装土烧。

大伙沉默着，互相望着，默默地喝着。那时，厂长也欠着徐加利四个多月的工资呢！

但是，大伙也都跟着掉下了泪。

当时，徐加利他们几个伙计一块安慰窑厂厂长，你别难过，不怪你，你是一个好人，这种情况放谁身上也解决不了。但是，也只是说说而已，有几个砖厂欠他工资多的人还骂骂咧咧的，甚至他们不接徐厂长递过来的碗和咸菜，有一个人接过来酒碗，只见他一口喝下了一二大碗60度的老白干，然后，又"叭嚓"一下子把碗摔在地上，骂道："少来这一套！自古道，欠命还命，欠钱还钱！你砖厂黄了，和俺们有啥关系？你们大伙评评，是不是这个理？你今儿个不给我开支，我就不走！"

大伙就劝，徐加利也劝。

徐加利对那位工友说："兄弟，人生在世，谁还没有个为难遭灾的时候？现在砖厂都到这个份儿上了，你就别难为他了。"

"什么？我难为他？"那位工友脸已被老酒烧得通红，他立刻冲着徐加利来了。

他上去一把揪住了徐加利的脖领子，骂道："好你个二力子！装啊？你不要钱，别拦着我要钱！我搐死你这个装的东西，我宁可今后不要这份钱了，行吗？"说完，这个喝醉了的工友，左右开弓，对着徐加利来了一顿"电炮"（拳头），徐加利立刻栽倒在地上。别的工友们急忙连劝带拉，好歹算是把他劝走了。

徐加利从地上慢慢爬起来，他擦把嘴角的血，眼睛红肿红肿的。

大伙都默默地陪厂长喝酒，然后放下碗，都走了。

最后，窑屋子里只剩下厂长和徐加利两个人。

外面，天，已渐渐地黑了。

厂长徐仁喝下了碗里的最后一口酒，他摇摇晃晃地站起来，拍了拍徐加利的肩头，打了个唉声，说："二力子，俺忘不了你在节骨眼上说的一句良心话呀！唉，人，人生在世，该是有良心的，没良心，就没出息。出息，就是良心。可是，现在良心不值钱啦，没良心，就是缺德，德，多少钱一斤？啊？你说话呀？我徐仁啥时干过缺德的事呀？啊？不！我缺德！我没良心！我欠了大伙的血汗钱哪！我，我呀！"

徐加利就劝，并真心地说，老厂长，你别急，形势会好的，等砖窑一复工，我二力子第一个还来上工，我会帮你把咱们徐家窑干下去。

突然，徐厂长"扑通"给徐加利跪下了。

他叭叭地打着自己的嘴巴，说："兄弟，你为了我，让人打成这样啊！这些人里，我最对不起的，就是你！人间的德呢？良心呢？哈哈，我看到了，你小子定会有出息！出息！谁买出息？唉！谁买……买出息啦！买吧……"

老厂长是彻底喝醉了，他已语无伦次了。

徐加利赶忙去安慰他，可是他，一个人站起来，摇摇晃晃地向门外走去了。

只听窑厂的破门呱唧一响，老厂长消失在黑暗里。

人，都走了，徐加利也站起来，他抹了一把嘴角的血，也往门口走。来到门口，他隐隐约约地听有人在低声地抽泣，徐加利愣了，是谁夜里在这儿哭泣呢？而且，好像还是个女的。

徐加利停下了步子。

他向砖窑院门口一望，果然看见门口那挂着一盏破马灯的灯影里，真有一个女子。只见她，不太高的个儿，穿着一身打了不少补丁的破衣裤，可是，那破旧的小袄怎么也包遮不住一个姑娘家身段的丰满，脖子上围着一条旧手巾，怀里抱着一个布包袱，她把脸埋在自己的发辫里，徐加利那时怎么也看不清她的眼神和脸色。

于是，徐加利赶紧走上去，刚到跟前，那姑娘却抬起头来打量他。只见这女子，长得太俊了，一双圆圆的大眼睛，端正的脸型，哭时，脸上还有酒窝。

徐加利想问问她是谁，咋在这里哭呢，可是，只见那女子从自己的包袱里摸出几张煎饼，卷好递上来，说："你不认识俺，俺可知道你。打得疼不疼？快吃了吧！"

说完，她把煎饼往徐加利手上一放，转身跑了。徐加利这时才看见，原来不远处的树下，还有一个老头和一个老太太在等她，也就没上去说话。

徐加利窑匠的故事讲到这里，咱得加上几句，这个女子就是后来徐加利的妻子张斯香。其实，人生有时本就是该命里注定。那时，张斯香不和徐加利在一个村，她是住在离徐家窑10多里地远的隆合乡关家村，而徐加窑那日是大集，她跟着爹娘赶徐加窑大集卖些土特产，而恰好挨着关家村的吴家堡子她有一个好友吴秀梅一早找上门来了，原来，吴秀梅的大哥也在砖厂干活，她听她大哥说砖厂今天要吃散伙饭，这散伙饭是好吃的吗？弄不好就得动手，而他大哥，外号叫"吴大愣子"，妹子是怕哥哥一时想不开，做出鲁莽的事来，就让赶集的好友张斯香和斯香的爹娘帮着照看点哥哥，谁知集市一散，那吴大愣已把人打完了。张斯香和爹娘听到了村里人对徐加利人品的议论，想着还有女儿好友的交代，这才让女儿去安慰一下对方。

砖厂彻底黄了，全家人更陷入了饥饿中，上哪儿能让人去吃饱饭呢？

那时，中国人没有别的要求，吃饱饭就行。可是，这样一个简单的要求，那时却办不到。

1969 年，全国展开了学大寨、赶小乡运动，说大寨和小乡都是产粮区。产粮区，那里的人一定能吃饱饭吧？

一天，徐加利得了重感冒，在公社卫生所打吊瓶，突然，他发现了一张报纸，是《人民日报》，他在《人民日报》上看到了这样一条消息，东北吉林一个叫小乡的地方，全国人都在向那里学习。

他想，一个人人都在学习的产粮的地方，人一定能吃饱饭，干脆，上那里闯闯吧。于是，他决定奔吉林省的产粮地榆树的小乡去闯闯。可是，这小乡在吉林哪儿呢？再说，人生地不熟的，怎么个走法？要走，也得有个伙伴呀！

这时，他想到了自己的好友二连子。

二连子本也是村里窑上的窑友，二人在窑上一块干活干了三年，彼此处得也不错。

这天，他找到了二连子，对他说："咱们闯关东，去不去？"

二连子一听，吓了一跳。

二连子说，闯关东谁不知道？就是上东北谋生，俺家祖上好几股都是在关里家待不下去了，都去东北闯关东了，可是到头来没见一个好好回来的。"而且，你没听一首歌谣唱的那样吗？"

徐加利说："哪样？"

二连子背诵着说："出了山海关，两眼泪涟涟；今日离了家，何日能得还？一棵人参两吊半，得拿命来换！"

徐加利说："听说过。可是，咱们在这里，不也是个死吗？不如出去闯荡闯荡，死了拉倒。不死，就算闯出来了。"

三说两说，把二连子心说活了。

可是，闯关东得有些准备呀！准备啥？

听说东北那地方就是一个字儿——冷，平常人们不是说嘛，腊七腊八，冻掉下巴；三九四九，棒打不走。你想想，一个连下巴都能冻掉的地方，冬天不认识人家，进屋人家拿棒子赶都赶不走的地方，那最需要的是被呀！

对，是被。他们经过研究觉得，要闯关东，得先准备一条被才行。

于是，二人分头去捡破烂，筹备积蓄，准备买一条被到东北盖。

（四）天无绝人之路

闯关东，得有路费呀！

当年，东海一带的连云港，是个出玉石的地方。有一次，徐加利铲地，铲着铲着，铲出了一块黑糊糊的石头，有拳头那么大。他拿到了太阳下一晒，黑皮儿一下子爆开了，原来那是一块玉。徐加利乐坏了，他拿到市场上卖了四元钱。这成了他闯关东的老本。

有人说他闯关东是挑挑子来的，哪有挑子啊？他闯关东闯了好几次。

一般情况下，都是娘给他包了一个包袱，里边装上地瓜干儿、糠菜团子，他就出发了。往往先花上两毛钱买张站台票，先进站，上车后如有查票，他就钻进凳子底下藏起来。下了车出站时，他往往把手里的干粮包、行李卷儿，都交给同伴拎着，他自己朝车站一头走，直到走出站台，再去找同伴会齐。

当年，和他一起闯关东的伙伴有徐加官、张明立、徐传席等三人。

可是，人家都有家，有爹娘，买得起车票，而就他，只好逃票，买站台票，偷渡。后来也是，人家往往到东北干几年待几年，也就回去了，只有他，在中国的北方，在东北关东，站住了，成了他的第二故乡。

回想当年闯关东，从连云港到长春车票才21块6角钱，可是，没有钱，让人家帮着拿东西那也是个人情啊，怎么报答人家呢？从连云港到长春，再到陶赖召，一路上，全靠同伴"打掩护"。等到了陶赖召，他想，得报答一下人家啦。他找了一家小饭店，想给伙伴们买点菜吃报答报答人家，于是，他给伙伴们点了渍菜粉、干豆腐两个菜，花了四毛钱。可是，笑话来了。

他拿起筷子，尝一下渍菜粉，啊？怎么酸呢？

于是，他扔下筷子就去质问人家。

"喂，你这菜坏了，咋还卖呢？"

人家问："哪坏了？"

他说："酸了！"

人家说："你吃过吗？这叫东北的酸菜！就是酸的，就是这个特点！"

他"啊"了一声，傻眼了。

人家骂他，傻样，不懂多学点知识，别瞎说话。

人家又问他："你哪儿的？"

"江苏的。"

"江苏的？"那人又问："你有介绍信吗？"其实是看他们几个人可疑，一边问，一边暗中报告了派出所。

那时出门，必须得由生产队开介绍信。出去要饭都得带介绍信，闯关东，出这么远的门，不带介绍信不行。这时，警察来了！一看他们真有介绍信。这时，旁边有一个人又问："你们到底来干啥？"

"就是想找个地方吃饱饭！"

原来，那个人就是榆树闵家乡西北地二队的陆兴友，他的哥哥陆兴春是队长，他是马倌，上陶赖召赶集遇上徐加利第一次闯关东这伙人了。他说："那你就跟我走吧，我们那疙瘩没别的，高粱米饭、大豆腐可劲儿吃，能吃饱。"徐加利这伙人就跟着走了。

人生，该有多少生生死死的故事啊！就说这个车站，火车，汽车，小饭店，旅店，处处都给他留下了难忘的记忆。记得有一年，他已是三个孩子的父亲啦，回关里家过年，过完年回东北，还有一个亲属的孩子跟着，一行六人回关东。那车是从上海到三棵树（哈尔滨），人挤的，只见进，不见下，他和妻子斯香领着四个孩子从连云港上车，到徐州换去东北三棵树的客车。多年闯关东的经验，他告诉妻子和孩子们，一定要上去，如果谁丢了，如何寻找，并分配了各自的分工。凭自己的经验，他们决定不出站台，专心等待这趟唯一到达东北的车，不能改变。

当年，这趟从中原直抵东北的火车，挤得那是水泄不通，在徐州只停7分钟。

这时，火车进站了。徐加利记得，所有车门都挤得满满的，根本上不去。突然，他发现一个车窗子打开了，原来是里边一个人向车外泼水，他立刻跑过去对那位泼水的旅客说："大哥，您行行好，我爱人搭你个边！"那人正犹豫间，徐加利已将妻子从车窗口塞了进去。然后，妻子在里，他在外，把孩子一个一个地递了进去。这时，火车已拉笛启动了。他拼命追赶，终于拉住了车门，一脚踏上了车门阶梯，挂在外边……

　　创业之人，其实都是命大的人啊，这个窑匠，其实"死"过好几回了。俗话不是说，人是三贫三富过到老吗？其实也是三生三死过到老啊！他后来到了东北，经过种种磨难，终于有了自己的窑厂，并开始创业。有一次，要修盖厂子的院墙。在东北，要修院墙，得去砍树桩子，拉树茬子。那时，他领着大伙干活儿，和大泥，夹樟子，抹房盖，用杨木杆子搭起来的架子，然后抹上了泥。

　　泥，那是最沉重的物。抹完了，大伙下来一起吃饭。

　　当时，大伙都在屋里吃饭，有的还抽烟。老徐突然觉得，怎么回事呢？头嗡嗡地响，于是他站在房门口，对大伙喊："快出来！"

　　大伙有的慢腾腾的。老徐喊："快——！"

　　声音刚落，只听"哗啦"一声，房子塌架了。一片尘土，从院子里升腾起来。可是一看大伙，竟然一个也没伤着。

　　还有一次，那是他闯关东到东北盖第二代厂房，砖，都是自己的，他领着工人们砌墙。已经垒砌到三四米高了，这时，天起风了。老徐说："天刮大风了，大伙住工吧。"

　　大伙答："好。"

　　但他一看，那垒好的山墙直忽扇（晃悠）。他就对大伙说："快！大伙都来影（把墙支一下，固定一下）一下吧！"

大伙立刻就跟他出来了。

可是，就是脚前脚后，就是说话的工夫，只听"轰隆"一声，那沉重而高大的山墙，倒塌了下来，他领着人出来了，却有两个人被拍在里边了。大伙急忙扒人，这两个人被扒出来才发现，一个没了左腿，一个没了右腿，老徐急忙找车，拉着两个伤着的工人赶往吉林市的医院好赶快截肢。别人喊道："老徐？"

"干啥？"

"你的牙呢？"

啊？牙？真的，到这时他才发现，自己的牙已被砸没了！

到了医院，大伙抢救那两个受了伤的工人，不久，工人被推进了手术室，他领着别人坐在手术室门外的凳子上等。突然，人们发现地上有血！

有人说："伤员已推进去了？"

"是啊，咋还有血呢？"

"这是从哪来的血呀？"他也跟着找。

大伙顺着血迹一找，原来血是从徐加利的腿上淌下来的。大伙再一看，原来徐加利早已受了伤，而且受的是重伤，脚和腿上的皮，已被墙撕了下来，鞋和袜子都已和血皮肉紧紧地凝固在了一起，脱也脱不下来，扯也扯不动，而且，里边的白骨头茬子都看得清清楚楚。别人一喊一叫，他低头一看，立刻眼前一黑，昏了过去，大伙立刻七手八脚地将他直接推进了手术室。

生活中，一个创业之人，一个开拓者，一个想去干点事业和有所追求人，他们的一生是不平静的，磨难将会一个连着一个，苦难将会成为这样的人的家常便饭。也许许多人会说，创业，干事的人，就是这样的命，看来，这话说得对！人，如果不去追求，不去奋斗，不去开拓，他就不会有什么磨难。当然，这样的人一生一定会平平安安。当然，这样的一生，也只能是一个平平淡淡的一生。

后来还有一次，他想先探探闯关东之路，结果路上所有东西都被人抢了，只好又默默地回来。

转眼三个月时间过去了，这次闯关东虽然遇见了人家关东人，但一块去的几个人，人家又都回来了。他也没办法，也回来了，他决定约他的好友二连子，再去闯关东。二连子和徐加利经过了千辛万苦，终于凑足了24块钱，他俩一块到了集上，合伙买了棉花，买了布面，又找了一个好心的大娘，帮着他们做了一条被。那时候人们觉得，东北天太冷，到了东北两个人盖一条被或两个人在一起睡，互相之间还可以更暖和点，都产生热量嘛，但其实他们也知道，做两条被，各做一条被做不起，不能还没挣钱就先花钱。

一切都准备好了，再次闯关东吧。要离开家，得选日子。他和二连子找人一算，说九月初八是好日子，宜出门，是个黄道吉日，于是二人合计好，在九月初八那天，他们在连云港火车站的货车房子后边会齐，扒货车走。因为当年，他们再也没钱买票了，要坐火车，只能偷偷扒货车。

那天，徐加利早早到了，可就是不见二连子到。等啊等啊，二连子终于来了。

徐加利说："走，咱俩先爬上这煤车，先把自己埋在煤灰里，露出脑袋喘气，不易被人发现。等车明天后半夜到了徐州，咱俩再爬另一辆煤车往北走。"为了闯关东，徐加利通过前两次闯关东早就打听好了车站上各处货车的停靠时间，再说，家里哪有路费让他坐票车呀，只能坐拉煤，拉木头，拉牛、马、猪、羊和狗的那种货车。眼下，他和二连子拿出做被的钱后，兜里只有四块钱，那是留着在路上万不得已时使用。

徐加利从停靠的货车后边偷偷地先爬上了货车，回头一望，二连子站在下边没动。

他放下用麻袋装着的被卷儿，还有用油纸包着的一捆煎饼卷儿，把手伸向车下，说："二连子，快来，我拉你上来，快藏起来，一会儿让巡道的看见！"

可是，二连子站在那儿，还是不动。

徐加利以为他没听明白，又向他伸出了手。

谁知二连子却说："二力子，俺，不想去了。"

徐加利简直不敢相信自己的耳朵。他生气地说，"你、你、你变卦啦？"

二连子说："俺不去了。俺娘病了……"

徐加利愣在了那里。

是啊，人家娘病了，不能强求人家走呀！

他坐在货车煤堆上，望着二连子，二连子也望着他，二人对望着。可是，二连子也不回去。

倒是徐加利劝他说："娘病了，那你快回去吧！"

可是，二连子还是不动。

徐加利奇怪了，就说："二连子，你不去，你就快点离开这儿回家吧，不然万一有人发现了你，我也走不成了！"

谁知这时，二连子说："我是到你这儿来取东西的。"

什么？你到我这儿来取东西？徐加利愣了，我这儿哪有属于你的什么东西呀？

他说："二连子，我这儿没有你的东西呀？"

二连子说："有。"

"啥？"

"被。"

啊？徐加利想起来了，真是。原来，在他俩合计闯关东时，真是他俩通过打工、捡垃圾破烂收获的钱，合伙做了一条被，可不是咋的。这被，真是两个人的财产。可是，这一条被，咋分呢？

于是，徐家利好心好意地对二连子说："可兄弟，你说说，这一条被子，咋才能分？也没有剪子、刀什么的。"

他心中明白，没有剪子，没有刀，这被可是咋分呢？

谁知二连子却说："能分。我这儿有！"说着，只见他从怀里掏出一把剪子来。

原来，人家二连子早有准备啦！

事情都到了这地步了，还有什么好犹豫的呢？徐加利怀着一种说不清楚的滋味，从车上把装着棉被的麻袋卷儿，扔了下去。

车下，二连子打开了装被子的麻袋，从里面掏出被子，抻开被，然后拿出剪子从中间"咔哧咔哧"地剪起来……

（五）一条棉被两下分

中华民族在千百年的苦痛岁月里，你的发展，曾经经历过种种意想不到的历程，无数事项是人想也想不到的，就如那时的徐加利，当他站在拉煤的火车上，望着站在车厢下边的平时的好友、好弟兄、好乡邻二连子，竟然将一条完整的棉被用剪子从中间咔哧咔哧剪开时，他再也忍不住去看了，他的心，要碎了……

他以双手掩面，辛酸的泪，从眼窝里涌出来。

但是，那剪被子的"咔哧咔哧"声在响着，二连子果断地剪着时，他断然甩了一把泪，在心里自言自语地说，穷啊，一切都是穷造成的；饿啊，一切都是饥饿造成的，要不然，他二连子兄弟能这样吗？再说，他娘也正病着啊！

世间没有真情？有的是薄情？英国著名诗人达菲在他的《狂喜》中写道："在仿佛薄情的世界里人要深情地活着。"这是卡罗尔·安·达菲第七本获 T. S. 艾略特奖诗中的一句，这里跳动着人生命质量的激情。徐加利本能地想喊，二连子，别剪了，快别剪了，俺不要了，一床好被，你都拿回去，给你娘留着盖吧，你娘岁数大了，还生着病！

可是此时，二连子已"咔哧"一下子，剪完了最后一剪子。看得出，二连子也很辛酸。

二连子不敢抬头看徐加利，他低声地说道："二力子弟呀，你别怪我。俺娘病着，没钱买药！我拿你这半条被，是给娘抓两服汤药。这条麻袋给你……"说着，他把另一半棉被，装回了空麻袋里，然后一扬手，把麻袋卷儿扔上了煤车。

下边，二连子抱着那半拉破被，千叮咛万嘱咐地说了一大堆，弟呀，（二连子比徐加利大五岁），一路上你可要保重啊！这回，可就你一个人啦，千里万里，人生地不熟的，晚上睡觉，提防着点狼啊狗啊。东北那狗啊，吃人哪！咬人哪！

然后，二连子走了。他抱着他那半块被，三步一回头地，哭着走了。

　　望着二连子远去的背影，徐加利只觉得双腿发软。在偷渡的煤车上他再也站不稳，他"扑通"一声跪下了，他对着家乡的方向，对着二连子大哥跟跟跄跄的背影大声地发誓："家乡啊！故土啊！我徐加利走了，我闯关东去了。爹，娘，儿走了。从今往后，我不混出个人样，决不回来见你。家呀！乡啊！咱们咋穷成这样啊？我今后立志创业去。二连子大哥，俺也对不住你！我应该把这床被都留给你呀！唉！从今往后，我要改变咱们家乡的穷乡僻壤，决不让爹娘白养儿一回。再说，俺还是这个村里的基干民兵，我还是个团员啊！团员也算党员的一分子，不能给家乡丢脸！"

　　夜里，拉煤货车"咣咣咣"地启动了。

　　那年代，拉煤的货车没有苫布，当货车飞快行驶时，煤土灰土立刻旋转开来，转眼就把他埋住了。

　　他变成了一具只露出白牙的"恶魔"。后来，白牙也变了黑牙。他变成了地狱里的恶鬼一样！天上，那闪亮的群星，转眼间被连云港的煤尘遮挡住了，夜里的冷风，无情地扫荡着这个可怜的生命。列车直奔向远方，远方，那是一个他朦朦胧胧的远方。

　　他就这样，一个人踏上了创业的历程。

　　他每到一站，人家卸煤，他就跳下来，先躲藏在车站的下水管子里，或者是货场的大墙根下，或者是货场的苫布底下，或者是货场的草垛里，然后等货车。他舍不得盖他那半块被，他留着到东北再盖。越往北走，天越冷。有一天，天降温了，他来到一个也不知道名字的车站，看货场后边一个小棚子里有个锅炉，这可挺好，他便靠上去取暖……

渐渐地，他在极度劳累中睡着了。梦中，他看见家了，看见娘了。

仿佛屠格涅夫《猎人笔记》中写人乘车出游的快感……深灰色的天空中有几处闪耀着星星，滋润的风，时时像微波一样飘过来，阴暗的树木发出微弱的喧噪声，那好像是傍晚，夕阳西下了，火红的夕阳正落下，是娘在喊他，儿呀，回家吃饭了！

娘唤儿回家吃饭，那是每个生命最渴望最美好的时候，徐加利答应着，迈腿就跑，只听哗一声，他把人家锅炉的盖子撞翻了，炭火从里边滚落出来，这才把他烫醒。

当年，拉货的货车也不是说遇就能遇上，有时在一个火车站得等上两三天，或者七八天的时候都有。而且越往北，天越凉了。

有一天，他来到山海关外的一个小站，看见一列往北走的拉大树的车，那也得上啊，于是就爬上去了。可是，也奇怪，那车三天了，也不走。

偷渡的人藏在这种车厢里，是看不着外边的，全凭感觉听外边的动静。

这时，一个人过来检车，他一紧张，"咔嚓"一下踩秃了一块树皮。

外边的铁锤验车声，不响了。

突然，传来了验车员的喊声："里边是不是有人？出来！"

徐加利大气也不敢出。

外边又喊道："我听见了！出来不出来？你还等我去揪你吗？我告诉你，你不出来，我一会儿就去领警察来，把你扣起来！关起你来。"

看看实在藏不住了，徐加利只好从大木头车上爬下来，乖乖地站在人家面前。

那个验车的铁路警好像有 50 多岁了，是个老路警。他上下打量着徐加利，问道："是不是逃票的？说？"

徐加利说："不是逃票。根本就没钱买票。"

"啊，那你是个偷渡的。是吧？"

当时，徐加利也不知从哪儿来的一股子劲，他想，反正已被人抓住了，他乐意咋的就咋的吧，反正死猪已不怕开水烫了，看你能把我咋样。于是他回答道："咋的，我就是个偷渡的！咋的？我没钱，我坐不起票车，这才扒货车，你愿意咋的就咋的。你管我？哼！我要坐得起票车，谁还来扒这货车呀？哼！我看你呀，少管这个闲事。谁家没有儿女？你家就没个儿女？你的儿女兴许将来还不如我呢！"

老铁路警一听，抬起头说："哎呀，你还挺有理，是吧？"

徐加利说："本来嘛。我愿意离开娘啊？我愿意离开家呀？还不是穷的吗？俺那个村啊，十年九旱的，地又少，年年村里都举行求雨节，老人领村民们喊哪，龙啊，下雨呀，天旱哪，百姓吃粮啊！可是一年年的，还总是饿，总也吃不饱！"

"你是哪儿的？"

"连云港的。"

"上什么地方？"

"往东北长春那边去……"

"有亲戚、朋友啥的吗？"

"哪有啊！"

"冒蒙闯关东，是吧？"

"正是呀，大叔同志……"

徐加利说着，就滔滔不绝地对东北描述开了，大寨呀，长春榆树的小乡啊，榆树那儿产粮食，人肯定会饿不死呀。他还滔滔不绝地描述，他要学手艺，他要创业，他要挣钱回家把家乡那个徐家窑砖厂再办起来，不再让砖厂徐仁厂长他们再伤心……

他说着说着，觉得不对劲儿，他是人家的"俘虏"呀！自己忘了自己是什么身份，还在那儿叭叭地说啥呢。于是，他乖乖地将双脚并拢，站好，等待人家处理吧。

可是，他发现那老铁路警，慢慢地蹲下了。只见他从腰兜里摸出一个烟口袋，再慢慢地从里面捏出一撮烟末，洒在大腿上的一片小白纸上，然后，手掌一推，就卷成了一根烟卷儿。老人划了一根火柴，一点，抽上了。

徐加利想，完了，等他抽完，就该带我走了。于是，他趁老警抽烟，撒腿就跑开了。

"站住——！"身后却传来了老路警的怒吼。

徐加利本能地站住了。他一步步乖乖地走回到老人面前时，却发现老人眼中挂着大颗的泪花……

老人扔掉手里的烟头子，说："孩子呀，你虎啊？你找死啊？这种拉木头的货车能坐吗？火车一跑起来，木头前后滚动，不挤死你才怪呢。前几天，有两个上海女知识青年，就是偷偷爬上了这种拉木头的货车，咋样？等有人发现时，孩子已被挤成肉饼了！唉，我作为一个铁路警，我心疼啊！咱们这货车上，总有逃票的，偷渡的，我不精心地看着点，能行吗？你还是个孩子啊！你说得对，谁没个儿女、谁没个爹娘啊？我是怕你待在大木头车里，一睡着了，出事呀！来吧，你跟我来……"

徐加利完全被老路警的一席话震惊了。老路警领着他向路边的一个煤堆走去。来到煤堆前，他拎起一个破筐头，往里装了满满一筐子煤块儿，然后，让徐加利端着，来到了列车的尾车。他告诉徐加利，越往北走，天越冷了。火车一开，夜里尾车也冰窖似的。你自己烧炉子，别让人家摆旗的动手，人家忙。你出门在外要学会说话。这趟车，只开到沟帮子。到那儿，你再自己等货车。但有一样你一定注意，千万别再扒那种拉大木头的货车了。

然后，他领着徐加利来到了尾车，对那个摆旗的说："兄弟，这是我侄，把他拉到沟帮子!"

摆旗的瞅瞅那老路警，说道："哼! 王德才，你侄儿不少啊!"

老路警无奈地笑笑，转身要走时，才发现徐加利跪下了……

老路警赶紧奔回来，上去一把扶住了他的脑袋，说道："孩子，你一定要有出息，干出大事，改变你家乡穷困的面貌!"

徐加利紧紧地搂着王德才，大颗的泪花从他被冻得已经发硬发黑的脸上滚了下来，他什么也没说，他只是冲着这位慈祥的老路警使劲地点了点头。

（六）落脚能吃饱饭的地方

岁月，光阴，就这样推进着，两个多月后，徐加利终于来到了东北吉林省长春的榆树。可是，小乡村在哪儿呢? 有人告诉他，往东南走，就能找到小乡。他走啊走啊，终于有一天，走到一个地方，又累又饿，再也迈不动步，人一下子昏倒在道边的荒草里。

也是该着他有命，这时，来了一个放牛的，是爷孙俩，是孙子先发现的。

孙子就冲爷爷喊："爷爷，这儿有个死倒！"

爷爷过来一看，真有人倒在荒野里。老人上前一摸，这人嘴里还有一口活气。于是就和孙子把他架到牛背上，拉回了村子。

在这好心的放牛人家的炕上，人家给他灌了一碗高粱米汤，徐加利渐渐地醒了。一打听，原来这个地方又是榆树岗家西北地二队，前两次闯关东他和村人们来过这里，可许多人待不了，于是跑了。这时，他拼命往起爬，想起来再走，得奔那个能吃饱饭的小乡啊。可是，由于身子虚脱，怎么也起不来了，那家好心的老乡说："孩子，你先躺两天，等身子骨硬实了，再走吧。"

到底是年轻人，大约过了五六天，他就恢复了。这时，队长来了，一看他挺年轻，大高个，挺好看，是个干活儿的样，深翻地，刨茬子，送粪，保准是个好手，于是就说："小伙子，你要留下就留下吧，我拿你当社员待遇，一天两斤高粱米，一年120分，一分折换多少，得看当年队里的收成，再给社员兑现。"

徐加利一想，这比前几年强了，这不错。

在江苏老家，10天也挣不到两斤高粱米呀，再说，到年底还能兑现。于是，就千恩万谢地答应了。就这样，算是闯关东成功了，一天能挣到两斤高粱米啦。队长给他找了个牛棚子，他堵巴堵巴就住下了，但是，还是吃不饱。一个正长身子的年龄，哪够吃啊！好在他住的牛棚子旁边就是生产队的豆腐坊，他有时早早地起来帮豆腐倌干点活儿，烧烧火，推推磨，他在家乡做过豆腐啊！有时豆腐倌就给他舀上一瓢豆腐渣，他回屋拌在高粱米粥里，从此也就算吃饱饭啦。

一晃，几年过去了，他心里始终想着要干出一番事业来，可是这农村，除了一年四季的春种秋收，也没别的干的，别人也是这么活，也是这么一辈子一辈子的，能有啥特殊啊？其实人生，如果一个个的都这么想，社会就不会发展，人也可能活下去，但没有意义，可是究竟要干什么，能干点什么，他也是很朦胧。偏偏这个时候，闵家不远，有个靳家砖窑厂，生产也不景气，因队长听说他在老家的砖厂干过，于是，就把他派到靳家砖厂去了，到那儿一看，窑啊，砖啊，瓦呀，这都是他所熟悉的生活，也是他喜欢琢磨的事业，于是，他就在靳家窑厂干上了。其实，这时他还不知道，他的命运要发生巨大的变化了。

原来当年，就在离闵家西北地东南上，有个大坡乡，这大坡乡，也有一座土窑，叫徐家窑，据说是古代中原有家老徐家（也不知是江苏、山东还是河北）闯关东在此落脚开的，而且他还听说，这大坡地方是个古地方，从前有一座古城，是辽金时的古城，有800多年的历史了，而当年古城的城墙砖就是这个徐家窑烧的，对这一点，徐加利立刻感兴趣起来。

他想，这座大坡徐家窑，是不是自己祖先开的呢？其实，他的联想极其丰富。南非作家玛丽在自己的《野草在唱歌》中写道：人没有绝望就没有创造，所有创造都来自绝望中的联想和发现。那是人与自己的联想去对号。

人，如果没有丰富的联想，也就没有梦想，没有梦想，也就没有创造。其实梦想往往是从联想开始，有了联想和梦想，加上自己的追求，就是人生的创造。

因为他小时候听爹说过，他家祖上曾经有两股人闯关东去往东北，后来走丢了，究竟落脚在何方，丢在何方，至今不详，究竟这徐家窑是不是他祖上开的，谁也不知道，他又想，这也不用知道，这不是已经记载了吗？这地名不是告诉你了吗？你就拿当它是你祖先开的不就行了吗？

这样想着，他于是对那个大坡乡徐家窑有了一种神秘感。

他想，明年回家乡好好问问家乡的老人。

有一天，利用到大坡乡集上去给人家送砖，完事了，他一个人悄悄地来到了东北的这个徐家窑。

那时，徐家窑荒芜着，只有一只窑帽冒着烟，是队长让一个社员给队上家家烧点盆、碗来用，其他还有六七个窑帽，都荒凉地闲置在那里，有一个放羊的甚至把其中的一个空窑当成了羊圈，门口用木板子和谷草堵着。但那些古窑，打眼一看，十分古远、雄伟，它甚至让人感觉到亲切。他觉得，这儿不光是窑地，这儿分明就是一个古战场，他甚至听到了来自远古的金戈铁马的激战和呐喊声。

徐加利一个人在这荒凉的土窑场上转悠着，正好那个放羊的把羊赶进窑院里的一口土井饮水，他就向那放羊的打听这徐家土窑的来历。那个放羊的一听，哈哈笑了，说："你是想听真的还是听传说？"徐加利万万没想到，这里还有这么多说法。他就告诉人家，真的也想听，传说也想听。

那个放羊的也是个说客，他一见对方感兴趣，把羊关进窑里后，就滔滔不绝地讲开了。他告诉徐加利，这座古窑可是有来历，当年在宋代，那被金太祖掠来的徽宗钦宗二帝就曾经住在过这里，他们千里迢迢从东京出发，在农安黄龙府住过，在咱们榆树大坡住过，在今天的黑龙江阿城（从前的金上京）住过，最后到达了黑龙江的三姓（今天的佳木斯依兰），所以，咱这土窑是有来历的。放羊人告诉他，当然这是传说。后来听说，这座窑，让土匪烧了。可是传说也告诉人，有志不在年高，无志空活百岁呀。就说这徐家窑吧，他老徐家谁能想到，这儿住过两代皇王。唉，老徐家的人，都没眼力呀。如果老徐家的人，加上他的眼力，这荒土窑，兴许就能活。光烧个一般的盆盆罐罐、碗碗碟碟，瞎了它的来历呀。我看，它该有大用场，唉！

放羊人的话，深深地打动了徐加利。说者无心，可听者有意。放羊人的话，不正是说给自己老徐家的人，不正是他吗？简直就是在听历史对他的述说和安排。

还有，老徐家的人，加把力，就能创造出更多的"利"，那不正是俺"徐——加——利——"吗？表面就是一个极平凡的生活，一句极普通的话，其实往往都能激活一个有创意的心灵。徐加利默默地坐在土窑的一堆荒芜的土堆上，立刻有了一个新的打算。

其实，人的一生，往往都在苦苦地寻找着必然，有许多偶然的机遇出现，而很多人却都把那到手的偶然轻易地丢掉了，一个丢掉了偶然的人，也就永远没有必然。

徐加利回到闵家村找到了队长，他说："我要走了。"至于上哪儿，他也没告诉对方。

那时东北农村，来来往往闯关东的也挺多，一律称为盲流，颠倒过来就变成了"流氓"，盲目地流动。所以也没人打听你要去哪儿到哪儿。

徐加利那时是腿肚子贴灶王爷——人走家搬！就轻身一个人，所以抬脚就走。记得，他扛上他的半拉被（这些年，他一直没舍得扔啊，那是他闯入东北的永远的记忆，怎么能轻易丢掉呢），他把那半拉被打成一个狗脖粗的行李卷儿，背起来，直奔大坡村。如同在闵家村一样，大坡村村长一看他孤身一人，又年轻，就收留下了他，一问，他在关里老家就在窑上干过，到东北又在靳家窑上干过，干脆，也到咱们村上干吧，一问他，他一口同意了。

可是，他一边干着农活儿，心中却一直想着那个梦幻中的徐家窑。这一年，快过年了，他决定回江苏关里家，一是看看爷爷，看看娘，二是他要和老人们商量一下在他看来是个决定他一生命运的决定，他要开发这个徐家窑。另外，家里人也在催他，已经 27 岁啦，有人介绍，有个姑娘看上了他，得成家立业了，中国人的老传统嘛。

那年的腊月二十八，徐加利赶到了家。经过几年的东北闯荡，徐加利在家乡已成为名人啦。现在，他从东北回来，家乡人都拿他另眼看待。而且多了少了，他兜里也算有点钱啦，他给家里每个人都带了一份礼物，而且还特意背了一大包吉林省长白山特产土榛子、山核桃。这种榛子、山核桃，仁多个大，果实饱满，炒熟了，很香。

娘偷偷问他："你给人家带东西了吗？"

他说："谁呀？"

娘点点他的额头说："傻样，人家都来好几回了。"

"哪儿的？"

"关家村的。"

徐加利这才记得，原来是隆合乡关家村的，家里来信提过这个事，还说女方认识他。那时，徐加利曾经忍不住想，难道是她？

正月初七，果然村里的徐大娘领着徐加利去关家村相亲，二人一见面，徐加利愣了，这不正是当年他在窑上砖厂干活吃散伙饭那天遇见的张斯香吗？旁边没别人的时候，斯香悄悄地对徐加利说："你当上东北大窑厂的厂长了，可别忘了俺。"

俺当窑厂的厂长了吗？可是，家乡人也怪，都叫上他徐厂长啦。

过去，中国民间有一种习俗，叫"接手巾把"，是指男女双方相亲，如果男方到女方家去，叫相亲，如果女方看上了男方，就通知对方"送""手巾把"或者叫"递手巾把"，而女方是在等着"接手巾把"，如果不送，就是男方不同意。

比如，徐家窑的徐掌柜。当年，他从中原闯关东来到东北，干了几年，有了一定的积蓄，于是回家相亲去了。那还是他17岁那年，家里人就听说徐加利闯东关去了（人们认为闯关东的人都是有出息的人），那时，是斯香的姐姐给妹妹介绍的对象，斯香是老三，两个哥，一个姐，一个妹，两个弟弟，共七个孩子；她姐姐叫张斯云，是徐家叔伯嫂子，她知道了徐加利特别能干，家里苦，就偷偷做豆腐卖，家里穷，就闯关东，于是就对加利的母亲说："把俺妹子斯香许给他吧！"可是那时，徐加利不同意，因为他一心想闯关东，等闯出点名气来，再说媳妇。而且，他也知道斯香这个人，那不是在家乡的砖窑散伙那天见的面吗？如今，他也闯出点名堂了，娘正好也来信了。

于是，他就回家，准备"递手巾把"了，也叫对手巾把。

对手巾把，又叫对布子。先要选日子，选良辰吉日。先是男方把钱（当时，也很讲究，要拿20元的）包在一块布子里或手巾什么的都行，当对方看完了，一看男方把钱包在布子、手巾里，递过去，如果女子一接，就说明妥了。

曾经有一对相对象的，男的干递，人家不接，就算完了。这时，她姐说："她接了！"妈一听，也乐了，于是斯香的姐姐对徐加利的母亲说:"咱们也得递手巾了。"

其实,递手巾把要两次,前一次,是试探性的,里边也就包个10元20元的,而一旦人家接了第一次,这才是正式的"定亲把",就不能是10元20元了,但究竟放入多少,全靠妈妈定,但也看当年的生活状况。而这次递,是男方的母亲亲自去给人家女方送。

记得当时,徐加利的母亲递出的是一百。

那时的一百,相当于现在的一万!

徐加利的母亲把"手巾把"递过去了,人家也接了,于是不久,人家女方写信来了。

信里什么也不说,只写清她家的村屯、地址等,这就是同意了。这种婚俗在当年的关里家(中原一带)十分盛行,以至于今天,依然有一些村屯、村落,存在着"递手巾把""接手巾把"的习俗和习惯,这是一种古老的婚俗。

就在那年春天,徐加利成了家。

就在徐加利结婚的第三天,另一对老两口领着一个姑娘哭着走了。不用说,这正是当年徐加利领着妹子要饭认识的小步子村的时立新两口子,他们一见人家徐家已举办婚事了,时立新就后悔地对妻子说:"咱们下手晚了,人家已经接了老张家的手巾把了!"

妻子埋怨丈夫道:"那你为啥不快点动手? 让人家老张家下手了?"

徐加利在之前问过老人,咱家祖上是不是有人闯过关东,而且开了个徐家窑? 而眼下,他已找到了这个徐家窑。这次,他既是回来结婚,也是来专门问一下爷爷。爷爷一听,乐了,说加利呀,你就干吧,这才是爷爷的好孙子,找对了地方,你不干谁干? 这年的五一,徐家力怀着一个新的梦想，重新返回了榆树的徐家村，他直接去找队长，要买断这个古窑。

当时，徐家古窑已彻底不干了，生产队的瓦也卖不出去，窑院甚本上荒弃着。

队长当时也是完全好意，就问他："徐加利，你可想好了，可别后悔。"

徐加利说："队长你放心，我不后悔。"

于是，徐加利说："你给我点口粮田、责任田，我不要好地，把土窑卖我就行。"于是，队长答应了。那时，徐加利以人民币300元买下了长春榆树大坡村的徐家村土窑。许多人担心，他这可是手插磨眼了，这座破落的残窑，将来会成了他扔也扔不掉的麻烦；也有人骂他，这傻狍子，这破窑都闲多少年啦？那眼瞅着是火坑，谁跳烧谁。可是，徐加利呢，他却坚定地奔向了这座破荒窑。

（七）面对荒凉

从村里搬迁到孤窑地那一天，徐加利站在破窑院里长时间发愣，放羊的都回家过年去了，破窑院是一处荒凉的土堆，没有一点生气。

看着满眼荒凉的场面，他也曾问自己，徐加利，你吃错药了吗？还是你脑袋真的让驴踢了？你怎么自己往火坑里头跳？眼瞅着砖也不景气，瓦也不景气，你到底要干啥？

来到破窑院，当天晚上没地方住，他看其中一个窑帽挺好，就奔那里走去，谁知突然从里边的谷草里面窜出好几只黄皮子（黄鼬），好像还有一只狐狸，也跑了！

望着远去的动物，徐加利说："哥们儿，对不起你们了，今后俺住这儿了……"

头几个月，他就住在土窑里，深夜来临，孤苦伶仃，四外都是荒坟野地。他上村里老乡家弄来一盆子咸菜，就过起日子来。可是，一个人，也干不了啥呀，于是，他就到村里雇了三个小打，就算他的最初员工，先是收拾院子，打扫工棚子、砖棚子，修理压砖机，垒起一道土墙挡原野上的风，三个月后，这个院还真有点意思了。

1977 年，党的发展民营经济的政策在中国大地上普遍传开了，它给徐加利办这样的乡村企业带来了活力。那时，妻子张斯香也带着一岁的女儿来到了徐家窑，徐加利的生活也不孤独了，不过一开始，当妻子来到这破窑时，大吃一惊。

妻子指着他的鼻子说："徐加利，我是不是走错地方啦？"

老徐说："没错，你来得对。"

"什么？你就是这儿的经理？啊？你说？你骗了俺们娘们！"

徐加利笑嘻嘻地说："骗了也就骗了，谁让你是我媳妇啦。"

斯香委屈地呜呜地哭开了。

可是，哭是哭，在她心里，她是实实在在地疼着丈夫，而且在心底一如既往地支持他、理解他、配合他。就在斯香到东北的第二年，他们又有了徐加利的大儿子，至今他也忘不了接生大儿子的那晚上……

当时，妻子是在后半夜觉病的。一看不行了，妻子斯香喊："老徐！我不行啦！快找接生婆！"

这黑灯瞎火的，上哪儿找人？可是，不找不行啊，当年，这窑地离村很远，10 多里地，漆黑一片，老徐深一脚浅一脚地穿越在苞米地里，让坟圈子、大坑绊了好几个跟头，终于找到了接生大娘家。

可是，夜太深了，一敲门，人家男人就不愿意了。徐加利在人家门外苦苦哀求，只听老太太说，你等一会儿吧，我去。你不是徐家窑的那小伙吗？俺佩服你呀！这么苦的担子你都敢挑！你等着。于是，人家那个好心的接生大娘在深深的黑夜赶到了窑上。就是在今天，徐加利夫妻也没忘了人家深夜接生的恩。当年，由于妻子的到来，不但生活上有了帮手，而且思想上也有了伙伴。妻子斯香在家乡念过高中，他给丈夫出主意，咱不如把红砖改成青砖，把一般瓦改成灰色布纹古瓦，这是蝎子拉屎——独一份。

妻子斯香的主意，其实和他一拍即合，他当时就采纳了。

可是，发展古建材料和艺术砖瓦，包括艺术建筑装饰，得有技师。有一次，他上长春光复路杂货市场进设备，发现一个人在里边转来转去，饿了就吃一口煎饼，一打听，原来此人是长影退休的老画师，二人越唠越投机，最后，老人被徐加利聘到了徐家窑上当了艺术砖瓦和古建筑装修的技师。

任何成功都不是轻而易举的，徐加利听说过许许多多事。东北乡下，有一个唱二人转的，也是在榆树，离着窑上不远，也是大坡，那老头有一肚子二人转段子，一直爱他这玩意儿，后来，他老了，要不行了。这天，他突然觉得自己不行了，于是对自己的妻子说："老伴呀，你把门推开，我唱两句再走……"

这都是东北人对自己的艺术的爱呀！有一个叫王忠堂的二人转全国代表性传承人，他师傅当年在乡间唱二人转，一个大姑娘见他扮得好（因那时没有女人唱二人转，而王忠堂的师傅扮得太好了，太像了），太像了，于是就将自己的一双大辫子剪下来，给了王忠堂的师傅，从此他报号"双辫二丫",这都是艺术感动了生活。

在北方,二人转是老百姓心底的玩意儿,再说,他学这些干货,那真是不易,都是偷来的艺。徐加利就想,艺,还用去偷吗?不能吧。

说是说,这事让他自己遇上了。

他有个师叔,是城里屯的,叫魏国富,这人曾经跟关里一个姓徐的人学烧窑,其实,那个姓徐的本是徐加利的亲叔叔徐传义。那年徐加利回关里家,叔叔徐传义告诉他,你到东北去找魏国富,他是我徒弟,他会教你的,徐加利就信了。到了东北,在生产队里落了脚,他千打听,万打听,终于打听到了魏国富。

"叔,我是二利子(自己的小名),投奔你来了。"

那是在靳家的三道窑厂,人家主要就是做布纹瓦。布纹瓦,是一个很讲究的工种,有很细致的技术,不是人人都能操弄的。他瞅了徐加利一眼,说:"你去跟老石头学吧。"

老石头,叫石海宽,也是关里家的人。徐加利开始在窑上干活儿是干些个杂活儿,没有技术含量,但他心底有自己的小九九,得学技术、找技术,丰富自己才行。可是,人家不让他靠近有技术的地方,给他派来的都是抱抱柴火、和和泥的活,烧窑时不让他看,所以他不会烧。

不会烧窑,还叫窑匠吗?窑上的技术行,头一项就是烧。

那时,这个石海宽,他管着窑。

白天,徐加利干着许多杂活,当靠近窑时,石海宽就用铁锹搓起一锹煤面子,往炉火上一扬,"呼"的一股烟儿,啥也看不着了。

徐加利想上前看看去,石海宽却说:"靠后靠后!"

徐加利说:"师傅,俺想看看。"

石海宽说："绊着？怕绊着你就靠后？"

徐加利说："师傅，俺想学烧火。"

石海宽答："派出所？你咋的拉上派出所了？"

徐加利说："唉，你这人！"

"借盆？"

他，就是不往正经地方说，一门地装聋、打岔。

你见过这种师徒吗？但徐加利得忍着。

民间说得好：学艺学艺，两手挂地。这是世上每个学艺之人的共同遭遇。正面学不着，徐加利就开始打别的主意啦，活人不能叫尿憋死。

窑上的活儿，属于贪黑起早，特别是夜晚。当太阳落山，夜幕降临，窑上的正宗活儿才开始。

窑，主要是火候、水候、烟候、气候，当然还要有味候、色候。所说的候，是指度。其实度，就是最关键的技术。烧窑，最重要的就是要掌握火的度数。以窑火的度数来决定窑里的砖、瓦、瓢、盆和各种物件的质量。火，这是烧窑的主角，要知道火的特点和作用。

可是，烧窑表面上看是火，但往往得以气观火，就是说，观气也同样重要，而且看火要看气。窑上的气，来自水。烧窑，其实是用水的，而且，窑上活儿时时离不开水。窑顶上，有一个盆，称为水盆，那水盆子坐在窑上，盆底下有眼，盆里的水要根据窑中的物件和温度的需要不停地变换，什么时候水大、水小、水多、水少，什么时候停，这才是技术。

而烟候，更是要命的技术。

烟候连着火候。

而观察烟候，完全要看颜色，这称为色候。

色候是火候的重要标志。

什么样的物件，就会有什么样的颜色，砖有砖色，瓦有瓦色，而且还要会隔火观色才行。

窑上有窑眼。观窑色时，要善于从那小小的窑眼洞里看进去，还要懂透过火云看窑色。火云，那是窑里不断颤动，飘飞的火、烟、气……

窑眼观色，要学会透过窑中那时时变动、上升、来去，转换不定的色泽、烟泽、云泽、雾泽的浓、淡、轻、厚、样、形，去分析，去打量，辨别和判断窑内物件的程度。说道多了……

而且，还有气候和味候呢！

你别以为窑里的物件没有气味，其实，烧好烧坏，烧到什么程度时，是有气味标准的。

（八） 给生活提个醒儿

有一天，大概是黎明前时分，石海宽突然说："二利子，俺要出去一趟。"

"上哪儿？"

"拉屎。"

二利子立刻给师傅找纸。

徒弟啥活儿都得干呀！谁让你是徒弟呢！

可是，二利子长了个心眼。因为他已经摸出了一些规律，师傅有时候神神秘秘的，一大早，他说是去拉屎，怕臭的人，就不会注意了。可是，徐加利早已多了个心眼啦。师傅前脚出门，他后脚就在屋里的门缝盯上了。

只见石海宽出了屋，真是先奔茅房而去，可是他根本没进，他从茅房另一侧转身撒腿就往窑上跑。徐加利立刻偷偷跟了上去，黎明前，北方浓浓的晨雾笼罩着土窑。

只见石海宽来到了窑前，先是打开窑眼，往里看了看。

观察窑眼，那是一种窑上的绝活儿本领，火光的颜色，火跳动的形状，都说明窑里的物件达到什么程度了，这才是技术。徐加利就暗中记住他的表情，再对照时间，看他接下来发哪些话。然后就见他把鼻子凑了上去，开嗅了。

徐加利知道，这到了烧窑阶段的又一个关键之处了。接着，石海宽堵上窑眼，却围着窑转了起来，而且，他在窑的四周那些没有窑眼的地方，也似有窑眼的样子，将脸靠了上去……

徐加利明白了，那里没有眼他看什么？分明是在嗅！可是，嗅什么呢？出现了什么味才是好了的味呢？他立刻觉得，这分明是个重要的技术阶段啊！

石海宽平时爱喝点小酒。每日晚饭，他都爱喝上两口。晌午饭时，也喜欢来两口。自从徐加利当上了石海宽的徒弟，酒的事，徒弟就包了。只要他想时，酒就来了。而且，喝完了酒，温茶就上来了。每次，师傅喝酒，他就开始沏茶。

这沏茶，是徐加利窑匠的拿手活。因平常窑里也总来人，那些上货的，订货的，到你窑上，都是客，你不能慢待了人家呀！所以沏茶，他早学会了这一手，而这就是从莳持（照料）石把头开始的，并且，二利子会观察师傅的脸色和情绪。有时石海宽一高兴，脸上就能看出来。这时，二利子就会及时地提出自己的要求。其实，这样的人好交，也就是属于没有多少心眼子的人，心里存不住多少事，说明他也是善良的。

比如，当技术活出现时，如窑上看管水盆的活儿，就必须是精心的技术活，那往往是烧好了，闭窑了，得往窑顶上挑水，人要爬上窑，往窑盆里倒水，得挑一百挑子水，得干30个小时，让水一点点地从盆子里渗下去。

一个小时，三挑水，三十个小时，九十挑子水，如果你不好好地干，偷工减料，不把水挑上去，盆子里就干了，不渗水了，等第二天早上，没水，瓦不变色。这就叫"窑变"，这是烧窑技术的重要结果。

一次，二利子给师傅喝完老酒，说道："师傅，你歇着。今晚，俺去守盆。"

石海宽说："你可守好了！"

二利子："放心吧你。"于是他去了。

徐加利乐坏了，因为终于能接触到技术活儿啦！

挑起水，上了窑，他等于一个会武的人上了武场，这观观，那看看，终于，他发现了水盆的独特作用，而且，也终于摸索出窑的气味的一个个重要的规律。可是，由于光顾得记各种技术，有一个窑的水盆，他挑的水不够数，那盆子水他发现少时，已经来不及加水了。

窑上的活儿，十分讲究时辰。

一旦错过了时辰，要改变是来不及的，于是，那一窑瓦，就花达了。

花达，是指水的湿度不够，瓦的颜色不一样，成了次品，或者是废品。

于是，他一窑一窑地使水，练水盆的水的多少对窑内的影响，然后，再仔细观察。他发现，水倒得快、慢，对火的影响也有关系，而且，他又观察到，水盆边上的泥对水的进入有重要的影响，只要把泥一抹严，水便只转转，表面上还流动，但不渗入了。五日后出窑时，师傅石海宽还是发现了。

石海宽问："二利子，我来问你……"

徐加利说："师傅请问。"

石海宽说："盆子断水了？"

"没断。"

"什么？为何二号窑里的瓦花达了？"

"啊，不是断，是停了二挑半水……"

石海宽傻眼啦，他盯着徐加利的脸，他明白了，人家二利子已经懂了，已经学成了……石海宽脸上流露出悲哀的表情。

于是，徐加利及时说道："师傅啊，你别难过，别上火。我有了技术，我懂了窑艺，我就是走遍天涯海角，不还是你的徒弟吗？我对谁都会这么说的，我是石派、魏派、马派、徐派，而不是别派，再说，我学好了，学成了，扬的是你的名，带的是你的影，这有什么不好？别人也会说，你看人家老石的徒弟，多像样啊！"

徐加利的一席掏心窝子话，把对方说乐了。

就这样，石海宽从那时起，只好实心实意地教这个弟子。

每天晚上，他领大伙打完瓦了，徐加利就到小卖店打上一斤酒，给窑上屋里的石师傅送去，一下子把他喝乐了，这时，石海宽就会带上徐加利，直奔窑上。

窑上，各个窑帽的炉火，在徐徐燃烧。那些窑火，其实每座窑都不完全一样啊，老石就对徐加利讲解，你看着，当窑上的挡门铁红了，火就下来了，火红色如渐渐沉底，就要慢点烧了，因为等火退到窑的后墙上，也叫退到窑背时，就整个烧好了、烧透了。

白天看不清时，就上窑顶上看烟囱。

烟囱的口上，到最后，一片树叶可以不升不沉，行了。这时，可以混窑了。

混窑，是可以缺氧烧的意思，这叫混窑。就是说，可以加煤，断氧，窑房上，可以把烟囱堵上，使烟闷上，主要是为了使窑里的物着色，把煤转换成气了。这时候，你会发现，烟囱虽然堵上了，但火一点点地慢慢燃着，烟囱上本来就淡淡的烟灰了、白了，轻轻飘荡了。这时，要让炉（窑）底透气，上边憋气，形成缺氧烧法。

这时，再过6—7小时，就该换料了。

换料，是指换成大块煤和柴火。这，是东北的硬料，俗话叫"打柴火"。

打柴火的阶段，大人小孩都得上山干活，挑烧柴，背烧柴。这时，快闭窑了。

当硬料烧到六小时左右时，只见烟囱里升起蓝色烟了，差不多了，这时，人开始连看带嗅了。烟有些臭味了，窑上的行话叫"闻着香了"，其实，烟有臭味了，是窑里的物件好了的味，这是烧窑的人高兴的味。这时，开始闭窑了。闭窑，就是封炉底，封烟囱，这叫"二封"。

二封的阶段，就是最后的阶段，说明窑上活儿快大功告成了。

后来，渐渐地，徐加利成了真正的关东窑匠大拿了。

中国的乡镇企业的发展其实不同于国企，它的最大的发展难点就是产品的销售，如果你产品没人要，哪里谈得上什么发展呢？这期间，徐加利不断地走访全省全国的古建生产厂家和用家，吉林市的缸窑，吉林北山，江西的景德镇，包括北京故宫、沈阳故宫、辽宁千山、河北的承德、山东的曲阜、山西的大院、浙江的西塘、江苏的周庄、云南的丽江、河南的信阳，渐渐地他发现，那时的中国，其实已经迎来了古建材料发展的良好市场，主要是国家大力弘扬优秀的传统文化，大力发展旅游，包括特色游和城乡游，人们到哪儿都想看一下古建筑，这不就是商机吗？

于是，他的眼界一下子打开了，他坚定了徐家窑发展古建的方向。

八月中秋，经过十几年的艰苦奋战，徐家窑的自动机械化无烟烧造生产线终于安装完毕，徐家窑的这条生产线完全改变了从前烧造的笨重的生产过程，它可以自动上土、自动搅拌、自动脱水、自动烘干、自动烙烧、自动点火、自动停火，哪个环节发现了问题，出现了毛病，就自动报警，而且，窑上下清清亮亮的，没有一丝烟尘，天哪，徐家窑创造了一个新的奇迹。投进去的2000多万，真是没白投！这个过程，是改天换地的过程，更是唤起人类生命情怀的过程。就比如双奎，在徐加利耐心细致的引导下，他从一个地下抬钱的人，一下子卷入了积极投资推动自动化上线的有功人物，他积极为徐家窑着想，后期刘占广他们的安装施工费，基本上是他发动地下的抬钱户积极配合资助的结果，应该说，徐加利的功劳簿上，也会有这些民间借贷户的生动的一笔。

由于徐家窑乡镇企业从积极的角度出发，先从自己的生产活动中突出保护自然生态，这使得鲇鱼沟子河、白家泡子河的生态情况、水质情况，都得到了彻底的改变，诸多支流的水，流进松花江的时候已是清澈的水啦。从前，松花江的水，该是多么澎湃呀！要让大江澎湃起来，江清了，原野绿了，古窑也换了新天。

　　这天，徐家窑举行机械化自动生产线试车启动仪式，省市领导都来了，各方群众代表都来了，乡里乡亲的都来了，工人穿上了窑上统一制作的工装，一个个精神喜悦，人们再看他们的老厂长、老窑匠，越看他越像古代治水的大禹，人们禁不住地夸他，徐加利，徐厂长，你是当代的大禹，你成了一个从古代走到今天、走到现代的人物，而这天，正好是他入党 15 周年，是他闯关东 40 周年，他上台讲话的时候，全场突然静下来，接着，响起了雷鸣般的掌声。

　　他的讲话，多次被自己哽咽的吞泪所打断，他望着自己的窑院，一个现代化的窑业生产基地，终于在松花江畔荒凉的原野上诞生，这儿每日烧窑，却不见一丝烟升起，到处是绿色的花草树木、亭台楼阁、小桥流水，到处蝶飞燕舞、鸟语花香，俨然是一座公园，但是，从现代化的窑业院子里，依然可以看到一座座苍凉的古窑，它们立在那里，与现代化形成了鲜明的对比，这让人一走进他的窑院，就走进了一个历史，那是一个久远的地方，处处散发着文献的气息，院子仿佛就是博物馆，而院子博物馆真的就连着他徐家窑的历史民俗博物馆，这是厂子中心的一座大楼，徐加利把厂子最好的一块地儿让给了文化，难怪当他在技师马笑舫及时的提议下，申报吉林省第四批非物质文化遗产时，省里领导和专家立刻就批了，而且是省里特别典型的代表性非遗项目，其典型的价值是在他的窑业生产基地里，可以看到和展示着活态的、立体的窑业文化，同时，可以走进这个文化中。无论是院里还是博物馆内，这是他这个非物质文化遗产的与众不同之处，如在他的博物馆里，人们可以清清楚楚地看到、抚摸到一件件来自中国古建历史每个年代每个角落里的代表性物件，什么五脊六兽，什么古吞古吻，多种龙凤原形，多种屋脊梁头，原来，这是一个中国古代建筑的代表性原色精品收藏和标本馆，这都是徐加利和马笑舫的点睛之笔，因为，他们是把中国《清代宫廷古建图》复原在这里啦。

这张古图被他扩大化了、活态化了，被他和马笑舫从远古搬到了今天，从北京搬到了东北，从祖先到他们俩，一搬搬了几百年啊！如今，人们称这里为"传奇烧雕园"。多少年的光阴和岁月，其实，塑造了一个突出的生命，造就了一个杰出的生命，杰出的生命又完成了一个杰出的使命。

这时，在这个全新的自动化生产线启动仪式上，老徐抹一把眼角的泪水，一声宣布：开窑！

只听"轰隆"一声，马达鼓风机带动的输送上料的巨大皮带启动了，仿佛大地颤动了一下，仿佛古窑晃动了一下，声音震动，使一群鸽子欢乐地飞起，飞向了蓝蓝天空和秋季茫茫的原野，那是中国北方一片纯净的美丽原野。

突然，关东窑院门口，来了一个送快递的，原来是一筐青青的大枣。

枣儿，大甜枣，谁寄过来的？只见枣筐上写着徐加利收，地址是辽宁兴城侯家屯枣山庄，寄货人却是马笑舫，可是，马笑舫却在窑院里参加徐家窑自动化生产线启动仪式，他什么时候跑出去寄过来的枣呢？

徐加利说："笑舫啊，你搞的什么鬼？"

马笑舫笑了。他告诉关东窑匠徐加利，前几天，他做了一个梦，从前，他的家乡辽宁兴城一带的枣山，突然，枣树的花儿，在春天都开了，而且这已是几十年没有的奇事了，本来这儿是产枣的，可是自从侯真人来，枣树再也不开花了，侯真人被村人和寺庙的人撵出了庙，他从此流浪四方，他和徐富章、马占山等人，怀里揣着《清宫古建图》，开始了四方流浪的日子，可也从此，海城朝阳寺枣山的树，再也不开花结枣了。可是，奇怪的事发生了，就在今年春天的二月二之前，他为了筹备徐家古窑上自动化生产线的经费，背着徐加利回了一趟海城，这才发现山上的枣树都长出了花骨朵，要开花了。

马笑舫觉得这是个好兆头，他于是就嘱咐枣山的乡亲们，如果秋天枣树上的枣儿真结了，一定以他的名义给徐窑匠寄一筐来。

"看看，这枣儿来得多及时！"马笑舫高兴地对徐加利说，"结枣了，就说明枯木也能逢春，咱们的祖上先人，都看着咱们呢！"

徐加利点点头。他打开枣筐，拿出来一颗颗大甜枣，分给每个到会的人品尝。此时，来庆贺徐家窑自动化生产线启动的秧歌队中一个秧歌头，正在唱着一首古老的民谣《送枣谣》："送啊送啊，送大枣，大枣送给红军嫂，一颗枣儿一份情，一颗枣儿一颗心……"

大凡国人，说起中华民族的灿烂文化，往往上口便是"水光潋滟晴方好，山色空蒙雨亦奇。欲把西湖比西子，淡妆浓抹总相宜"，此作是宋代名臣苏东坡作于浙江杭州，清代王文诰《诰案》评曰："此是名篇，可谓前无古人，后无来者。""横看成岭侧成峰，远近高低各不同。不识庐山真面目，只缘身在此山中。"苏轼是一生在诗中形成成语和谚语最多的人，古人云，凡种诗，皆一时性灵所发，若必胸有释典。如今这些诗，都成为成语和典故了。无论是那美丽的西湖，还是遥远的庐山，在东北原野徐家窑的古窑院里，如今仿佛也有了，而之所以会有，是因为有一个如苏东坡似的徐加利，可把加利比苏轼，淡妆浓抹也相宜。苏轼三次流放海南岛，徐加利三次闯关东，苏轼在《儋耳山》中写到"突兀隘空虚，他山总不知。君看道旁石，尽是补天余"。他看流放地的每块石头，都有女娲补天的来历，无论古今，大凡有心胸之人，均爱本土之自然，这一点，徐加利这个二利子正如东坡，他看东北的平原和土地，总有他祖先的踪迹，他看土，就想奉土成花，于是，他拼命去追求，什么苦，都能吃。他如东坡一样，也有自己的座右铭，那就是：人生没有什么不能吃，只有板凳不能吃。

著名文化学家余秋雨曾认定，在中国，最有人情味的地方有两处，一处是南中国海南岛，一处是北中国东北，这两个地方，都曾是流放的地方，从前都曾是人烟稀少，荒凉无比，但这往往是一个心可扎根的地方。

心可扎根的地方，人见人亲，寄托情怀，梦想成真，这才有了苏轼的"十年生死两茫茫，不思量，自难忘，千里孤坟，无处话凄凉。纵使相逢应不识，尘满面，鬓如霜"。世路无穷，劳生有限啊。但愿人长久，千里共婵娟。一纸乡书来万里，问我何年，真个成归计。白首送春拼一醉，东风吹破千行泪。

泪，同样珍贵，无论是海南，无论是东北，无论是皇帝的老师苏东坡，还是一个逃荒要饭的土窑匠，明月几时有，把酒问青天，不知天上宫阙，今夕是何年。天涯何处无芳草，海南北土荒也好。人生从泪开始，也从泪而终，悲欢离合总有泪，这就是关东窑匠的故事。故事乃浓缩的人生，也是乡土之话。乡土之话，有根有把。三根马尾，织个马褂。老头穿八冬，老太太穿八夏。小外甥捡起来，连巴连巴，又穿了一冬零八夏。